표면도

표변도 6

운곡 新무협 판타지 소설

초판 1쇄 찍은 날 § 2003년 7월 15일
초판 1쇄 펴낸 날 § 2003년 7월 24일

지은이 § 운곡
펴낸이 § 서경석

편집장 § 문혜영
편집책임 § 김희정
편집 § 장상수 · 박영주 · 권민정
마케팅 § 정필 · 강양원 · 이선구 · 김규진 · 홍현경

펴낸곳 § 도서출판 청어람
등록번호 § 제1081-1-89호
등록일자 § 1999. 5. 31
어람번호 § 제2-0233호

주소 § 경기도 부천시 원미구 심곡1동 350-1 남성B/D 3F (우) 420-011
전화 § 032-656-4452 팩스 § 032-656-4453
http://www.chungeoram.com
E-mail § eoram99@chol.com

값 7,500원

ISBN 89-5505-759-8 04810
ISBN 89-5505-468-8 (SET)

※ 파본은 본사나 구입하신 서점에서 교환하여 드립니다.
※ 저자와 협의하여 인지를 붙이지 않습니다.

표변도

운곡 新무협 판타지 소설

6 수공휘수(收功揮袖)

도서출판
청어람

목

차

제 1 장

라마승 —라마승 길을 나서고, 오대세가 흉계를 꾸미다

라
마
승

어두운 광장.

아무것도 보이지 않는 그 한가운데에 검은 불꽃이 피어오르고 있었다.

검은 불꽃.

붉은색이나 파란색과는 거리가 먼, 그래서 밝은 흰 빛과는 달리 그 불꽃은 검디검었다.

하지만 검은 불꽃이 일렁거릴 때마다 묘하게도 어둠이 움찔거리며 물러나고 있었다.

불꽃이 시그라들면 조심스럽게 손길을 뻗어오다가, 다시 검은 불꽃이 키를 높이면 놀란 듯 잰걸음으로 물러서는 어둠.

그 한가운데 사람이 하나 앉아 있었다.

목에 걸친 것은 어린아이 머리통만한 염주였으니 승려가 분명했다.

하지만 괴인은 보통 중원의 승려와는 달랐다.

입고 있는 가사는 검은색이었으며 그 위는 법문으로 가득했다.

또한 머리 위에 올린 관 역시 중원의 것관 거리가 멀었으며 머리털은 길게 자라 등 뒤에까지 와 있는 모습이었다.

하지만 그 복식(服飾)과 모양은 천축의 승려인 라마승의 것이었다.

그러나 보통의 라마승과는 또 달랐다.

먼저 커다란 대전에 앉아 있는 의자가 달랐다.

모든 것이 황금으로 이루어진 의자였다. 아니, 의자뿐 아니라 멀리 떨어진 사방의 모든 것이 황금으로 이루어져 있었다.

그리고 황금 벽에는 남녀의 나신이 서로 엉겨 붙은 모습이 쳐다보는 사람마저도 쾌락이 스멀스멀 기어오를 정도로 섬세하게 조각되어 있었다.

어둠 속에 잠겨 있는 모든 것이 황금이었다.

단지 검은 불꽃이 기이하게 비추고 있는 의자 위의 라마승만이 황금으로 이루어지지 않은 유일한 생명이었다.

아니, 라마승의 양 허벅지 위에 또 다른 생명이 둘이나 있었지만 그 생명은 오래가지 못할 게 분명했다.

다리를 벌리고 라마승 허벅지 위에 걸터앉아 있는 벌거벗은 여자들은 끊임없이 달뜬 신음을 내뱉고 있었다.

라마승의 검미가 꿈틀대는 것과 동시에 나신(裸身)의 여자들 입이 쩍 벌어졌다.

여자들의 옥문(玉門)에 박혀 있던 라마승의 중지가 가늘게 떨리다 더욱 깊숙이 박혀들자 벌어진 여자들의 입에선 검은 기운이 한숨처럼 흘러나왔다.

라마승이 눈동자를 번쩍임과 동시에 입을 벌리자 여자들 입에서 흘러나온 기운이 라마승의 입으로 빨려 들어갔다.

사특하고 잔인하기 이를 데 없는 채음보양술이었다.

얼마 지나지 않아 여자들의 몸은 목내이(木乃伊 : 미이라)처럼 바싹 말라가기 시작했다.

"흐읍~"

이젠 앙상하게 마른 여자의 아랫부분에서 손가락을 빼내며 라마승이 만족스럽다는 듯 두 눈을 감았다.

해골처럼 마른 채 라마승의 허벅지에 앉아 있던 여자들의 신형이 스르륵 뒤로 넘어가 바닥에 털썩 널브러졌다.

이미 몸 안의 뼈마저 가루가 된 듯, 흡사 얇은 종이처럼 바닥의 쓰러진 여인의 몸뚱어리에서 생명의 기운이란 전혀 찾아볼 수 없었다.

천천히 몸을 일으킨 라마승이 두 눈을 떴을 때 거기엔 더 이상 사람의 눈동자가 존재하지 않았다.

눈앞에 일렁이는 검은 불꽃이 새하얀 눈동자에 비추어져 함께 이글거리고 있었다.

기이한 장소에서 괴이한 승려는 한동안 만족스런 웃음을 짓고 있었다.

라마승이 다시 눈을 감고 알지 못할 주문을 외고는 다시 눈을 떴을 때, 일렁이던 검은 불꽃은 사라지고 다시 보통 사람의 눈동자가 있었다.

"움파하니 샤바나 훔바야……."

라마승의 입에선 알지 못할 신비한 주문이 흘러나오고 있었다.

"십수 년을 기다려 왔다. 잠시 동안 살신장(殺神將)의 기운을 느낀

후로 기회를 보며 기다리기만 했다. 그리고 이제……."

라마승은 자신의 목에서 염주를 꺼내어 양손으로 붙잡았다.

그러자 라마승의 손에서 불길이 일어나는 게 아닌가.

곧 라마승의 손길에서 헛바닥을 날름거리던 불길이 천천히 염주에 옮겨 붙었다.

불꽃을 마주 대하는 라마승의 눈이 손에 든 염주보다 더 활활 불타올랐다.

"살신장(殺神將)을 만나게 되는구나!"

라마승의 음성이 어둠보다 더욱 무겁게 주위를 가득 채우고 있었다.

＊　　　　＊　　　　＊

"이젠 대강 일처리가 끝난 것인가?"

주작단 황보세가의 가주인 황보융이 주위를 둘러보며 물었다.

일순 긴장된 빛이 어리며 모두가 고개를 끄덕였다.

어딘지 모를 비밀스런 공간에 마련된 탁상에는 모두 다섯 명이 앉아 있었다.

하나같이 비범한 자태와 일문의 종주다운 기도가 흐르는 사람들.

백호당 하북팽가 팽도.

현무당 사천당문 당표.

주작단 황보세가 황보융.

청룡단 남궁세가 남궁호.

천향각 모용세가 모용수.

바로 무림맹의 이당이단일각(二堂二團一閣)의 주인이자 오대세가의 가주들이 모두 모인 것이다.

하지만 일세를 풍미하고 무림맹의 실권을 거의 손에 넣고 좌지우지하던 이들의 안색은 긴장으로 무섭게 굳어져 있었다.

처음 입을 연 것은 백호당의 당주이자 하북팽가의 가주인 팽도였다.

"이제 우린 되돌아갈래야 갈 수 없는 처지가 됐구려."

평소 흥분 잘하던 팽도가 어울리지 않게 낮은 목소리로 말하자 주위의 공기가 더욱 무겁게 내려앉았다.

생긴 것만큼이나 괄괄한 팽도가 이처럼 조용하고 신중해졌다는 건 엄청난 일을 계획하고 있는 것임이 틀림없었다.

"하지만 모든 것을 버림으로써 세상을 얻을 수도 있을 터."

청룡단의 단주인 남궁호가 짐짓 어깨를 과장되게 펴며 주위를 돌아보았다.

"그러나 아직 우리 손에 들어온 것은 아무것도 없네."

주작단의 단주인 황보융이 주의를 환기시키듯 남궁호를 쳐다보았다.

"맞아. 더 이상 우린 무림맹의 사람도, 그렇다고 오대세가의 가주도 아닌 평범한 무림인에 지나지 않지. 제기랄!"

못마땅하다는 듯 팽도가 커다란 주먹으로 탁상 위를 두들기며 욕설을 내뱉었다.

"아니, 하나 얻은 것은 있어."

천향각의 각주이자 모용가의 가주인 모용수가 미묘한 웃음을 지으며 다른 네 명을 쳐다보았다.

"혈첩(血帖)!"

청룡단의 남궁호 역시 무슨 말인지 알겠다는 듯 고개를 끄덕였다.

"그래, 우리가 세상을 손에 넣을 단 하나의 무기지."

천향각주인 모용수가 마주 고개를 끄덕였다.

"그 빌어먹을 지렁이가 지랄하며 지나간 비단 천 말인가?"

백호당의 팽도가 입술 주위의 수염을 팽팽하게 잡아당기며 불만이라는 듯 입술을 삐죽 내밀었다.

"팽 가주는 아무래도 불만인가 보군."

청룡단의 남궁호가 그런 팽도를 보며 빙긋 웃었다.

"아무래도 불안해. 불안한 걸 어쩌겠는가!"

팽도가 답답하다는 듯 한숨처럼 대답했다.

"팽 가주의 그런 모습은 정말 어울리지 않는군."

현무당의 당표가 팽도를 불만 어린 표정으로 흘겨보았다.

"어찌 태연할 수 있겠는가? 나는 무림맹의 백호당과 인연이 끊겼네. 또한 하북팽가의 가주자리도 내팽개쳤지. 그 대가로 얻은 게 무엇인가! 이상한 글자가 쓰여진 비단 쪼가리에 불과하지 않은가!"

팽도는 그런 당표를 보며 입술을 더욱 앞으로 쭉 내밀며 이죽거렸다.

"하지만 그 비단이 혈첩이란 게 제일 중요하지."

천향각의 모용수가 팽도의 흔들리는 마음을 다잡듯 백호당의 팽도를 노려보았다.

오대세가. 그들은 모두 웅심을 키우고 있었다.

자신들의 야욕을 담기엔 무림맹도 모자라다는 듯, 이젠 무림 전체를 원하는 것이다.

이미 사대봉공(四大奉公)과 손을 맞잡은 이상 혹시 정체가 드러날 그 어떤 것과도 연관을 끊어야만 했다.

그래서 무림맹의 모든 직위도, 또 가문의 가주 직도 내놓았고, 그 대가로 사대봉공으로부터 혈첩을 손에 쥐게 된 것이다.

하지만 그 혈첩이란 게 문제였다.

"그럼 자네는 그 혈첩의 귀문을 알아봤단 말인가?"

팽도가 흥분한 어조로 쏘아붙이듯 모용수에게 물었다.

다른 것은 몰라도 모인 다섯 명 중 머리 쓰는 분야로 행세깨나 하는 인물이 바로 모용수였다.

다른 사람이면 몰라도 모용수라면 귀문을 해석했을지도 모른다는 생각이 들었기에 커다란 대가리를 앞으로 내밀며 급히 물은 것이다.

하지만 모용수는 그런 팽도가 답답하다는 듯 입꼬리에 조롱의 웃음을 머금었다.

"내가 한눈에 알아본다면 어찌 귀문이라 이름이 붙었겠는가."

"제길! 그것 봐!"

팽도가 실망했다는 듯 들어 올린 엉덩이를 다시 의자에 붙였다.

"또한 사대봉공 역시 어찌 이 물건을 순순히 우리에게 내주었겠는가."

팽도의 실망을 풀어주려는 듯 모용수가 말을 이었다.

"그들도 귀문을 모르기 때문이지. 만약 그들이 귀문을 해석했다면 어찌 새로운 고검사신, 즉 마혈(魔血)의 주인을 무서워하겠는가."

"……"

팽도는 가만히 모용수를 쳐다보고 있었다.

팽도의 머리론 이해가 안 되는 문제, 그것도 모용수가 거들먹거리며 말할 때는 그저 가만히 이미 알고 있었다는 듯 고개를 끄덕이고만 있으면 되는 일이었다.

"무림맹의 맹주인 진근양이 왜 갑작스럽게 사라졌겠는가. 또, 왜 그토록 진금행이란 아이를 편애하겠는가."

"진금행?"

갑작스럽게 언급된 이름에 신중한 황보융까지 의외라는 반응을 나타내었다.

모용수는 자신의 의도대로 오대세가의 분위기를 차근차근 자신 편으로 이끌고 나갔다.

'무림은 힘으로만 되는 게 아니야. 만약 그랬다면 이미 고검사신이 죽기 전 무림이 일통되고도 남았을 것! 미련한 것들……'

모용수는 겉으론 활짝 미소를 지으면서도 속으론 욕설을 퍼부어대었다.

"사대봉공이 우리와 손잡은 이유는 단 한 가지뿐이네. 마혈의 주인과 부딪치지 않겠다는 것이지. 혈첩까지 내주며 우리에게 원하는 것은 과연 무엇일까?"

모용수는 천천히 자신에게 집중된 분위기를 즐기듯 주위를 돌아보았다.

"고검사신을 없애는 것이… 아니었던가?"

팽도가 자신없다는 듯 머리를 긁으며 대답했다.

그러자 모용수가 맞다는 듯 고개를 끄덕이다가 다시 그들에게 물었다.

"그럼 고검사신을 없애면 천하가 우리 손에 들어오는 것인가?"

하지만 모용수의 의도가 무엇인지 모르는 다른 네 명은 그저 모용수의 입만 멍하니 바라보고 있었다.

"토사구팽(兎死狗烹). 토끼를 잡고 나면 사냥개는 솥에 들어가야 한다네."

모용수는 중요한 점을 잊지 말라는 듯 말할 때 한 자 한 자 끊듯 힘을 주었다.

"당연하지."

팽도가 이제야 이해가 간다는 듯 탁상을 다시 주먹으로 쾅 내려쳤다.

의외의 눈으로 자신을 보는 사람들을 향해 팽도는 그것도 모르냐는 듯 으스대며 말했다.

"고기 중에 제일은 역시 개고기란 말이 아닌가! 개고기 맛있지. 암, 맛있고말고."

하지만 팽도를 바라보던 나머지 사람들은 얼굴에 네가 그러면 그렇지란 실망의 빛과 함께 다시 모용수 쪽으로 고개가 돌아갔다.

'아닌가? 토끼 고기가 더 맛있단 말이었나?'

팽도가 입맛을 쩝쩝 다시고 있는 동안 모용수의 말은 다시 이어지고 있었다.

"우린 고검사신과 부딪칠 필요가 없네. 고검사신은 그저 쳐다보고만 있으면 될 뿐, 공연히 우리가 힘 쏟을 필요는 절대 없어."

"그럼?"

황보융의 눈이 빛났다.

"우리는 모든 직위를 버린 상태네. 적어도 사대봉공은 우리가 그들에게 협력한다 생각하고 있을 거야. 도남의재북(圖南意在北), 즉 뜻은 북쪽에 있음에도 남쪽에서 뭔가 일을 꾸미는 척해야 한단 말일세."

"옳아! 남쪽으로 내려가잔 말이었군!"

아까의 실수를 만회하려는 듯 다시 한 번 팽도가 큰 목소리로 외쳤지만, 이제 팽도 쪽을 바라보는 사람은 아무도 없었다.

"그럼 모용 가주가 의도하는 바는?"

남궁호 역시 모용수가 계획하고 있는 것에 흥미가 있다는 듯 바짝 의자를 끌어당기며 물었다.

"나는 무엇보다 무림맹주 진근양의 사라지기 전 행방이 의심스럽네. 그리고 장강수로맹(長江水路盟)과 태화련(太和聯)의 믿기지 않는 패배 역시. 그리고 그 모든 일의 중심에는 웬 괴상한 종자가 하나 자리 잡고 있지."

"진금행!"

이젠 진땀까지 흘리며 팽도가 외쳤다.

만약 이번에도 모용수의 말을 이해 못해 죽을 쑨다면 오대세가 중 가장 먼저 도태되는 것은 팽도 자신이 될 게 분명하기 때문이었다.

"맞네."

모용수가 대견하다는 듯 팽도를 보며 활짝 웃었다.

"지화자! 좋아, 그놈을 당장 잡아와 패대기를 치자고. 그럼 진금행이 어떤 놈인지 알 수 있겠지!"

팽도가 흥이 나는지 엉덩이까지 들썩거리며 모용수를 쳐다보는데 이번엔 모용수의 머리가 좌우로 흔들렸다.

"아니, 그럼 안 되네. 우리가 모든 직위와 신분을 버리고 이렇게 숨은 것은 비밀리에 일을 진행시키기 위함이야. 더욱이 상대는 태화련과 장강수로맹을 쳐부순 놈이라고. 더욱이 놈의 아비에 대한 이상한 이야기도 있고, 물론 그럴 리야 없겠지만."

"진금행에 대해 정보를 얻는 게 우선이겠군."

묵묵히 생각에 잠겨 있던 당표가 가볍게 고개를 끄덕였다.

"그것도 아주 비밀리에. 그리고 진금행이란 놈 주변에 있는 놈을 통해 알아보는 게 가장 좋지."

모용수의 말에 당표가 다시 고개를 끄덕였다.

"그런 일이라면 내가 조금 도울 수 있겠군. 마침 일을 맡길 적당한 아이 하나를 알고 있다네."

당표는 자신의 마지막 한 수인 당경을 떠올리며 웃음 지었다.

"그래 주면 더욱 좋고……."

모용수가 당표를 보며 활짝 웃었다.

애당초 모용수가 이야기를 꺼낸 것은 바로 당표에게 그 부탁을 하기 위한 것이기도 했다.

그러나 당표의 생각이 자신과 다른 것은 결코 알 수 없었다.

                    *   *   *

사람 같지 않은 사람 둘과 사람 같지만 사람이 아닌 둘이 한곳에 모여 있었다.

"우린 이제 구경만 하면 되는가?"

초라한 늙은이가 뺨을 오물거리며 곰방대를 힘껏 빨았다.

하지만 눈이 좋은 사람이라면 그 노인의 추레한 얼굴의 이마 정중앙에 너무도 선명한 하얀 줄무늬가 가로지르고 있다는 걸 알아볼 수 있을 것이다.

시해서(尸解鼠) 뇌공(雷公) 여량(呂梁)이었다.

"형님, 쥐새끼가 아까부터 찍찍거리는데요?"

천지문(天地門)의 두 형제 중 동생인 지공(地公)이 재미있다는 듯 형인 천공(天公)을 바라보았다.

"그러지 마라. 만약 저 쥐새끼와 해골이 없다면 우리는 사대봉공(四大奉公)이 아닌 이대봉공으로 불리게 되지 않겠느냐."

천공이 만면에 자상한 웃음을 지었다.

그때 땅 아래 반쯤 묻혀 있는 관 안에서 음산한 음성이 화답하듯 튀어나왔다.

"천지문의 번듯한 공자 역시 마혈의 주인을 만난다면 쥐새끼처럼 도망가던가, 아니면 나처럼 시체가 되는 꼴을 못 면하게 될걸?"

개활시(開豁屍) 임서(林嶼)의 말에 천공이 그럴 줄 알았다는 듯 고개를 끄덕였다.

"그것 보거라. 당장 쥐새끼가 찍찍거리자마자 썩은 시체 역시 잘난 척하고 튀어나오지 않느냐."

"그것참 신기하군요."

지공 역시 키득거리며 천공을 바라보았다.

아예 혈공(血公) 임서나 뇌공(雷公) 여량 쪽은 무시하듯 쳐다보지 않은 채였다.

그때 여량의 눈이 섬전 비추듯 번쩍 빛이 났다.

"어린 아해들이 너무 방자하구나."

천공이 의외라는 듯 여량을 바라보다 입꼬리를 한쪽으로 말아 웃었다.

"뇌공, 뇌공께선 너무 염려치 마시오. 우리의 천성이 하루아침에 이루어진 게 아니니, 뇌공의 심려만 끼칠 뿐 바뀌진 않는다오."

비록 비웃음이 담긴 목소리였지만 천공의 말에 조금 성질이 누그러졌는지 혈공 임서가 불만에 찬 목소리를 토해내었다.

"나는 도무지 이해할 수가 없군. 혈첩이야 우리 역시 귀문(鬼紋)을 읽는 진전을 얻지 못했고, 마혈의 주인이야 반쯤 미친 상태이니 오대세가 놈들에게 주어도 상관은 없겠지. 하지만 마혈의 주인이 나타난 지금에도 우리가 이렇게 숨을 죽이고 있어야만 하는가?"

임서의 말이 끝나기가 무섭게 지공이 이죽거렸다.

"도망갈 수 있으면 도망을 가는 것도 편하겠지. 하지만 마혈의 주인이 진정한 마인으로 변한다면 우리 역시 죽지도 살지도 못하고 종 노릇 해야 할 게 뻔한 것을……."

점섬 대화가 무르익는 듯하자 뇌공 여량이 빨던 곰방대를 땅에 툭툭 털고는 새로 불똥을 당겨 입에 물었다.

"그럼 이제 우리 천지문 대공자의 고견은 어떤가 듣고 싶군."

"하하, 이 불민하기 짝이 없는 사람의 고견이라……."

천공이 크게 웃다가 곧 무섭게 얼굴이 변했다.

"장강수로맹과 태화련이 모두 실패했소."

"……."

천공의 말에 모든 사람의 안색이 굳어졌다.

있어선 안 되는 일. 치밀한 계획 하에 벌인 일이 처음부터 일그러진 것이다.

"듣자 하니 요상한 두 사람 때문이라던데?"

뇌공 여량 역시 알고 있는 사실이라는 듯 조심스럽게 말을 꺼냈다.

"진금행과 화녀(火女)!"

혈공 임서가 침울한 어조로 말을 이었다.

"장강수로맹의 오군평과 태화련의 옥인재가 똥줄 빠지게 도망간 이야기 말이군. 정말이지 어이가 없어. 조그마한 계집애 하나 때문에……."

지공이 재미있다는 듯 킬킬거렸다.

"웃을 일이 아니다!"

처음으로 천공이 동생인 지공에게 굳은 안색으로 말했다.

지공 역시 그런 형의 모습을 처음 보는지 머쓱한 표정으로 헛기침을 할 때였다.

천공이 조금 심했다 싶었는지 안색을 풀며 미소를 띠었다.

"보통 계집아이가 아니다. 배화교(拜火敎)의 성녀(聖女)만이 그럴 수 있으니……."

"배화교!"

뇌공 여량과 혈공 임서의 얼굴이 딱딱하게 굳어졌다.

하지만 처음 얼굴이 굳어졌던 천공은 도리어 여유있는 표정으로 바뀌고 있었다.

"우리에겐 단 하나, 마지막으로 남은 패가 되는 것이지."

천공의 말에 지공이 이해가 안 된다는 듯 고개를 갸우뚱거렸다.

"새로 나타난 고검사신만 해도 우리에겐 벅찹니다. 그런데 거기에 배화교의 성녀까지 나타났다면 결코 쉬운 일이 아닐 텐데요?"

"이이제이(以夷制夷)!"

나지막한 천공의 목소리.

"아아!"

그제야 이해가 갔는지 지공뿐 아니라 뇌공과 혈공까지도 신음과도 같은 감탄성을 내뱉었다.

"마혈의 주인을 배화교의 성녀로 제압한다는 것이군요. 그런데 그 둘을 어떻게?"

"그것이 우리에게 남은 단 한 가지 문제지……."

천공이 웃으며 지공을 바라보았다.

하지만 그 웃음 속엔 폭발할 듯한 살기가 가득 담겨 있었다.

"그럼 형님의 뜻은 진금행이란 자를……."

지공의 말에 무슨 뜻인지 알겠다는 듯 여량이 눈동자를 번뜩이며 쪼그리고 앉았던 몸을 천천히 폈다.

"서둘러야겠군, 일을 진행시키려면……."

아무도 모르는 곳에서 진금행을 노리는 또 다른 음모가 착착 진행되고 있었다.

진금행은 전혀 모르고 있을 음모가.

제 **2** 장

임신 ─당경 당표를 노리고, 종리혁과 마 총관 임신하다

임
신

당경은 사생아다.

당경은 그 사실이 싫었고, 부정하고 싶었다.

자신을 버린 사람이 보통 사생아의 아비가 그렇듯 인생의 쓰레기라면 마음이라도 편했을 것이다.

그러나 자신의 아버지란 존재는 너무도 거대했고 강했다.

냉혹한 버림 뒤에 당경에게 남겨진 것은 아무것도 없었다.

아무것도…….

증오조차 없었고, 미움도 없었다.

당경은 그렇게 아무것도 아닌 존재가 되었다.

하지만 그래서 당경은 얻은 것이 많았다.

자신을 버렸던 아버지란 존재가 바로 사천당문의 문주였고, 더욱이 무림맹 현무당의 당주였기 때문이다.

'그래서 내게 남은 것은 피에 젖은 손뿐이지…….'

당경의 세모꼴 머리가 기우뚱 돌아가며 자신의 손을 내려다보았다.

이 손으로 죽이지 못할 존재란 없었다.

'누구라도 죽일 수 있지만…….'

당경의 고개가 반대로 갸우뚱거리며 돌아갔다.

'날 죽여줄 사람은 아무도 없단 말인가?'

아무도 모르게 버려졌다는 이유 하나만으로 당경의 몸엔 그렇게 사천에서 금지된 수법이 고스란히 남겨질 수 있었다.

어려서부터 혹독한 수련 과정을 겪은 당경의 몸은 또한 무림맹주의 눈에 쉽게 띄일 수 있었다.

그리고 무림맹의 일곱 제자 중 한자리를 꿰어찰 수 있었다.

물론 아버지의 보이지 않는 손길이 그렇게 만들었겠지만……

그래서 당경은 도리어 모든 것을 버렸다.

목매달아 죽은 어미의 마지막 단말마적 몸부림이 자궁에서 당경을 밀어내었다.

그것은 당경이 원하던 그런 삶의 시작이 결코 아니었다.

죽은 어미와 살아난 아이.

당경에게 있어 죽음은 그렇게 친숙한 것이었다.

그래서 당경은 모든 것을 버렸고, 죽음을 갈구했다.

자신이 죽인 사람들의 동공에서 생명이 꺼져 가는 공포가 보일 때면 당경의 희열은 참을 수 없을 정도였다.

당경은 그렇게 죽음과 가까워졌다.

"그 아이는?"

고막을 때리는 차가운 목소리.

당경의 시선이 그제야 들려졌다.

"당신이 원하던 것."

세모꼴 머리에 얇은 입술이 살짝 열리며 천천히 당경의 얼굴에 웃음이 번져 갔다.

"……."

상대는 거북하다는 듯 당경의 시선을 피했다.

당경의 아버지.

그리고 사천당문의 문주.

그리고 무림맹 현무당의 당주.

바로 당표였다.

당경의 웃음이 더욱 짙어져 갔다.

언제부턴가 당표는 당경의 시선을 감히 맞받아 보질 못했다.

아니, 가늘게 떨리는 눈꺼풀 사이에선 공포마저 볼 수 있었다.

자신의 암살이 하나하나 성공할 때마다 그 어두운 죽음의 빛이 당표에겐 어려 있었다.

자신을 버린 아비마저도 죽음의 냄새에 질리게 만드는 존재.

그것이 바로 당경이었다.

당경은 옆구리에 끼고 있던 축 늘어진 사람 하나를 당표 앞으로 던졌다.

"누구지?"

"우문하."

짧은 대화가 오간 후 당표의 얼굴엔 당혹한 빛이 떠올랐다.

"난 진금행을 원했는데……."

당표의 말에 당경의 세모꼴 얼굴이 공이 튕기듯 튕겨 올랐다.

"내가 죽길 원하는군."

"……!"

뜻밖의 반응에 당표가 곤혹스러운 듯 말을 쉽게 잇지 못했다.

"그렇게 강한가?"

"강하다기보다는… 지랄맞지. 그것도 아~아~주~ 아~아~아~
주~ 마~아~안~이!"

당경의 얇고 창백한 입술이 한없이 위아래로 벌어졌다.

당표는 상상을 할 수 없었다.

감히 당경의 입에서 '아주 많이 지랄맞을' 존재란 떠오르지 않았기
때문이다.

"진… 진금행이 그런 존재였던가?"

당표의 중얼거림과 동시에 당경의 세모꼴 얼굴이 끄덕여질 때였다.

"으… 진 대주, 안 돼… 그 나무는 인간적으로 너무 두껍잖아……."

필시 당경의 손에 정신을 잃은 게 분명한 우문하가 처박혀 있던 몸
뚱이를 씰룩였다.

엉덩이를 한없이 위아래로 흔들며 움찔움찔거렸다.

분명히 '진금행'이란 이름 석 자가 정신을 잃고 있던 우문하의 엉덩
이를 움찔거리게 만든 것이 틀림없었다.

"그런데 이 녀석은……."

당표의 말에 당경이 어쩔 수 없다는 듯 어깨를 으쓱해 보였다.

"진금행 주위에선 이놈이 그런대로 가장 정상이야. 다른 놈들은 나
로서도 벅차고……."

"정상? 정상이라면……?"

당표의 물음에 당경이 피식거리며 웃었다.

"이 자식은 뭘 먹을 때 오물거리지. 그것 빼곤 다 정상이야. 적당히 겁 많고, 적당한 처세술에, 적당한 고문에도 잘 불어댈 놈이야. 단지 뭘 먹을 때 오물오물, 우물우물, 쩝쩝거린다는 것만 빼고."

"그거야 당연……."

당표는 뭘 먹을 때 오물거리는 게 뭐가 비정상인지 도무지 알 수가 없었다.

당표의 속내를 짐작한 듯 당경이 친절하게 천천히 말을 이어 나갔다.

"단지 먹는 게 나무토막이고, 오물거리는 게 똥구멍이라 문제지. 쩝쩝대며 처먹고 입가심으로 똥구멍에 고약을 처바르지. 그것만 빼곤 다 정상이야."

당경이 못 믿겠으면 보여주겠다는 듯 발끝으로 주위에 굴러다니던 얇고 가는 나무토막을 튕겨 붙잡았다.

그리고 당표는 평생 믿지 못할 괴이한 광경을 목도하고야 말았다.

당경이 신중한 표정과 함께 손가락 굵기의 나무토막을 엎드려 있는 우문하의 엉덩이 사이에 조심스럽게 밀어넣자, 흡사 조개의 입이 닫히 듯 탄력있는 우문하의 엉덩이가 옷과 함께 덥썩 물어버리는 게 아닌가!

당경이 몇 번 힘주어 빼보았지만 우문하 엉덩이 사이의 가지는 쉽게 빠지지 않았다.

거기다 정신을 잃고 축 늘어진 우문하의 얼굴에 번지는 미묘한 미소와 콧소리는 무엇이란 말인가.

"웃훙~ 좋아좋아. 이 정도 크기라면야 얼마든지 환영이지… 고마워, 진 대주……."

당경이 세모꼴 얼굴을 갸우뚱거리며 다시 당표를 향했다.

"이것만 빼고는 다 정상이야. 그런데 왜 오대세가에서 진금행에게 관심을 가지지?"

"……."

당표는 깊은 한숨을 내쉬었다.

아무리 봐도 지금 땅바닥에 철퍼덕 엎어져 있는 놈에게서 무슨 정보를 빼낸다는 것은 불가능해 보였다.

"진금행에 대해서 알고 싶은 거라도 있나 보지?"

당경에겐 더 이상 당표란 아버지는 없었다.

그저 언제고 자신의 손아귀에서 마지막 숨을 불어 내쉴 가련한 존재, 그 이상도 이하도 아니었기에 마음대로 하대를 할 수 있었다.

묵묵부답인 채 서 있는 당표를 보던 당경이 묘하게 입꼬리를 비틀며 웃었다.

"그게… 아마도 진금행 아버지에 대한 것이겠고……."

당표의 눈에 경악의 빛이 돌았다.

"어, 어떻게……."

"맞군. 오대세가의 정보력도 제법이군. 하지만 너무 위험한 일을 꾸미는 것 같은데?"

당표의 눈에서 조롱의 빛을 읽은 당표가 낯 색을 바꾸었다.

"예전의 고검사신이 다시 온다 해도 오대세가가 손을 합치면 못 막을 것도 없지. 아무리 마혈(魔血)의 주인이라 해도 우리……."

당표는 저도 모르게 비밀리에 자신들과 손을 잡은 사대봉공의 존재를 말할 뻔했다.

하지만 당경은 틀렸다는 듯 고개를 가로저었다.

"아니, 난 마혈의 주인 따위에겐 신경도 안 써. 단지 껄끄러운 점은, 바로 그 마혈의 주인이란 놈이 바로 진금행과 관련이 있다는 것뿐이야. 내가 묻고 싶은 것은 왜 그 지랄맞은 진금행을 건드리냐는 거지. 죽고 싶어 환장한 게 아니라면 말이야."

당표는 정신을 차릴 수가 없었다.

그 어느 것도 두려워하지 않는 당경의 말과 태도에서 은근한 두려움마저 느껴지고 있지 않은가.

더욱이 당경의 입에서 진금행이란 말이 떨어질 때마다 우문하 엉덩이 사이에 꽂힌 채 하늘을 향해 솟아 있는 작대기가 파르르 떨리는 것을 보자니 정신이 아득해지기까지 했다.

"네가… 아니, 너는 그 진금행이란 놈을 죽일 수 있지 않던가? 그보다 더 어려운 고수도 처치했던 너였을 텐데. 내 한마디면 언제든……."

당표의 말에 당경이 다시 고개를 저었다.

"아직 착각하나 본데, 당신의 살인 청부는 이미 예전에 끝난 거야."

굳이 당경의 말이 아니라도 당표 역시 알고 있었다.

사천당문의, 아니, 당표 자신의 비밀 무기이자 가장 강력한 힘의 원천이었던 살수(殺手) 당경은 이미 자신의 손을 떠나 버렸다는 것을.

그래도 당경을 이대로 놓아버린다는 것은 당표에겐 아쉬운 일이 분명했다.

"하지만 넌 내 부탁을 받고 우문하란 아이를 내게 데려오지 않았느냐."

당표의 말에 당경이 피식 웃었다.

"그야 미끼지, 당신이란 커다란 놈을 잡기 위한 미끼. 아직 당신을 죽일지, 아니면 살려서 진금행 앞에 데려다 놓을지 결정하진 않았지만……."

당표는 표정이 갑자기 굳어지며 뒤로 두 걸음을 물러섰다.

당경이 무림맹에 불쑥 나타났고, 무림맹주의 대제자인 소일거검(消日巨劍) 백연강과 다섯째 제자인 동곽이 함께 사라진 일쯤은 당표도 알고 있었다.

그리고 그 백연강이 조천대(照天隊)를 노리던 장강수로맹(長江水路盟)의 맹주인 오군평(吳群坪)과 태화련(太和聯)의 태화련주(太和聯主) 옥인재(玉仁齋)를 물리쳤다는 것 역시 이미 오대세가가 강호에 뿌려놓은 섬세한 촉수를 통해 알고 있었다.

하지만 당표를 비롯한 오대세가가 원하는 것은 그런 정보가 아니었다.

바로 진금행에 대한 정보였고, 바로 진금행이란 존재에 대해 관심이 있었다.

그래서 마지막 방법으로 당표 자신이 나서서 당경에게 비밀리에 청부를 넣었던 것이었고, 그 결과로 우문하란 요상하게 미친 놈이 눈앞에 엉덩이에 작대기를 꽂은 채 패대기쳐져 있는 것이었다.

'그럼 내 청부를 순순히 받아들인 것이 나를 유인하기 위한?'

당표의 생각은 짧았고 행동은 빨랐다.

크게 다섯 걸음을 물러서며 재빨리 양손에 녹피갑을 끼었다.

사천당문이 무림에서 큰 목소리를 낼 수 있었던 것은 바로 두 가지 때문이다.

암기와 독.

사천당문의 문주인 당표가 제일 자신하는 것이 한 가지 있었다.

바로 독이 묻혀진 암기가 바로 그것이다.

당표는 다시 한 번 정신을 모으며 당경을 노려보았다.

하지만 당경은 으레 그럴 줄 알았다는 듯 팔짱까지 끼고 구경하듯 자신을 바라보고 있었다.

당경의 세모꼴 얼굴이 갸우뚱 돌아갔다.

세모꼴 얼굴 가운데 세모꼴 눈이 얇게 웃었다.

빨간 입술 사이로 새하얀 이빨이 눈 속 가득 보일 때 당표의 귀에 차가운 말이 들렸다.

"슬슬 시작해 볼까?"

팔짱을 끼고 있던 당경의 희고 긴 손가락이 드디어 섬세한 곡선을 그려내며 움직이기 시작했다.

무릇 모든 것이 그렇듯, 알고 있는 것과 익히는 것은 전혀 다른 문제였다.

당경의 지금 모든 몸놀림과 수법을 당표 자신도 알고 있었다.

사천당문의 금지된 암기 수법과 독을 당경에게 전수해 준 사람이 바로 자신이었기 때문이다.

하지만 불행히도 자신은 알고 전해주었을 뿐 익히진 못했다.

그 차이는 매우 컸고, 뻔히 다음에 어떤 수법이 나올 줄 알면서도 막아내질 못하고 있었다.

'이런!'

당표는 왼쪽 어깨에서 뿜어져 나와 눈앞으로 튕겨 나가는 자신의 핏줄기를 보며 인상을 구겼다.

자신도 알고 있는 수법, 하지만 간단한 한 수에 눈을 뻔히 뜨고 당하고 말았다.

자신 역시 암기와 독랄한 수법이라면 차고 넘치게 알고 있었다.

하지만 언제나 마지막 수법을 쓰기 전 움찔거리며 움츠러들고 마는 것이다.

당경은 더 잃을 게 없는 사람이었다.

아니, 더 나아가 죽음을 갈구하여 몸부림치며 죽음 앞에 다가서는 존재였다.

하지만 당표 자신은 너무도 잃을 게 많은 사람이었다.

그래서 언제고 죽음과는 멀리 있길 원했다.

그 작은 갈림이 지금처럼 큰 차이를 만들고 있었다.

'이제 끝을 보아야지?'

당경은 생생히 뛰는 고동을 느끼고 있었다.

당경의 오른쪽 어깨가 한 뼘쯤 올라가고 왼쪽 무릎은 뒤로 꺾었다.

왼손의 중지와 약지에선 독왕정이 끼어 있었고, 오른손에는 갈모검이 들려 있었다.

그러나 마지막 한 수는 왼손 약지의 손톱 사이에 있었다.

손톱 사이에 묻어 있는 작은 가루 몇 개가 당표의 얼굴로 날아가는 즉시 당경은 죽음의 쾌락을 맞볼 수 있으리라.

그러나 당표는 죽지 않았다.

당경의 몸 또한 뒤로 다시 물러야만 했다.

어디선가 탁하면서도 걸걸한 목소리가 들려왔기 때문이었다.

"딴금행은 어디 있띠?"

갑작스럽게 나타난 존재.

하나가 아닌 셋이었다.

익숙하면서도 항상 낯선 느낌을 당경에게 가져다 주는 놈들이었다.

당경은 갑작스레 나타난 추레한 늙은이에게 시선을 떼어 벌써 십여 장 이상 물러나 숨을 고르고 있는 당표를 노려보았다.

"잠시만, 하던 일부터 해치우고 나서!"

당경이 신경질적으로 대답하고는 몸을 허공에 띄웠을 때였다.

"더 급한 일두 있떠!"

당경의 치솟아오른 몸뚱이를 향해 추레한 늙은이가 손을 내뻗었다.

쒸잉!

무슨 수법인지 몰라도 당경은 목이 옥죄어오는 느낌이 들 정도였다.

'대단하군!'

당경은 아직 거리가 한참이나 남았음에도 불구하고 이 정도 압박감을 느낀다는 데 등줄기에서 한기가 느껴졌다.

"흡!"

당경은 당표를 향하던 갈모검의 끝을 신경질적으로 돌려 늙은이의 면상으로 향했다.

진금행이라면 몰라도 자신의 앞길을 막는 것은 그 어떤 것도 없어야만 했기 때문이었다.

하지만 당경 스스로도 이 '마 통관'이란 괴상한 늙은이가 자신의 공격을 피하지 못하리라고는 생각지 않았다.

자신이 보아왔고, 알고 있는 그라면 단 한 수만 휘저어도 자신의 공격쯤은 무산시키리라는 걸 알고 있었기 때문이다.

하지만 분명 허공 중에 뻗어가는 갈모검은 정확히 마 총관, 즉 마불통의 미간 사이를 조심스럽게 파고들고 있었고, 그런 갈모검의 끝을 마 총관은 흐릿한 동공으로 힘없이 바라보고 있는 게 아닌가.

'어라? 이상한걸?'

당경의 눈에 그제야 마 총관의 상태가 들어왔다.

무언가 넋 나간 듯한, 아니, 한밤중에 강간당하고 얼이 빠진 채 주저 앉아 멍하니 앉아 있는 계집과도 같은 표정.

그리고 홀쭉 말라 있던 마 총관의 몸은 어딘가 달라 보였다.

아니, 달라 보이는 게 아니라 분명히 달라져 있었다.

챙!

날카로운 소리와 함께 당경의 갈모검이 아슬아슬하게 방향을 바꾸었다.

허공 중에 휘리릭 몸을 돌려 땅에 내려선 당경의 눈에 막 마 총관의 목숨을 구한 인물이 눈에 들어왔다.

얄팍한 눈매, 강팍해 보이는 콧대.

자신과 비슷해 보이는 분위기와 함께 같은 냄새가 나는 인물.

바로 종리우였다.

자신의 형인 종리혁과 함께 배화교(拜火敎)의 비전을 이었고, 끝내 살수기예를 익혀 흑백살귀(黑白殺鬼)로 불린 인물.

처음 무림맹 내에서 진금행의 목숨을 노리려다 마주친 이후 잊어본 적이 없는 인물이었다.

"무슨……."

당경이 머리는 산발한 채 언뜻언뜻 핏줄기마저 내비쳐 보이는 종리우를 보며 물었을 때였다.

종리우가 천천히, 그러나 절박한 목소리로 한 자 한 자를 내뱉었다.

"진금행은? 금행이를 급히 만나봐야 해."

당경이 영문을 모르겠다는 듯 고개를 돌려 나타난 세 명 중 마지막 인물인 종리혁을 바라보았을 때였다.

종리혁의 모습은 셋 중 가장 괴상한 몰골이었다.

호교법신(護敎法身)으로 변한 후유증인 민둥머리와 맨들맨들한 낯짝은 그대로인 채 구레나룻이 있어야 할 자리가 온통 눈물로 얼룩져 있는 게 아닌가.

물론 눈과 눈 사이가 한참이나 먼 종리혁의 특성상 눈물이 옆통수로 흐르는 것은 이상한 일이 아니었다.

하지만 벌거벗다시피 한 온몸엔 알지 못할 문양이 그려져 있고, 배와 옆구리는 흡사 돼지 한 마리라도 품었는지 불쑥 튀어나온 괴상한 모양이 아닌가.

'종리혁이 저토록 배불뚝이였나?'

고개를 다시 갸우뚱거렸을 때 배가 나온 것은 종리혁뿐만이 아니라 가쁜 숨을 내쉬고 있는 마 총관 역시 마찬가지란 걸 당경은 깨달을 수 있었다.

이미 자신의 손아귀에 들어오나 싶었던 당표의 자취는 어디에도 찾을 수 없었고, 그저 땅바닥엔 아직도 가늘게 떨리는 작대기를 항문에 꽂고 있는 우문하만이 남아 있을 뿐이었다.

이미 당표를 다시 쫓아가기엔 너무 늦었다는 걸 안 당경이 가볍게 한숨을 내쉬며 물었다.

"무슨 일들이지?"

당경의 시선이 질질 짜고 있는 종리혁을 지나 모든 희망을 잃어버린 듯해 보이는 마 총관에 머물렀다가, 그나마 제일 상태가 나아 보이는 종리우를 향해 물었을 때였다.

"진금행은?"

종리우는 이런 일로 시간을 보낼 이유가 없다는 듯 급박하게 물었다.

"진금행? 그야 장강수로맹과 태화련 졸자들 틈에서 산책하고 있지. 불 뿜는 개 한 마리 데리고."

하지만 당경은 급할 게 없다는 듯 느긋한 태도로 대답했다.

*　　　　*　　　　*

"천하를 낚는다고 하지 않았나? 난 분명히 그렇게 들은 거 같은데."

주개육이 멀건 눈을 뜨고 정신없이 앞을 바라보고 있었다.

그러다 곧 짜증이 났는지 뒤통수를 벅벅 긁다가 옆에 있는 동곽을 쳐다보았다.

동곽과 주개육.

그 둘은 비슷하면서 달랐다.

한 사람은 개방의 차기 장문인으로 점찍힌 주개육이었고, 다른 한 사람은 무림맹주의 제자로 신분부터가 비슷했지만 그보다는 지저분하고 흐트러진 옷매무새가 가장 엇비슷해 보였다.

'그래도 난 땟국물이 저 정도는 아니지.'

동곽은 한심스런 눈으로 주개육을 바라보다가 다시 시선을 돌렸다.

"요즘은 낚싯대가 아니라 개로 세상을 낚나 보지… 아니, 여자 아이로… 아니, 그것도 아니라 미친년이라고 해야 옳겠군……."

동곽과 주개육이 보고 있는 곳에선 진금행이 커다란 몸에 어울리게 거들먹거리며 걸어가고 있었다.

하지만 마치 유람이라도 나온 듯 너무도 한가한 태도의 진금행과 달리 진금행 앞에 막아서고 있는 사람들의 표정은 흡사 사신(死神)이라도 대하는 듯 새파랗게 질려 있는 게 아닌가.

그뿐 아니라 둔중한 진금행의 발이 한 걸음 앞으로 내디뎌지면 미친 듯 두세 걸음을 뒤로 도망치듯 물러서고 있었다.

죽일 듯 몰려들던 어제와는 달리 미친 듯 도망치는 태화련과 장강수로맹의 겁먹은 시선은 투실투실하게 삐져 나온 진금행의 옆구리로 향해 있었다.

아니, 더욱 정확히는 진금행이 옆에 끼고 있는 작은 여자 아이, 즉 무아(无兒) 때문이었다.

진금행은 만족스럽다는 듯 두툼한 입술을 실룩이며 툴툴 웃다가 옆에 낀 무아를 앞으로 번쩍 들어 올리며 중얼거렸다.

"쉭쉭~ 물어, 물어, 쉭쉭~"

조그마하고 예쁘장한 계집애의 몸이 진금행의 팔 움직임에 따라 흔들릴 때마다 장강수로맹과 태화련의 졸개들 발은 정신없이 뒤로 물러서고 있었다.

저 조그마한 여자애의 눈꺼풀이 열려 허옇게 까뒤집은 눈알이 나타난 뒤 뜻 모를 이야기를 중얼거리기 시작한다면 곧 자신들은 한 움큼의 하얀 재로 남게 되리란 걸 너무도 잘 알고 있었기 때문이다.

태화련(太和聯)의 옥인재(玉仁齋)도, 또 장강수로맹(長江水路盟)의 오군평(吳群坪)도 미친 듯이 도망가게 만든 아이가 바로 저 꼬마 계집애였다.

사신늘 같은 졸자들의 실력으론 도저히 막아내지 못할 상대였다.

"쉭~ 물어, 그냥 콱~ 물어뜯어 버려~"

진금행은 이젠 아예 킬킬거리면서 무아를 앞으로 내던지다시피 흔들어대고 있었다.

진금행의 무식함과 무아의 가공할 신화(神火)가 어우러졌으니 세상에 막아낼 존재라곤 찾아보기 어렵지 않을까 싶은 장면이었는데…….

따~악~

갑자기 진금행의 거대한 대가리가 옆으로 기우뚱거렸다.

한 사람의 매서운 손길이 그렇게 만든 것이었는데, 그 손의 주인은 진금행이 옆구리에 낀 무서운 개새끼, 아니, 배화교의 성녀(聖女)를 두려워하지 않는 유일한 사람이었다.

"요 쌍놈의 호로새끼 같으니라구욧! 아니, 한참을 찾아댕겼더니 요기서 우리 무아를 가지고 이 지랄을 떨고 있었단 말이지잇!"

바로 묘옹이었다.

거듭 말하지만, 모성애에 불타는 묘옹이란 괴물은 어찌 보면 배화교의 성녀인 무아보다 더욱 무서운 존재였다.

진금행 역시 입맛을 한 번 쩝 다신 뒤 선뜻 무아를 내주고는 손바닥을 비비고 뒤돌아설 때였다.

"으아아아~"

안 그래도 무아 때문에 새파랗게 질려 있던 장강의 수적들과 태화련 졸개들은 이젠 아예 얼굴이 시꺼멓게 변해 몸을 돌려 비명성을 토해내며 도망가고 있었다.

묘옹.

어젯밤 일을 겪고도 살아남은 사람들 중에 묘옹의 휘황찬란했던 무공과 '오오오옷~' 하는 기묘한 비음 섞인 기합을 듣지 못하고 보지 못한 사람은 없었기 때문이다.

그리고 그런 묘옹이란 존재는 정녕 배화교 성녀의 뜨거운 화염보다 더욱 공포스런 것이 분명했다.

"까불구 있엉!"

묘웅은 도망가는 적들의 뒷등을 매섭게 흘겨보며 뇌까리고는 다시 시선을 돌려 무아의 뺨에 볼을 부벼댔다.

사랑스럽다는 듯 함박웃음을 짓는 묘웅과 달리 정작 정신을 잃고 축 늘어져 있던 무아의 얼굴은 묘웅의 떡 칠한 분 사이로 까칠까칠한 턱수염 때문에 일그러지고 있었다.

"세상이 망할 징조야……."

한참 뒤에서 지켜보던 동곽이 고개를 저으며 한숨처럼 토해냈다.

말로만 전해 듣던 묘웅이란 존재를 직접 눈으로 확인하고, 더더구나 자애로운 어머니의 모습까지 발견한 사람이라면 세상에 망조가 들었다고 생각하는 것도 무리는 아니었다.

"몰랐어?"

주개육의 한심스럽다는 듯한 물음.

"뭘?"

동곽이 멍하니 쳐다보자 주개육이 피식 웃고는 등을 돌려 묘웅의 뒤를 따라 걸으며 등 뒤로 나지막이 한마디를 흘렸다.

"이 세상은 진금행이 태어나던 때부터 망하게 되어 있는 거였어. 하늘이 이 세상을 버린 거야. 아니라면 진금행이 태어났겠어?"

주개육의 말에 동곽은 왠지 가슴이 답답해져 와서 먼 하늘만 바라보았다. 그저 멍하니.

널따란 공터 한구석에 백의의 사내가 불쑥 솟은 바위 위에 걸터앉아 있었다.

각진 턱, 짙은 눈동자 아래 시원하고 깊은 눈동자는 보통 심기가 깊은 사람이 아니란 걸 나타내 주고 있었다.

사내는 흔히 보기 힘든, 아니, 들기조차 어려워 보이는 커다란 검을 한 손에 거머쥐고는 푸른 하늘을 향해 들어 올렸다.

가슴까지 베어낼 것 같은 예기가 거검(巨劍)에서 뻗어 나와 푸른 하늘에 뻗쳐 올랐다.

겉모습보다 커다란 거검이 그 사람을 더욱 잘 나타내 주는 소일거검(消日巨劍) 백연강이었다.

"후읍~"

자신의 검신을 실눈을 뜨고 훑어보던 백연강의 한숨 소리가 그칠 때쯤 카랑카랑한 소리가 한 켠에서 들려왔다.

"검도 좋고 사람은 더욱 좋군."

백연강이 천천히 고개를 돌리니 웬 추레한 노인네가 백연강을 보고는 쥐꼬리 같은 수염을 말아 올리며 빙그레 웃고 있었다.

'나를 보는 것인가? 아니면 검을?'

백연강은 잔뜩 몰린 노인의 눈을 볼 때마다 가볍게 현기증이 이는 것을 또 한 번 느끼며 자리에서 일어나 포권을 취했다.

"사람은 좋지 않습니다. 검은 괜찮습니다만……."

백연강의 태도엔 당당함과 동시에 예의가 깃들어 있었다.

"그런데 보아하니 기식을 다스리는 것 같던데……."

눈이 사정없이 가운데로 몰린 추레한 늙은이, 하지만 그 노인의 진정한 신분이 명교의 교주라는 것을 아는 사람은 경망된 행동을 할 수 없을 것이다.

백연강 역시 저토록 볼품없는 노인이 마교의 교주란 것은 상상도 하지 못했다.

그러나 백연강 역시 고수 중 고수, 자연 노인의 기도에서 범상치 않은 기운을 느꼈는지 대하는 태도가 엄정하기 짝이 없었다.

"예, 뜻하지 않은 도전을 받게 되어서……."

백연강은 말끝을 흐리며 싱긋 웃었다.

"으응? 누가 감히 소일거검에게?"

교주가 놀라자 눈알의 안쪽 근육이 팽팽히 당겨지며 시선은 더욱더 가운데로 쏠리고 있었다.

소일거검 백연강.

비록 무림맹에서 권력 다툼에서 비켜나 있어 아무도 그의 존재를 눈여겨보지 않지만 그 실력까지 허술한 것은 절대 아니었다.

무림맹주 진근양의 이름이 높은 만큼 대제자인 백연강의 실력 또한 높을 게 분명하기 때문이다.

"저 역시 의아한 일이지만… 틀림없이 재미있을 겁니다. 재미있어야지요. 제 사부님의 안목이 틀린 것은 한 번도 못 봤으니까요."

백연강이 다시 뜻 모를 미소를 지으며 거검(巨劍)의 검신(劍身)을 쓰다듬는 걸 보고 멍한 표정을 짓던 교주는 곰곰이 생각한 후에 뜨악한 표정을 지었다.

"지… 진금행!"

듣기로 백연강이 무공 대결에 흥미가 많다고는 전혀 듣지 못했다.

그저 충직한 대제자로서 묵묵히 무림맹주의 수발을 돕는다고만 알고 있었다.

그런 그가 대전을 앞두고 가벼운 흥분을 느끼는 상대가 있다면 단 하나, 자신이 하늘같이 모시는 사부가 마음에 들어하는 상대와 겨루게 되었다는 것 외엔 없었다.

잠시 헤벌쭉 멍하니 벌린 입을 쩝쩝대며 교주가 중얼거렸다.

"다른 건 몰라도 안목하면 난데, 나와 자네의 사부가 고른 놈이니 틀림없을 터이지만……."

아무래도 불안했다.

진금행의 무공 수위는 교주 자신도 알 수가 없었다.

어떤 때는 무공을 하나도 모르는 사람처럼 느껴졌다가, 또 다른 때는 천년고목을 대하는 듯 깊은 연륜을 풍기기도 했고, 천장절애의 절벽처럼 단단한 그 무언가가 느껴지는 듯도 했으니.

그러나 교주가 아는 백연강은 이미 천년고목의 기품과 자신만의 높이를 쌓은 고수 중의 고수였다.

아무래도 찜찜해진 교주가 대결을 연기해 줄 것을 부탁하려는 찰나 백연강의 눈빛이 더욱 깊어졌다.

"왔군요."

무언가 오긴 왔다.

아무리 눈이 몰린 교주라도 한눈에 알아볼 수 있을 만큼 푸짐한 존재감을 풍기며 진금행이 언덕 위에 오른 것이다.

"꺼억, 일단 아침도 먹었겠다, 불 뿜는 계집애와 산책도 했겠다, 이제 몸 푸는 일만 남았군. 어이, 준비됐어?"

진금행의 나른한 목소리.

그 목소리에 교주의 미간이 움찔거렸다.

제 3 장

비무 —진금행 백연강과 겨루고, 교주 종리혁의 맥을 짚다

비
무

분명 진금행이었다.

다른 사람도 아닌 백연강과의 무공 대결을 그저 몸 푸는 가벼운 운동 정도로 여기는 사람이 여기 있는 것이다.

다른 사람이라면 '미친놈' 하고 가볍게 비웃어주고 끝날 일이지만, 문제는 그 미친놈이 자신의 소중한 차기 교주감이라는 데 있었다.

"얘… 얘야. 아니, 대주, 이건 그런 게 아니라……."

무인 간의 대결이란 어린아이 장난 같은 짓이 결코 아니었다.

그러나 그걸 모르는 이물은 분명 무림인이 아니었고, 무림인이 아니라면 무림인과 자웅을 결할 일도 없어야 했다.

하지만 대결을 어린아이 장난 같은 일쯤으로 여기는 것은 진금행뿐만 아니었다.

교주가 보기엔 백연강의 지금 태도 역시 진금행과 별반 달라 보이지 않았다.

백연강의 입가에 미소가 짙어졌다.

"영광이구려."

진금행 역시 마주 보고 씨익 웃었다.

"영광이겠지. 암~ 영광이야."

진금행이 한쪽 손가락을 들어 자신의 콧잔등을 가리키며 말을 이었다.

"감히 나랑 대련하다니 말이야."

백연강의 한쪽 검미가 미묘하게 비틀렸다.

하지만 곧 자신의 상대가 진금행이란 괴물임을 알아차렸는지 나지막이 중얼거렸다.

"하기는, 원래 그런 사람이니까……."

문득 고개를 들어 하늘을 보고 멍하니 상념에 잠기던 백연강이 고개를 떨구어 진금행을 쳐다보았다.

"어디 우리 무림맹을 책임질 수 있는 사람인가 한번 봐야겠군."

백연강의 뜻밖의 말에 제일 화들짝 놀란 건 옆에서 어떻게 대련을 말리나 전전긍긍하던 마교 교주였다.

"무림맹을 맡다니? 왜 저 아이가 무림맹을 맡어?"

하지만 정작 마교 교주의 답변은 뒤에서 들려오고 있었다.

"아니라면 왜 우리 사부께서 사람 이름도 기억 못하는 저놈에게 자신이 없는 동안 무림맹의 전권이다 싶은 실종 사건의 수색권을 주셨을까?"

교주가 놀라 뒤를 보니 무림맹주의 다섯 번째 제자인 동곽이 '한심한 노인네'라는 글자를 이마에 새긴 듯 빙글빙글 웃으며 서 있었다.

'하긴… 가만, 그럼 그 빌어먹을 놈이 선수를 친 게로군! 내가 점찍은 차기 교주를 그놈이 먼저!'

교주가 무림맹주 진근양에게 선수를 뺏겼다는 것을 알아차리곤 가슴을 칠 때였다.

동곽 자신도 흥미진진한 대결, 아니, 그보다 더 흥미진진한 진금행의 본실력을 볼 기회를 저버리지 않겠다는 듯 눈을 진금행의 거대한 몸집에 고정시키며 중얼거렸다.

"실은 나도 궁금했거든. 저놈이 어떤 놈이길래 사부님이 무림맹을 맡기려 하는지 말이야……."

동곽의 한결 꺼칠해진 음성에 털털한 음성이 뒤를 이었다.

"쫄았겠지. 내 사부도 개차반이 되도록 터졌는데 제까짓 놈… 아니, 맹주라고 안 쫄까!"

동곽이 고개를 돌려보니 개방의 거지 종자인 주개육이었다.

방금 전까지도 무언가를 뜯어 먹은 양 입가의 번지르르한 기름기를 더러운 소매로 닦으며 자신을 마주 보고 씨익 웃는 주개육을 보자 동곽은 갑자기 속이 울렁거리기 시작했다.

동곽은 주위를 둘러보다 고개를 끄덕였다.

어느덧 이 숲 속엔 자신들만 있는 게 아니었다.

예고되지 않은 이 대결에 모두가 어떻게 알고 찾아들었다.

불을 찾아드는 부나방처럼 모든 사람이 본능적으로 알고 찾아 기어들어 온 것이었다.

"그럼……."

백연강의 싸늘한 냉기와 기이한 열기가 얽힌 목소리가 들리자 부스럭대던 공터 주위가 싸늘하게 식었다.

백연강은 칼을 들어 올리며 정중한 태도로 말을 이었다.

"이 보잘것없는 사람이 수십 년을 익혀온 재주는 삼십육회전륜휘검(三十六廻電輪揮劍)이라는 것이네. 사람 몸뚱이에 붙어 있는 다섯 가지가 있으니 목과 양팔, 그리고 양다리지. 그 다섯 가지의 관절과 뼈와 힘줄, 근육을 한칼에 잘라내기 위해 이렇듯 검이 쓸모없이 커지기만 했네. 곧 이 다섯 가지의 가지를 잘라내니······."

"불완전한 무공이군."

대련이 있기 전 의례히 오가는 비무례(比武禮)의 말을 끊고 진금행이 불쑥 말했다.

백연강의 낯색이 엄중해졌다.

다른 건 아무래도 좋았다.

하지만 백연강이 하늘같이 모시는 무림맹주 진근양으로부터 전수받은 무공이 무시당하는 것은 참을 수가 없었다.

"불완전한 무공이라··· 내 진 대주의 높으신 안목을 꼭 견식해 봐야 하겠네."

"일단 그 검부터 틀려먹었어."

"······?"

진금행의 말에 백연강뿐만 아니라 모든 사람이 놀랐다.

백연강에게 소일거검이란 명호를 가져다 줬을 정도로 큰 검은 여러 가지를 나타내 주고 있었다.

둔중하고 무거운 검은 일단 운용하기가 힘이 들었다.

또한 그렇게 큰 검으로 민활하고 영활한 검로(劍路)를 뚫기란 어려울 게 틀림없었다.

바로 그렇기 때문에 백연강의 무공이 높다는 걸 나타내 주고 있었다.

무기교의 기교, 이미 모든 변화를 거친 무거운 둔중함에 백연강이 도달해 있다는 것을 나타내 주는 것이다.

"어디가 틀렸다는 겐가?"

백연강이 입가를 묘하게 뒤틀며 물었다.

"왜냐고?"

진금행이 한심스럽다는 듯 눈을 반쯤 지그시 감고 백연강을 쳐다보았다.

"너무 무겁잖아! 안 그래?"

"……."

백연강은 할 말이 없었다.

무겁긴 무거웠다.

하지만 무거워야만 했다.

무겁다는 것은 현철을 넣고 여러 번의 단조를 거쳐 만들었기 때문이고, 만약 그렇게 단단한 병기가 아니라면 자신의 심후한 내력을 받아내지 못하기 때문이었다.

그래도 역시 백연강 스스로도 무겁긴 무겁다는 생각을 항상 가져온 건 사실이었다.

진금행은 백연강의 얼굴을 쳐다보며 두꺼비 같은 두터운 입술로 툴툴거리고는 웃으며 말했다.

"칼은 왜 들고 다닐까? 가끔가다 기분 나쁘게 엉겨 붙는 놈들을 혼내주기 위해서지. 그런데 무림맹주의 대제자에게 엉겨 붙을 놈이 과연 있을까? 몇 놈 없을걸? 그런데 이 넓은 중원천지에 몇 되지 않을 놈들 때문에 항상 그렇게 무거운 걸 질질 끌면서 다니는 미련한 놈이 과연 있을까? 아~ 미안, 한 놈 있긴 있군."

백연강의 얼굴이 검게 변했다.

"자네도 틀렸군."

"뭐가?"

진금행은 어느덧 권태로운 얼굴로 돌아가 있었다.

"고수에겐 병장기의 무게란 큰 문제가 안 되네. 그 어떤 것이든 새털보다 더 가볍게 써야 하고, 천하보다 더 무겁게 가슴에 품어야 하네."

백연강의 진중한 말에 이 한판의 흥미진진한 대결에 몰려든 모든 사람들은 일제히 고개를 끄덕였다.

백연강의 손에 거검(巨劍)이 아닌 작은 갈대가 들려 있다 한들 그 앞에 감히 맞설 자가 몇이나 되겠는가?

"이제 보니 미련한 놈이 아니라 병신 같은 놈이군."

하지만 진금행의 태도와 말은 더욱더 노골적으로 변하고 있었다.

"……?"

백연강의 낯빛이 이젠 아예 흑색으로 변하는 걸 보고 진금행이 히죽거리며 웃었다.

"그럼 아예 새털을 뽑아 들고 다니지? 그 무거운 걸 왜?"

진금행의 말에 백연강이 소리없는 허탈한 웃음을 지었다.

"그도 그렇군. 하지만 새털도 필요없다네. 진정한 고수란 기세로 겨루는 것이기 때문이지. 심기(心氣)에서 우열이 나뉘며, 기세에서 승패가 갈리고, 칼부림은 단지 그걸 확인하는 절차에 지나지 않다네."

백연강은 말이 필요없이 행동으로 직접 보여주겠다는 듯 거검을 천천히 자신의 앞에 들어 올렸다.

그러자 이제까지 있었던 백연강은 없고, 그저 칼 하나만이 허공에 남았다.

"대단하군!"

언제부터 나타나 구경하고 있었는지 눈자위가 벌게진 화산파의 기재 휘검청학(揮劍請鶴) 이교옥이 낮은 감탄의 말을 내뱉었다.

분명 거검을 든 백연강은 있었다.

눈으로도 똑똑히 볼 수 있었다.

하지만 고수들만은 알아볼 수 있었다.

지금 백연강의 모든 것은 거검 안에 들어 있었다.

사람의 모든 것이 지워지고, 그 사람의 모든 것은 칼 안에 담겨 있었다.

그것을 가장 확실히 알아보는 건 마주 선 채 대치하고 있는 진금행이었다.

어느덧 주위의 모든 광경이 뿌옇게 변하며 거검의 두툼한 검신(劍身) 사이에 거구였던 백연강의 모습이 가려져 보이는 것이 아닌가.

"꿀꺽~"

진금행의 두툼한 살 속에 파묻혀 있던 목울대가 크게 위아래로 오르내렸다.

검신합일(劍身合一).

그 지고무상한 경지를 직접 체험하고 있기에 가능한 일이었다.

"어떤가?"

커다란 검만이 둥실 떠오른 채 백연강의 목소리가 진금행의 귀를 때렸다.

"괜찮군."

진금행이 깨끗이 인정하며 고개를 끄덕였다.

"그럼 이것은?"

백연강의 말이 끝나기가 무섭게 허공 중에 치켜 올려진 거검이 몸을 뒤틀며 검날이 진금행을 향했다.

"꿀꺽~"

진금행의 목울대가 또 한 번 크게 위아래로 흔들렸다.

진금행의 눈앞엔 그저 허공 중에 작은 선 하나만이 보였다.

그리고 그 위아래로 그어진 선이 바로 거검의 날카로운 날이란 걸 잘 알 수 있었다.

보통 사람보다 머리통 한 개는 더 큰 백연강의 거구가 얇은 거검의 칼날에 숨겨진 것이었다.

"좋아, 아주 좋아. 이건 '야려보기'로는 쉽지 않겠는걸?"

진금행은 한마디를 힘들게 뱉어내었다.

지금 백연강이 내뿜는 기세에 눌리지 않으려는 마지막 시도였고, 그것은 먹혀들었다.

"야리다니? 뭘?"

다행이었다.

만약 정말 생사를 결하는 대결이었다면 진금행의 시도는 무위에 그쳤을 것이었다.

하지만 백연강의 목적은 진금행의 진정한 실력을 보는 것이었고, 그렇기에 진금행의 한 수가 통할 수가 있었다.

"바로 이거."

진금행은 짧게 대답하고는 천천히 두툼한 눈꺼풀을 덮었다.

다른 것엔 신경도 쓰지 않는다는 듯 흡사 졸리기라도 한 것처럼 태연히 눈을 감은 채 묵묵히 서 있었다.

바로 그 순간 진금행과 백연강 사이의 공기가 일렁였다.

백연강의 기세가 진금행의 온몸을 갈라낼 듯 쏟아져 내리고 있었다.

천천히 사 장여 거리를 두고 있는 두 사람 사이의 공기는 진공 상태가 된 듯 우웅~ 하는 괴이한 소리를 내고 있었다.

백연강이 거검을 들고 묵묵히 서 있는 모습이 진금행에겐 그저 칼날밖에 보이지 않듯, 눈을 감고 태연히 서 있는 진금행의 모습이 백연강에겐 다르게 다가오고 있었다.

진금행의 발 밑에서 작은 새싹이 싹트더니 곧 덩굴로 자라 진금행의 온몸을 휘감았다 싶었을 때 진금행의 몸은 어느덧 커다란 거목으로 자라나 있었다.

진금행의 양팔은 가지로 변하더니 하늘을 향해 키를 돋우어 끝내 하늘을 이려는 듯 당당하게 솟아나고 있었다.

또한 양 발은 점점 깊은 땅속으로 가지를 뻗어 내려가 땅을 힘있게 움켜잡더니 곧 땅과 진금행이 한 몸이 되는 게 아닌가.

'믿을 수가 없다!'

백연강의 거검이 가늘게 흔들렸다.

지금 이 순간에도 진금행의 몸은 점차 거대해졌다.

진금행의 양 발은 땅이 되고, 양팔은 절벽이 되었으며, 몸은 평야가 되고 있었다.

그리고 그 어디에도 진금행은 존재하고 있지 않았다.

"물아일체(物我一體)!"

이교옥이 주독으로 벌게진 두 눈을 찢어져라 치켜떴다.

언젠가 이교옥은 본 적이 있었다.

'맞아! 분명 무림맹이었어. 거기서 본 게 맞았군!'

이교옥이 보았던, 하지만 보고도 도저히 믿지 못했던 광경.

예전 진금행이 나무 몽둥이를 들고 커다란 나무를 향해 내려쳤던 그 찰나에 지나지 않는 순간의 광경이 재현되고 있었던 것이다.

'더 이상 기다리면 안 되겠군.'

백연강의 눈이 가늘어짐과 동시에 손에 들려 있던 거검이 천천히 공중에서 가볍게 흔들렸다.

세상에 그 누구도 천하만물, 자연 그 자체와 겨루어 이길 수 있는 사람은 존재하지 않았다.

지금 어떻게 진금행이 그와 같은 경지를 보여줄 수 있는지 도무지 믿겨지지 않지만 만약 진금행의 기세가 더욱 커진다면 자신으로서도 도저히 막을 수가 없었다.

천천히, 거검이 미묘한 흔들림으로 부드럽게 움직이자 뿌리를 박은 군건하게 서 있던 진금행의 몸이 기우뚱거리기 시작했다.

거검은 커다란 몸통과 달리 섬세하고 부드럽게 하늘거리며 허공에서 각도를 달리하고 있었고, 사 장여 떨어져 있는 진금행은 백연강의 거검에서 흘러나오는 기파를 참지 못하겠다는 듯 파도에 휩싸인 것처럼 자세를 허물어뜨리기 시작했다.

그 누가 보더라도 싸움은 절정을 향해 치닫고 있었다.

만약 진금행의 자세가 먼저 허물어진다면 진금행의 패배가 분명했고, 백연강의 거검 움직임이 멈춘다면 믿을 수 없게도 백연강의 패배가 분명한 것이다.

백연강의 손에 든 거검의 움직임 크기가 점차 작아지면서 그 떨림은 더욱 격렬해졌고, 진금행의 몸은 다시 제자리를 찾아가고 있었지만 어느덧 입에선 선혈이 흘러나왔다.

그와 동시에 지켜보던 교주의 눈동자는 더욱 가운데로 쏠리기 시작했다.

마교 교주의 마음으로는 이 대결을 지금 중지시키지 않는다면 누군가는 피를 뿜으며 스러져 갈 것이 분명했다.

하지만 막을 힘이 교주에겐 없었다.

만약 둘 모두 죽어도 괜찮다면 어떻게든 모험을 해보겠으나 그럴 수가 없었다.

한 명은 명교의 차기 교주감으로 점찍은 사랑스런 진금행이었고, 다른 하나는 비록 무림맹이란 양립할 수 없는 단체의 대제자란 신분이나 명교와 무림맹이 대전쟁을 벌일 결심이 아니라면 결코 죽어서는 안 될 존재가 분명하지 않은가.

더욱이 무공의 연유와 갈래가 같다면 어떻게든 해볼 수 있겠지만, 백연강은 자신이 알지 못하는 정파의 절정무공을 지니고 있었고, 진금행은 자신으론 짐작도 할 수 없는 괴이한 무공이니 어디서부터 손대야 할지 엄두를 내지 못하고 있었다.

모두들 우습게 시작한 대결이 파국으로 끝날 것을 예감하며 숨을 멈추고 있을 때였다.

"어이, 진 대주. 얘들이 이상한데?"

어디선가 사람의 비위를 상하게 하는 비아냥대는 목소리가 들려왔다.

당경의 말소리에 이어 흡사 어미 뻐꾸기를 따라 뻐꾹대는 새끼들마냥 괴상한 목소리가 쏟아져 내려왔다.

"아니, 여기떠 또 뭔 띠랄을 하고 있는 겁니까? 떼땅에나."

마 총관의 힘없는 목소리.

"진 대주, 큰일이 벌어졌소!"

종리우의 갈라질 듯한 울부짖음.

"어버버버~"

종리혁이 더듬거리는 목소리가 한참이나 이어지고 있을 때였다.

백연강의 거검이 먼저 떨림을 멈추었다.

그와 동시에 진금행이 입으로 피를 게우며 뒤로 넘어갔고, 어느덧 마교 교주가 다가가 진금행의 거대하기 짝이 없는 몸을 힘들게 부축했다.

비록 흉험하긴 했어도 서로 살기가 없기에 간신히 멈출 수 있었지만, 먼저 기세를 멈춘 것이 백연강의 거검이란 점에서 백연강이 우세했다는 것을 알 수가 있었다.

"역시!"

동곽은 자신의 대사형이 이겼다는 것을 알아보고는 주먹을 불끈 쥐며 환호성을 터뜨렸다.

"제기랄, 우리 사부는 맹주의 대제자만도 못하군! 온갖 허풍은 다 늘어놓더니……."

주개육이 아쉽다는 듯 입술을 혀로 핥았다.

교주 품에서 몇 번 더 피를 게워낸 진금행이 멍하니 풀린 눈을 들어 갑작스레 나타난 세 명을 바라보았다.

무언가 큰 낭패를 당한 듯해 보이는 종리우.

그리고 겉은 멀쩡하지만 왠지 핏기없는 허연 얼굴과 함께 똥똥해진 아랫배를 움켜쥔 채 울상을 짓고 있는 종리혁과 마 총관.

무슨 일인지는 몰라도 괴상한 몰골로 허겁지겁 쫓겨 도망치듯 나타난 것을 보면 무언가 벌어진 게 분명했다.

"무슨……."

말을 잇다 말고 또 한 번 핏줄기를 입으로 게워내느라 껙껙대는 진금행을 향해 종리우가 급하다는 태도와 달리 우물쭈물거리며 말했다.

"형이, 내 형님이……."

종리우의 말에 일행의 시선이 모두 종리혁을 향했다.

온몸의 털은 사라져 민둥머리와 말끔한 피부를 지닌 몰골이야 익숙한 모습이었지만, 지금은 거기에 더해 온몸에 괴상한 문신이 덮여 있었다.

거기다 눈꺼풀을 아래로 깐 채 철퍼덕 주저앉아 쑥스러운 듯 홍조를 띤 채 불룩해진 자신의 아랫배를 쓰다듬는 모습은 꿈에서도 상상해 보지 못한 모습임에 분명했다.

"형? 그게 뭐 어떻게 됐다구?"

미간을 찡그리며 옷소매로 피 묻은 입가를 쓰윽 닦은 진금행이 종리우를 향해 묻자, 한참이나 우물쭈물하던 종리우 대신 마 총관이 절규하듯 부르짖었다.

"나 임띤했떠! 임띤! 임띤이 뭔디 몰라? 애새끼 하나가 뱃속에 들어 있는 거! 나 임띤따구!"

마 총관의 입에서 충격적인 말이 튀어나오자 일행들은 순간 멍한 표정이 되었다.

그리고 일제히 시선이 마 총관의 두툼한 배를 향했다가, 다시 한쪽 구석에서 옆통수로 두 줄기 눈물을 줄줄 흘리며 퍼질러 울고 있는 종리혁의 아랫배를 행했다.

어울리지 않게도 슬픈 눈과 함께 자신의 배를 쓰다듬고 있다가, 문득 일행의 시선을 느낀 종리혁이 부끄럽다는 듯 붉어진 양 뺨과 함께 고개를 푹 숙였다.

"진짜냐?"

백연강과의 겨룸에서 적지 않은 내상을 입은 듯 가슴을 부여잡고 간신히 몸을 일으킨 진금행이 절대 믿을 수 없다는 듯 종리혁을 향해 물었을 때였다.

종리혁은 더욱 고개를 파묻으며 가볍게 고개를 끄덕임과 동시에 속삭이듯 대답했다.

"나… 나 말이지, 시… 시… 신 게 먹고 싶어."

"맙소사!"

오죽하면 주개육마저 양 뺨에 두 손바닥을 척 붙인 채 믿을 수 없다는 듯 중얼거릴까.

마 총관과 종리혁의 두툼한 아랫배를 지켜보던 진금행이 상대적으로 홀쭉한 배를 가진 종리우를 쳐다보았다.

"너냐?"

"뭐가?"

종리우는 모르겠다는 듯 눈을 동그랗게 뜨고 되물었다.

"쟤네들을 임신시킨 게. 늙은 마 총관을 건드린 거야 특이한 취향이라 쳐도, 네 친형을 건드리는 건 근친상간이야. 이건 좀 심하지 않아?"

주개육이 진금행의 말에 맞장구치듯 허벅지를 손바닥으로 내려치며 부르짖었다.

"심하기도 하지만 힘도 좋군! 두 명을 동시에!"

주개육을 매섭게 노려본 종리우가 말도 안 된다는 듯 고개를 내저었다.

"형은 남자야! 마 총관도 마찬가지구! 임신을 할 수 없다구! 당연하잖아!"

당연한 말이었다.

하지만 누가 봐도 둘은 임신한 게 틀림없지 않은가.

멍해진 일행들이 말을 잃은 채 순식간에 정적 속으로 묻혀들 때였다.

종리혁은 시집도 가기 전에 아비 모를 애를 덜컥 임신한 슬픈 처녀가 흐느끼듯 중얼거렸다.

"아… 알어, 아… 안다구. 진짜 임신이 아니라 사… 사… 상상 임신이란걸. …그런데 그… 그… 그냥… 이렇게 됐어."

진금행 역시 어이없는 건지, 아니면 내상이 숭해서인지 모를 멍한 눈을 힘겹게 치켜뜨며 물었다.

"난 아비 없는 자식은 들어봤어도 어미 없는 자식은 첨 들어보는군. 그런데 10개월 후에는 낳을 거야?"

"낳긴 뭘 낳나! 10개월 후에 아마 창자가 튀어나오겠지!"

진금행을 만난 후 그래도 한숨 돌렸는지 종리우가 날카롭게 째진 눈을 부릅뜨며 투덜거렸다.

"아무튼 뭐가 튀어나오든 난 틸 개월 후면, 아니, 뱃속에 든 게 뭐든 몇 개월 후엔 이 몸은 둑어야 한다 이 말입니다. 그전에 이 뱃똑에 든 놈을 붙잡아서 빼내야 한단 말이디욧!"

마 총관이 짜증난다는 듯 혓바닥을 낼름거렸다.

"어라? 벌써 3개월이야?"

진금행이 뭐가 그리 급했냐는 듯 임신 3개월의 마 총관을 보며 고개를 절레절레 흔들다가 자신을 부축하고 있는 교주를 돌아보았다.

"일단 나 좀 방에 옮겨줘요. 얘기를 천천히 들어봐야 할 거 같으니까."

교주가 진금행을 부축하고, 그 뒤를 임신한 두 남자와 다른 사람들이 쫄래쫄래 따라가는 것을 보던 동곽이 안면에 웃음을 가득 담고 백연강에게 다가왔다.

"형님, 대단하십니다. 뭐, 저놈도 예상외로 뛰어나긴 했지만 어디 형님 발치라도 따라오겠습니까?"

거검을 갈무리한 채 태산처럼 우뚝 서 있던 백연강이 인자한 눈빛으로 자신의 사형제인 동곽을 바라보았다.

"저기……."

작은 목소리.

동곽이 무슨 비밀스런 말이라도 전하려나 싶어 곧 귀를 쫑긋 세운 채 백연강에게 바싹 다가갔을 때였다.

백연강이 동곽의 귀에 대고 작고 힘없는 목소리로 소곤거렸다.

"나 좀 부축해 주련?"

힘없이 쓰러지는 백연강을 깜짝 놀란 동곽이 부둥켜안아 부축했다.

항상 여유있는 모습으로 진중한 태산같이 우뚝 선 채 자신을 지켜주리라 믿어 의심치 않았던 백연강이란 존재가 막상 자신의 품에 안기자 예상외로 그리 무겁지 않다는 것을 느끼고 동곽은 크게 놀라고 말았다.

그리고 그런 백연강을 이렇게 쓰러지게 만든 진금행이란 존재가 가져다 주는 무게감이 동곽의 가슴을 눌러오고 있었다.

'진금행…….'

다른 이의 등에 업혀 멀리 사라지는 진금행의 뒷모습이 동곽의 눈동자에 가득 들어오고 있었다.

"이게 어찌 된 일이지?"

커다랗게 각진 얼굴, 하지만 가벼운 상처로 얼룩진 얼굴은 분명 처음 보는 얼굴이었다.

종리우는 왠지 낯익으면서도 처음 보는 거구의 여자가 자신을 쳐다보며 묻자 뭐라고 대답해야 할지 몰라 멍하니 쳐다보고 있었다.

"강구의야. 여자지."

강구의.

여자의 몸으로 험란한 세상을 헤쳐 살아오기 위해 남자로 꾸민 채 거짓 인생을 살아온 사람.

얼굴 가득 수염을 붙인 채 절각도(折角刀)란 이름으로 사천 땅을 휘어잡았던 그 무시무시한 존재가 웬 상라치마를 입고 있단 말인가.

"강구의 맞어. 또한 내 색시가 분명하네. 처음 보는 것 같은데 인사가 늦었군. 난 성윤위라고 하네. 녹림을 이끄는 건곤무적도가 바로 나라네."

온몸에 붕대를 감고 있었지만 종리우는 대번에 상대가 바로 그 유명한 녹림 총채주 성윤위란 걸 알 수 있었다.

겉모습이 어떻든 상처 입은 몸으로도 이 정도 위세와 시원시원한 기개를 보여주는 사람은 성윤위밖에 없었기 때문이다.

"종리우라 하오."

뜻밖의 인물에 종리우가 얼른 예를 표했다.

그는 사람들이 마 총관과 종리혁이 임신한 사실에 놀란 것보다 이때까지 공포의 화신이던 강구의가 얌전한 새색시가 되었다는 점에 더 크게 놀란 게 틀림없었다.

성윤위가 껄껄 웃으며 종리우의 손을 마주 잡고는 한쪽 눈을 찡긋

했다.

"자네도 나처럼 처복은 없군 그래. 본처는 너무 늙었고, 첩은 너무 괴상하게 생겼는걸?"

종리우가 잠시 멍하니 있다가 성윤위가 말한 존재가 바로 마 총관과 자신의 형인 종리혁인 걸 알고는 인상을 찡그렸다.

"남자가 아이를 가질 리는 없지. 무언가 독에 당했거나, 아니면 특이한 기공(氣功)에 내상을 입은 게 틀림없어."

늙은 생강이 맵다던가.

무리 중에 가장 나이 많은 마교 교주가 눈을 똑바로 뜬 채 주위를 둘러보며 힘주어 말했다.

물론 마교 교주의 똑바로 뜬 두 눈에 시선을 맞추느라 모든 사람들의 눈이 가운데로 몰리긴 했지만, 과연 맞다는 듯 일제히 고개를 끄덕이고 있었다.

마교 교주는 오랜만에 사람들의 주목을 받게 되어 기쁜지 곧 날름 종리혁의 손목을 잡아채 맥을 짚으며 중얼거렸다.

"기혈이 뒤틀리고 혈맥이 역행한다면 복부가 부풀 수가 있지. 이는 곧… 에구머니나!"

자못 눈까지 감고 의원보다 더 의젓한 태도로 맥을 짚던 교주가 더러운 것을 만졌다는 듯 종리혁의 손모가지를 내던지며 엉덩방아를 내찧는 것이 아닌가.

잠시 동안 한가운데로 사정없이 몰린 교주의 눈알과 옆통수에 가 붙은 종리혁의 시선이 믿을 수 없게도 허공 중에 부딪쳤다.

"이… 임신이 분명해. 내가 교주의… 아니, 내 명호를 걸고 분명히 말하건대 새 생명이 분명해. 축하하네. 축하해."

얼빠진 얼굴로 종리혁의 얼굴을 쳐다보며 교주가 중얼거리자 뒷켠에서 낮은 목소리가 불쑥 튀어나왔다.

"믿을 수 없습니다. 기혈이 뭉친 게 아닙니까?"

교주가 뒤를 돌아보니 어느새 백연강이 와 있었다.

왠지 창백해진 듯한 백연강의 얼굴을 보며 고개를 강하게 내젓는 교주.

"아니네. 분명 두 생명의 기가 느껴진다네."

동곽 역시 교주의 확고한 대답에 놀라 백연강의 등 뒤에 가볍게 댄 채 기를 불어넣고 있던 자신의 왼 손바닥을 뗄 뻔했다.

자존심 강한 사내, 아니, 자존심이라도 강해야 하는 사내인 백연강이 사람들 틈에서 꼿꼿한 태도로 말할 수 있는 것도 동곽의 도움 때문이었다.

동곽이 다시 정신을 집중해 자신의 대사형인 백연강의 등에 가져다 댄 손바닥을 통해 온후한 기를 불어넣자 백연강이 가볍게 한숨을 토해내었다.

"묘족들 중엔 고라는 독충을 사람 몸 안에 심은 후 조종하는 사람이 있다고 들었습니다."

교주는 이번에도 백연강의 말이 틀렸다는 듯 고개를 내저었다.

"고라는 건 나도 조금 다룰 줄 아네. 그건 절대로 사람의 생기를 내지 못하지."

이제 아무도 다른 의견을 내지 못했다.

교주의 정체가 뭔지는 알지 못해도, 사람 몸 안에 심어 혼백을 조종할 수 있다는 고를 다룰 줄 아는 노인이 틀릴 리가 없었다.

그렇다면 종리혁과 마 총관은 정말 임신한 게 분명하지 않은가!

도무지 믿지 못할 괴사라 뒤쪽에 뻘쭘하게 서 있던 청성파의 현통이 커다란 눈을 뒤룩거리다 조심스럽게 의견을 내놓았다.

"저어기, 내 생각엔 회충이 아닐까 한다는……."

현통의 말은 길게 이어지지 못했다.

회충의 회 자가 나온 이후부터 쏟아지는 사람들의 한심하다는 시선도 참기 힘들었지만, 회충의 충 자가 나온 이후부터 철퍼덕 주저앉아 흐느끼는 종리혁의 괴상한 흐느낌은 더욱더 참기 힘들었기 때문이다.

머쓱해진 현통이 자못 분개한 표정을 지어 보이며 크게 고함을 쳤다.

"내 이 짐승 같은 놈을! 내 살악포덕부에 손도장을 찍게 만들 테다! 대명천지에 남색하는 개잡종……."

현통의 뒤통수가 찌릿해지는 것과 동시에 현통의 옆통수엔 식은땀이 흘러내렸다.

'아차! 묘옹이를 깜빡했구나!'

엊그저께 있었던 장강수로맹, 태화련과의 싸움을 본 사람 중 묘옹의 대활약을 보지 못한 사람은 하나도 없었다.

현통은 민망한 사태를 수습하려다 더 큰 화를 불렀다 자책하며 얼른 말을 바꾸었다.

"…이 아니고, 부끄러운 줄도 모르고 암놈과 수놈을 가리지 않고 덮친 개 같은……."

이번엔 옆통수가 찌릿해졌다.

분명 강구의와 성윤위가 틀림없으리라.

물론 강구의가 여자란 것은 뒤에 밝혀졌지만, 현통이 보고 들은 바로 보자면 둘이 사랑에 빠진 것은 강구의가 수컷(?)이었을 때 이야기가 아닌가.

말이 이상하게 꼬여가자 현통의 혓바닥까지 꼬여들며 내용 역시 뒤틀리고 있었다.

"흠흠… 아무튼 내 말은 왜 남자 놈이 신 게 먹고 싶어지냐 이 말이야! 그렇게 신 게 먹고 싶은 놈은 혓바닥을 잡아 빼버려야……."

현통의 입은 빠르게 닫혔다.

마 총관의 눈이 붉어지고, 혀는 입술 밖으로 나와 파닥거리는 것을 본 사람이라면 현통의 지금 태도를 나무라진 못할 것이다.

조금 상태가 괜찮아졌는지 진금행이 커다란 손바닥을 흔들어 분위기를 진정시킨 후 종리우를 쳐다보았다.

"무슨 일이 있긴 있었나 보군. 그 얘기를 해봐. 누구였지?"

진금행의 물음에 세 명이 일제히 대답했다.

"라마승!"

"라… 라… 라… 라마승!"

"라마뜨웅!"

종리 형제와 마 총관의 울부짖음이 옅게 사라질 때쯤 진금행이 영문을 모르겠다는 듯 고개를 갸우뚱거렸다.

"라마승? 라마승이 왜?"

"고검주를 납치해 오다가!"

종리우가 답답하다는 듯 짧게 대답했다.

"고검주는 또 누구야? 아무튼 그놈을 납치해다가 따먹은 거야? 그래서 임신했고?"

진금행의 말에 이번엔 마 총관이 목에 핏대를 세웠다.

"꼬검듀는 딴 놈이고, 우리를 따묵은 놈은 라마뜨웅라니간요!"

"아하~ 라마승이 애들 아비군."

진금행이 이제야 알겠다는 듯 고개를 끄덕이자, 흥분한 나머지 커다란 말실수(?)를 한 마 총관의 얼굴이 벌겋게 달아올랐다.

"천천히 말을 해보게. 먼저 그 고검주란 사람에 대한 이야기부터 풀어 나가는 게 좋겠군. 어떻게 된 일이지?"

백연강이 창백한 얼굴에 미소를 띠고 종리우를 쳐다보았다.

종리우는 백연강의 미소를 대하자 왠지 마음이 편해지면서 그제야 이야기를 풀어내기 시작했다.

"고검주란 놈이 있는데 특이한 놈이지. 별 볼 것 없는 놈이 두 가지 잘하는 게 있는데 하나는 학문이고 다른 하나는……."

종리우의 입이 비로소 열리며 어떻게 된 사연인지가 천천히 흘러나오기 시작했다.

제 4 장

고검주 — 고검주 종리 형제를 만나고, 종리 형제 라마승을 만나다

고
검
주

고검주는 일단 아는 게 많았다.

하는 일이라곤 앉아서 책을 보는 것밖에 몰랐으니 당연한 일이다. 하지만 그 말은 결국 할 줄 아는 게 하나도 없다는 뜻이었다.

입만 열면 경전과 시 구절만 읊어댔고, 손으로 하는 일은 그저 붓을 잡고 글을 쓰는 것밖에 없었다.

그나마 남은 것은 발이었는데, 발 역시 풍유객의 흉내를 내려는 듯 어기적거리는 팔자걸음이었으니 밥을 빌어먹고 살 재주는 하나도 없었다.

당연히 친구들도 얼마 없었다.

고검주라고 그런 삶을 원한 것은 아니었다.

나름대로 학식이 높았고, 그쪽으론 꽤나 머리가 잘 돌아갔다.

그래서 사실 큰 몫을 챙길 뻔한 적도 있었다.

그 어렵다는 과거를 보기만 하면 떡하니 붙기 일쑤니 향시(鄕試), 성시(省試), 회시(會試)를 모두 통과했었다.

이제 전시(殿試)만 통과하면 끝이었고, 전시 중에서도 최고 성적인 일갑(一甲)에 드는 것도 고검주의 실력으론 충분해 보였다.

그렇게만 된다면 높은 관직은 따놓은 당상이었고, 뒤로 들어오는 뇌물로 주머니도 두둑해질 수 있었으리라.

하지만 그놈의 빌어먹을 고질병이 문제였다.

만약 그 고질병만 아니었다면 이런 촌구석에서 남의 편지나 대필해주고 살지는 않았으리라.

"닷 냥 서푼이오."

고검주는 고개를 들고 눈앞에 앉은 펑퍼짐한 몸매의 중년 여자를 쳐다보며 말했다.

부끄러운 듯 고개를 숙이고 있는 무지렁이 여편네를 쳐다보며 고검주는 자신의 발등, 아니, 다른 물건을 칼로 찍고 싶었다.

풍운의 꿈을 막 손에 넣을 수 있던 자신이 왜 이런 천하디천한 여자와 고개를 마주 대고 있어야 한단 말인가.

그리고 더러운 손으로 건네주는 싸구려 돈을 받아야만 한단 말인가.

하지만 먹고살려면 어쩔 수 없었다.

닷 냥 서푼을 받고 멀리 떠나 있는 남편에게 부칠 편지를 건네주자 펑퍼짐한 엉덩이를 씰룩대며 방문을 나서는 여자를 고검주는 흐릿한 눈으로 쳐다보았다.

"휴우~"

고검주는 다시 고개를 아래로 떨구고 다시 한 번 한심한 자신을 향해 뜻 모를 한숨을 내쉬었다.

"이놈의 고질병은… 정말이지… 정말이지……."

고검주가 좌우로 젓던 고개를 들었다.

벌게진 얼굴과 번질거리는 눈동자는 방금 전까지 장탄식을 토해놓던 고검주가 아니었다.

왠지 뿌듯함과 기대에 찬 얼굴로 자신의 아랫도리 물건을 만지작거리고 있었다.

늦은 밤 고검주에게 편지를 부탁했던 여인네는 두툼한 엉덩이를 씰룩거리며 바쁘게 발걸음을 옮겨놓고 있었다.

'왠지 오늘 밤은 더 <u>으스스하네.</u>'

여인네는 까닭없이 등줄기에 소름이 돋는 것을 느꼈다.

몇 해 동안 잠잠했던 일이 요즘 들어 벌써 두 건이나 벌어졌기 때문이었다.

간살(姦殺).

강간당하고 목이 졸려 죽은 여인들의 시체가 원망의 눈빛을 담고 하늘을 향해 눈을 부릅뜨고 죽었다는 소문이 더욱 여인의 발걸음을 재촉하고 있었다.

그때 뒤에서 누가 쫓아오기라도 하는 것처럼 두 손에 편지를 꼬옥 움켜쥐고 걷고 있는 여인의 푸짐한 엉덩이를 노려보는 눈이 하나 있었다.

'이 참을 수 없는 고질병이란…….'

숨은 채 여인의 엉덩이를 쳐다보던 고건주는 지책감에 눈을 감았다.

하지만 곧 파르르 떨리는 눈꺼풀을 연 고검주의 눈동자 안에는 알지 못할 욕정이 치밀어 오른 듯 붉게 충혈되어 있는 게 아닌가.

'따악 이번 한 번만, 이번 한 번만이야. 다신 이런 짓 하지 않을 거야. 딱 한 번만이면.'

고검주가 축축한 혀로 입술을 핥고는 뒤꿈치를 들고 막 여인의 뒤를 쫓으려 할 때였다.

"이, 이놈이지? 이, 이놈이 확실하지?"

"맞아, 틀림없어. 쥐새끼같이 생긴 놈 중에 가장 쥐새끼처럼 생긴 놈이 이놈 외엔 없지."

간만에 치밀어 오른 살의와 욕정에 가늘게 몸을 떨던 고검주의 몸이 말뚝처럼 굳어버렸다.

"누… 누구?"

말이 채 끝나기도 전에 고검주의 눈은 살포시 감겼고, 다시 눈을 떴을 땐 이미 날이 훌쩍 밝아 눈이 부실 정도였다.

"누… 누구?"

왠지 묵직하게 느껴지는 뒷덜미를 쓰다듬는 고검주의 눈에 괴상한 두 사내의 모습이 들어왔다.

"확실히 이놈이 시험 치러 황궁에 들었다가 고관대작의 아내와 딸을 간살한 그놈이지?"

얇게 째진 눈에 강팍한 콧대를 가진, 신경질적으로 생긴 사내가 고검주를 쳐다보며 중얼거렸다.

"마, 맞어. 그래서 밀영각(密影閣)의 우두마면(牛頭馬面)과 흑백살귀(黑白殺鬼)에게 목숨을 구걸했잖아. 그, 그, 그 결과로 평생 숨어 살아야 했지만 말이야."

고검주의 눈이 찢어져라 부릅떠졌다.

자신의 고질병으로 인해 인생의 성공을 눈앞에 두고도 이렇듯 숨어 살아야 했던 비밀을 어찌 이들이 알고 있단 말인가.

고검주의 놀람은 한 번에 그치지 않았다.

"눈, 눈이 없어. 세상에! 귀, 귀신이 아니었군. 눈이 거기 있을 줄은……."

고검주가 두 번째 사내의 얼굴에서 간신히 옆통수에 가 붙은 두 눈을 찾아내고는 뒤늦게 안도의 숨을 몰아쉴 때였다.

"왜? 자네에게 강간당하고 죽은 여자들의 원혼인 줄 알았나? 분명 우리에겐 더 이상의 강간과 살인은 안 한다고 맹세한 걸로 아는데."

지랄맞은 쌍통을 한 사내가 비웃듯 내뱉자 고검주가 벌떡 몸을 일으키며 손가락으로 두 사내를 번갈아 가리켰다.

"우두마면! 당신들은 밀영각의……."

틀림없었다.

하기사 고검주 자신이 친히 찾아가 모든 비밀을 토설했으니 그 사실을 알고 있는 사람은 밀영각의 우두마면과 흑백살귀일 수밖에 없었다.

아니나 다를까, 우두마면 종리혁과 흑백살귀 종리우는 서로 마주 보며 빙긋 웃어 보이는 게 아닌가.

"그런데 저를 어디로 데려가시는 겁니까?"

체념한 태도로 주춤주춤 종리 형제를 따라가던 고검주가 조심스럽게 물었다.

"왜? 어젯밤 그 아줌마를 어쩌지 못한 게 화가 나나? 아니면 우리가 널 잡아먹을까 봐 겁이 나는 건가?"

종리우의 말에 고검주가 쓴웃음을 지었다.

"아닙니다. 제 버릇을 아직도 고치지 못했으니 언젠가는 이리될 줄 알았습니다. 왕융지이의(王戎之李意)라는 말이 왜 있겠습니까."

"와, 와, 왕융지이의?"

종리혁이 무슨 말이냐는 듯 묻자 고검주가 조금 우쭐해진 태도로 설명했다.

"예전 왕융이 일곱 살 때 길가 오얏이 많이 열린 오얏나무를 보고는 '길가 나무에 가지가 부러질 정도로 맺혔는데도 사람이 건드리지 않는 걸 보면 이는 반드시 쓴 오얏일 것이다' 라 했는데 과연 떫은 오얏이라고 한 고사가 있습니다. 왕융은 이미 나이 일곱에 일의 전후를 알았는데도 전 제 고질병이 언젠가 제 목숨을 앗아갈 것이란 걸 알면서도 고치지 못했으니 응당 제가 겪어야 할 몫이겠지요."

체념한 듯 한숨까지 불어 내쉬며 한 말에 갑작스레 종리우의 얼굴이 찡그러졌다.

"긍까, 떫다는 얘기구먼."

그리고는 종리혁의 얼굴을 돌아보며 말을 이었다.

"형님, 이 자식이 재미도 못 보고 붙잡혀 온 게 억울한가 본데?"

"아니아니, 그게 아니오!"

고검주가 질겁하여 손사래를 치며 말했다.

"나는 절대 억하심정이 있어 그리 말한 게 아니라오. 단지 성인의 명에 충실하고자 함이었으나⋯⋯. 휴우, 상선약수(上善若水)라⋯ 꼭 선하고 좋은 것이 아니라 해도 그 말대로 모든 이치가 흘러갈 것이니 제 인생 또한 그렇게 흐르는 것이겠지요."

고검주의 말에 종리혁이 이해가 안 된다는 듯 민둥머리를 갸우뚱거렸다.

"사, 사, 상선약수? 드, 들어본 거 같긴 한데. 가만? 이젠 아예 우, 우릴 물로 본다는 야그 아냐? 그, 그것도 상선이라는 둥 비꼬아가면서."

'아, 이 돌대가리들! 무식한 놈들!'

고검주는 종우의 말에 억울하다는 듯 말을 이어가다 한숨을 깊게 내쉬었다.

"휴우~ 이 몸이 어찌 영웅들의 환대에 악심을 품겠소이까. 나는 장안(章安)령 태위(太尉)의 기실참군(記室參軍)이었던 하남(河南) 저계야(楮季野), 즉 저 공(楮公)이 심현령(沈縣令)을 대하듯 하는 사람이라 곧 실수를 마음에 두지 않으니 걱정 마십시오."

"어라? 저 공은 또 뭐야?"

"저 공은… 휴우~"

이 무식한 놈들에게 이야기를 들려줘 봤자 소용없다고 생각한 고검주가 나지막이 한숨을 내쉬고는 포기한 듯 빠르게 말을 끝냈다.

"그냥 좋은 사람이라오. 군자와도 비슷한. 아무튼 성현의 도를 공부한 몸이 어찌 그리 작은 일에 괘념하겠소이까. 마음을 텅 비워 아무것도 담아두는 일이 없으니 영웅들께선 괘념치 마십시오."

고검주의 말에 이번엔 종리우의 표정이 일그러지며 신기한 동물을 보는 양 고검주를 쳐다보았다.

"어라? 형님, 이 자식 정말 이상한 놈이네요. 상대에게 아무리 분이 나도 마음에 아무것도 담지 않을 수 있다니. 나는 그런 인간이 있다는 걸 처음 알았수."

종리우의 말에 종리혁이 신난다는 듯 엉덩이를 씰룩거리며 일어서 고검주에게 다가왔다.

"그, 그, 그야 때려보면 알지. 나는 맞고 나서 깨, 깨, 깨깽거리지 않는 개는 본 적이 없거든?"

고검주가 무슨 말이냐는 듯 양손을 급히 흔들어 손사래 치고 엉덩이를 펄쩍 들어 올려 뒤로 일 장여 공간이나 물러서며 부르짖었다.

"아니아니, 그런 게 아니오. 어찌 때리는데 분한 맘이 안 든단 말이오!"

"긍까 분하다는 거 아냐! 이 자식 말 어렵게 돌려서 하네!"

종리우가 고검주의 말에 화가 난다는 듯 으르렁거리며 윽박질렀다.

"아니, 저는 단지 성현의 말씀에 따랐을 뿐……."

"성현이란 놈이 대체 누구길래 애를 이따위로 만들었지?"

종리우의 어이없다는 말에 고검주가 급히 대답했다.

"성현이란 곧 공자나 맹자 같으신 분들을 이르는 말이니 곧 군자란 말이지요!"

"군자? 군자라… 말만 많이 들었지 그놈이 뭐 해먹고 사는 놈인지 자세히 모르던 차에 잘됐군! 그래, 군자란 뭐 하는 놈인데?"

종리우가 묻자 고검주는 위급한 지경은 벗어났다 싶었는지, 아니면 입에 군자의 말을 올리는 것에 정성을 다하려는지 옷을 단장하고 자세를 정하게 고치며 목을 가다듬고는 한 자 한 자 또박또박 말했다.

'무식한 놈들에게 이 기회를 빌어 성현의 도를 깨우쳐 줘야겠구나.'

고검주가 목소리를 낮추어 말했다.

"군자란 묵자 비락 편에 '군자가 힘써 다스리지 않으면 정치가 어지럽다[君子不强聽治 卽刑政亂]라고 쓰여 있듯이 곧 모든 어지러운 것을 없애는 사람이오."

고검주의 말에 종리우와 종리혁이 곧 서로의 얼굴을 바라보며 외쳤다.

"진금행이네!"

고검주의 검미가 올라갔다 내려갔다.

그래도 내심 존경하는 인물에 대해 강론을 하는데 저토록 불경스럽게 입을 놀리다니.

하지만 종리 형제가 원래 그런 인물들로 태어난 것을 어쩌란 말인가.

고검주는 상대가 상대인만큼 다시 천천히 말했다.

"또한 군자란 맹자 등문공 상 편에서 이르길 '군자가 없으면 농민을 다스릴 수 없다(無君子莫治野人)'고 하니 곧 모든 것의 질서를 잡는 사람을 뜻하오. 그뿐이겠소? 서경(書經), 주서(周書) 무일 편에서 보듯 군자란 곧 관장(官長)이나 선왕을 보좌하는 향대부(鄕大夫)를 지칭한다고 봐야 하니 천자를 대행할 정도로 그 존귀함이 그지없이 높은 자란 말이오."

"진금행이닷!"

역시 종리우와 종리혁이 서로의 얼굴을 쳐다보며 외쳤다.

이런 일이 몇 번 되풀이되자 이번엔 고검주가 진금행이 누군지 궁금해 미칠 지경이 되었다.

고검주가 놀란 눈으로 종리 형제를 보며 물었다.

"진금행이 도대체 누구요? 내 평생 군자다운 군자란 본 적이 없는 걸 어찌……."

종리우가 멍하니 있다가 곧 손가락을 하나하나 짚으며 설명을 해 나가기 시작했다.

"니가 군자란 개잡종이 없다면 정치가 혼란해진다라고 했으니 곧 금행이가 군자다. 내가 알기로도 서로가 잘났다고 자랑할 고수들이 수두룩한데도 진금행이 떡하니 나타나면 서로 똥구멍을 손으로 가린 채 죽어라 조용하기만 한걸? 만약 진금행이 없었다면 아마 칼부림이 나도 한참 났을 거야. 그놈들이 보통 놈들이야? 겁으로 학을 불러들이는 놈이 없나, 잘생긴 남자라면 먼저 덮치고 보는 놈이 없나, 손바닥이 보이면 환장하고 달려드는 도사 놈이 없나……."

고검주는 무슨 말인지 몰라 입을 쩍 벌리고 종리우의 얼굴을 쳐다보았다.

종리우는 아예 신이 나는 듯 계속해서 이야기하기 시작했다.

"뿐이야? 향대부건 뭐건 간에 일단 황제 딱가리들 아니야? 진금행은 그런 딱가리들하고는 영 부류부터 다른 놈이란 말이야. 아마 황제가 금행이에게 밉보이기라도 하면 황제 수염도 뽑을 놈일걸? 아니, 아예 찜 쪄 먹으려 할지도 모르지! 아무튼 그런 놈이야, 그놈은. 그러니까 군자인가 뭔가 하는 개종자보다는 한 끗발 높은 놈이다 이 말이지!"

뜻이 절묘하게 맞긴 했지만 종씨 형제가 영 턱도 없는 이야기로 군자라고 주장하니 고검주는 미칠 지경이었다.

또한 남자를 덮치는 남자에다가 손바닥에 환장하는 도사도 궁금했지만 그런 놈들을 휘하에 두고 어르는 놈이 있다니 호기심이 동하는 고검주였다.

"저기, 일단 한번 만나뵙고픈 분이시군요. 제가 그 높으신 존안을 뵈올 기회가 닿을는지……."

고검주가 조심스런 태도로 만나보고 싶다는 뜻을 나타내자 종씨 형제가 뜻 모를 웃음을 지었다.

"머지않아 만날 수 있을 것이다. 아무튼 지금은 어떤 지랄맞은 노인네를 만나야 할 테니, 그 노인네가 금행이에게 인계해 줄지도 모를 일이지."

이쯤 되니 고검주로서는 진금행이란 사람이 궁금해 미칠 지경이 되었다.

하지만 자신이 잘하는 일이란 학문을 논하고 여자를 간살하는 두 가지 재주밖에 없는데 이 괴물 같은 사람들을 어찌할 순 없었다.

드디어 고검주는 끝내 또 다른 한 명을 보게 되었다.

그 사람은 우두머면인 종리혁, 종리우 형제보다는 곱절이나 나이가 들어 보이는 늙은이였다.

이 사람이 과연 군자라던 그 진금행인가 싶어 고검주가 약간은 겁에 질리고, 또 반은 호기심을 나타내며 노인을 바라보는데 아무리 봐도 군자는커녕 참으로 빌어먹게 생긴 상이었다.

그런데 고검주 쪽으론 시선도 돌리지 않은 채 맨 땅바닥에 작대기로 무언갈 적어가던 노인이 갑자기 혀를 빼 물고 제 양 입술을 핥는데 거진 뺨과 코까지 핥는 것이 아닌가!

고검주가 놀라 눈을 커다랗게 치켜뜬 채 노인을 바라보고 있어도 고검주의 존재는 관심도 없다는 듯 입맛을 몇 번 다신 후 그저 묵묵히 하염없이 땅바닥만 보고 있을 뿐이었다.

한 사람은 그저 바닥에 낙서를 하고 있고, 자신은 뻘쭘하게 서 있는 등 분위기가 썰렁해지자 고검주가 약간의 헛기침을 했다.

이윽고 노인네가 무슨 일이냐는 듯 신경질적인 시선을 들어 쳐다보자 고검주는 곧 적당한 아부가 필요하다는 생각이 들어 헛기침 후에 말을 건넸다.

"예전에 유윤(劉尹)이란 사람이 하차도(何次道)를 두고 이르길 '술을 마실 때 보면 집 안에 있는 술을 다 꺼내어 실컷 먹여주고 싶은 생각을 하게 한다' 고 했거늘, 어른께서 바닥에 글을 적는 품격 높은 모습을 보니 유윤이 하차도에게 술을 대접하듯 전 좋은 붓과 벼루를 드리고 싶어지는군요. 참으로 대단합니다."

고검주의 말에 흥미없다는 듯 노인이 처음으로 한마디를 건넸다.

"아라떠!"

그러자 고검주의 눈이 동그랗게 변했다.

"아라떠라니요? 제가 읽은 세설신어(世說新語)에는 하충(何充)의 이름이 분명 하차도라고 나와 있습니다. 혹시 귀공께서는 어느 책에서

그리 읽으셨는지요? 아! 먼 북쪽에 그런 나라가 있다는 것은 들은 바
있습니다. 아라사(俄羅斯)라고 하던가요?"

"땁어텨!"

"땁어텨? 음, 혹시 말 잘하는 태숙광(太叔廣)과 함께 글 잘하는 걸로
유명했던 지중치(摯仲治)를 말씀하시는 겁니까? 하지만 지중치는 아라
사 사람이 아닐 텐데요. 제가 과문(寡聞)한지라……."

"아, 그 따딕! 더럽게 따따거리네. 안 그래도 떵달나 둑겠구먼……."

고검주는 그제야 알 수 있었다.

이 사람은 먼 이국의 사람인 것이다.

그것도 이름도 모를 먼 변방에서 온 것이 분명했다.

자신은 그래도 웬만한 방언들을 다 꿰고 있는데 전혀 처음 들어보는
말이니 곧 먼 발해 땅이나, 아니면 서장에서 온 것이 분명했다.

'아! 진금행이란 어른께서 초빙한 분이신가 보구나! 아마도 고문으
로 적은 글이나, 아니면 서역에서 흘러 들어온 경서를 해석하기 위해
먼 이방의 인물을 초빙했으리라. 진금행이란 사람은 우두마면에게 들
은 것과 달리 학문이 깊은 것이 분명하리라.'

고검주는 곧 말이 통하지 않으니 필담을 건네기로 했다.

옆에 작은 나뭇가지를 집어 땅에 석 자를 써 내려갔다.

진금행.

진금행에 관해 물으려 막 진금행이란 세 글자를 적었을 때였다.

갑자기 노인이 세 글자를 보자마자 벌떡 일어서더니 땅에 적은 진금
행의 이름 위를 발로 짓밟고, 그것도 모자란다는 듯 땅을 썩썩 문질러

없애 버리는 것이 아닌가.

고검주는 눈을 커다랗게 떴다. 노인이 땅을 발로 문질러 대는데 그저 땅에 적은 글만 없어지는 것이 아니라 단단한 땅이 흡사 뽀얀 쌀가루처럼 부서지며 깊게 파이는 것이 아닌가!

'이 노인은 학식만 높은 것이 아니라 무공도 높기 짝이 없구나! 분명 높고 귀한 이름을 땅바닥에 적은 것을 보고 어찌 부모에게 받고 하늘에 알린 귀한 이름을 그렇게 취급할 수 있냐고 화를 내시는 것이 분명하니 나보다 더 유가의 법도를 따지는 자가 분명하구나!'

고검주가 마 총관의 높은 학식(?)과 깊은 무공(!)에 감탄할 때 노인은 코와 입으로 더운 콧김을 불어내며 떠벌리고 있었다.

"딴금행! 딴금행! 그 개때끼 때문에 내가 이 띠랄을 하고 있는데! 이 개때끼가 감히 내 앞에서 헛띠랄을 하고 있구나! 내가 이 이름만 봐도 경기를 하게 생겼는데 말이다! 딴금행! 듀거! 듀거 없어뎌야 할 인간!"

고검주가 순간 낯색을 붉히며 생각했다.

'그것참 괴이한 일이군. 먼 이국(異國)의 말이 어찌 우리의 욕설과 이리 비슷하단 말인가! 괴이한 일이야. 나중에 진금행이란 사람을 만나면 필히 물어봐야겠군.'

바로 그때 노인이 고개를 돌리며 고검주를 향해 물었다.

"너, 귀문이란 거 아냐?"

갑작스런 노인의 질문에 고검주가 당황했다.

'욕설이랑 비슷한 게 아니라 욕설이었나? 아니면 아직 중원 말이 서투른가?'

고검주가 뭔가 이상하게 대화가 꼬인다고 생각하며 머리를 긁고는 확인차 되물었다.

"옛? 귀문이요? 귀문이라면 천문에서 귀성(鬼星)이 있다는 방위로 귀방(鬼方)이라고도 하며, 점술가(占術家)들이 귀신이 드나든다 하여 꺼리는 동북방의 방위를 가리키는 것 아닙니까?"

고검주는 자신의 말에 노인의 미간이 찌푸려지며 또 한 번 시뻘건 혀가 코를 쓰윽 쓰다듬고는 입술 사이로 사라지는 것을 멍하니 쳐다보았다.

'참으로 신기하구나!'

하지만 곧 이어 노인이 으르렁거리는 소리가 귓전에 들렸다.

"야이, 떱때야. 그 귀문(鬼門) 말고 귀문(鬼紋)!"

노인의 부릅뜬 눈과 나풀거리는 혓바닥이 왠지 무서워진 고검주가 정신없이 읊기 시작했다.

"아, 그 귀문은 바로 예전 고검사신이 남겼다는 혈첩(血帖)을 뜻하는 것 아닙니까? 저 역시 본 적은 없지만 제 생각엔 그 귀문이란 먼 서장의 배화교에서 신문(神紋)이라 일컫는 게 아닌가 생각됩니다."

"서역 배화교?"

이번엔 한 켠에 서 있던 종리우가 의아하다는 듯 물었다.

고검주가 누구던가.

할 줄 아는 거라고는 두 가지밖에 없는 놈이 바로 고검주였다.

그러나 불행히도 그중 하나는 간살이라 어디 가서 속 시원히 자랑할 수 없는 고질병이었으니, 남은 하나인 학문을 자랑스럽게 여기는 것은 당연한 일이었다.

고검주가 신이 나 설명해 가기 시작했다.

"예, 사실 배화교란 멀리 파사국(波斯國)에서 연유한 것으로 명교와 뿌리가 같습니다. 하지만 서역에서 두 개로 분화되니 곧 불을 숭상하는 한 갈래가 중원으로 들어와 배화교가 되었고, 어둠을 숭상하는 무리는 서역에 남아 기이한 종교로 변질된 것입니다. 하지만 그 둘의 뿌리가 같으니 무공과 각종 방술(方術)과 이법(理法)이 비슷한 것은 당연한 일입니다. 그것을 증명하는 것 중 배화교엔 예로부터 호교법신(護教法身)이란 존재가 있다 하는데, 그것이 바로 서역 배화교의 살신장(殺神將)이라 불리는 존재와 같은 것입니다. 이는……."

"호교법신!"

신기하게도 종리혁이 한 번도 더듬지 않은 채 큰 목소리로 부르짖었다.

고검주가 그 말을 아는 게 기특하다는 듯 종리혁을 쳐다보며 빙긋 웃었다.

"역시 우두마면 어르신께선 알고 계시는군요. 그렇습니다. 배화교의 호교법신은 온몸에 배화교의 각종 주문을 문신한 채 하늘을 뒤엎는 신공을 발휘한다 들었는데, 바로 그 호교법신이 제 추측처럼 서역 배화교의 살신장과 같다면 그 몸에 그려진 것이 바로 서역의 신문(神紋)이자 혈첩에 적혀 있다던 귀문(鬼紋)과 동일한 것이 아닌가 싶습니다."

"올쿠나! 올아! 너희들이 데데로 된 따람을 데려왔구나!"

노인, 즉 마 총관이 신이 난 듯 허공에 침을 뿌리며 혀를 나풀거렸다. 그리고는 고검주의 멱살을 부여잡고는 고개를 바짝 들이댄 채 물었다.

"글타믄 넌 그 디랄가튼 귀문을 알아볼 뚜도 있게쿠나!"

고검주는 자랑스럽다는 듯 가슴을 당당히 편 채 고개를 위아래로 주억거렸다.

"당연히! 모르죠!"

"……!"

순간 어벙해진 마 총관의 축 처진 눈을 보며 고검주가 당연하다는 듯 다시 힘차게 고개를 주억거렸다.

"당연하지 않습니까? 그저 전해 듣고 추측할 뿐 처음 보는 문자를 낸들 어찌 알겠습니까?"

픽~

묵직한 소리와 함께 고검주는 웃는 표정 그대로 뒤로 넘어가고 있었다.

"그러니까 이게 그 문자란 것입니까?"

고검주가 두 배로 커진 시커먼 얼굴을 치켜들며 물었다.

"그래."

종리우는 대답을 하며 내심 공포감이 들었다.

어찌 인간의 얼굴이 그저 주먹 한 번에 저토록 부풀 수가 있단 말인가.

그리고 그 부푼 얼굴 가득, 한 군데도 빠짐없이 참으로 곱디곱게 골고루 멍이 들 수 있단 말인가.

한껏 부푼 눈꺼풀을 힘없이 치켜떠 벌거벗은 종리혁을 바라보던 고검주가 닭나발이 된 주둥이를 나불대며 또 한 번 물었다.

"그러니까 이분께선 그 뭣이냐, 불완전한 호교법신이시고 이분 몸에 나타난 기이한 검은 선들은 귀문이 분명한데 아무리 봐도 모르겠단 말입죠?"

"끄응~ 그래."

종리우가 힘없이 고개를 끄덕였다.

마 총관과 종리 형제가 이곳에서 하려는 일은 다름 아닌 배화교의 재건이었다.

그 재건의 첫걸음은 반쪽짜리 배화교의 비전을 나눠 가진 명교 우사(右使) 문추룡과 종리혁이 힘을 합쳐 배화교의 비전을 다시 원래대로 되돌리는 것이었다.

그러나 이미 배화교의 비전이 갈라진 것은 오래전이었고, 그 갈래 또한 종잡을 수 없을 만큼 많이 갈려 나와 한 군데로 합치는 것은 새로 창작하는 것보다 훨씬 어려운 일이었다. 마침내 문추룡은 고개를 절레절레 휘젓더니 자리를 떠나 버렸다.

그러면서 마지막으로 남긴 말.

"아마도 호교법신으로 변할 때 자네 몸에 나타나는 기이한 문양이 내가 전해 들은 귀문과 비슷한 것 같네. 바로 거기에서부터 출발하는 게 좋겠네."

그 말이 종리 형제가 고검주를 힘들게 여기로 모셔온(?) 이유가 되었고, 고검주가 종리혁의 벌거벗은 몸을 샅샅이 훑어보는 이유가 되었다.

"이 문양은 묘합니다. 보면 볼수록 규칙이 있는 것 같다가 곧 불규칙해지고, 더 나아가 무엇을 말하는지 모르겠지만 가만히 보고 있다 보면 무언가 알 것 같기도 하니 말입니다."

고검주가 종리혁의 몸에 나타난 기이한 선들을 손가락으로 하나하나 짚으며 중얼거릴 때였다.

"그래그래, 그러쿠나. 그랬던 커구나. 나두 잘 모르는 게 있어. 니가 빨리 이 글을 해독하지 못하믄 내가 널 삶아 두길까, 아니면 띠더 두길까? 나두 그걸 잘 모르겠거덩."

마 총관이 혓바닥으로 입술을 축이고는 고검주를 보며 씩 웃었다.

고검주는 등 뒤에 소름이 돋는 걸 느끼며 더욱 고개를 숙여 열심히 문양을 보는 척하면서 중얼거렸다.

"무언가 하늘에 대해 논하고 기운의 흐름에 대해 뜻해놓은 것 같습니다만 아직 잘 모르겠습니다."

바로 그때였다.

"하늘이 왜 높은가? 땅이 넓기 때문이다. 땅이 왜 넓은가? 피가 흐르기 때문이다. 피가 왜 흐르는가?"

어디선가 들려온 낯설고도 고즈넉한 목소리.

그 목소리에 고검주가 자신의 머리통을 주먹으로 쥐어박으며 크게 외쳤다.

"맞아! 바로 그거야! 이것은 하늘을 뜻함이고 이것은 땅! 그렇다면 이게 피를 뜻해야 하는데… 하지만 피를 뜻한다면 앞의 것이 땅이 아니어야 하지 않은가! 아아~ 어렵고도 어렵구나. 이것은 인간이 읽을 글자가 아닌 것 같구나."

꺼져 가던 불씨에 기름을 부은 것처럼 고검주의 머리 속에 반짝 떠오른 글자는 다시 스러져 갔다.

낮은 탄식을 내쉬던 고검주가 누가 자신에게 그 같은 해석을 해주었는지 궁금해져 뒤를 돌아봤을 때였다.

한 사람이 있었다.

황금색의 가사 위로 붉은 혈포를 걸친 채 치렁치렁한 머리를 어깨까지 드리운 괴상한 몰골이었다.

굵은 눈썹과 두툼한 입술, 그리고 검은 피부가 분명 중원인이 아님을 나타내 주는 사내는 가슴께로 두 손을 올려 괴상한 수결을 맺으며 빙그레 웃었다.

"이제야 피로 맺은 작은 인연 하나를 건졌군."

왠지 사이한 느낌을 가져다 준 인물은 그렇게 피에 젖은 듯 붉은 입술을 활짝 벌리며 웃고 있었다.

그 웃음 하나만으로도 온몸에 소름이 돋은 고검주가 곧 고개를 돌려 혓바닥이 긴 노인네를 쳐다보았다.

하지만 고검주의 기대와 달리 마 총관 역시 온몸을 딱딱히 굳힌 채 노인을 노려보고만 있는 게 고검주 자신보다 더 긴장한 것 같았다.

"네놈은 또 누구디?"

마 총관의 낮게 깔린 목소리에 괴인이 크게 웃었다.

"하하하~"

하지만 괴인의 웃음소리는 그냥 웃는 웃음이 아니었다.

정작 고검주는 별다른 느낌이 없는데 마 총관과 종리우의 신형은 뒤로 휘청거리며 물러나는 것이 아닌가.

"크하하하~"

괴인의 웃음소리가 점점 높아지는 것과 동시에 마 총관의 얼굴은 찡그려졌고, 종리우는 아예 가슴을 손으로 움켜쥐며 비틀거리고 있었다.

"광락환소(眩烙幻笑)!"

고검주가 저도 모르게 큰 소리로 외쳤다.

그와 동시에 괴인은 웃음소리를 그친 채 고검주를 노려보았다.

"기특하군."

자신이 잘났다고 생각하는 부분에 대해 칭찬을 들으면 누구든 흥분하기 마련이었고, 그런 괴벽은 특히 고검주에게 심했다.

"광락환소. 중원엔 알려지지 않았지만 먼 서역의 리미승 중 그린 음공을 지닌 사람이 있다 들었소. 웃음소리에 기파를 담아 상대의 심장과 파장을 일치시키고, 끝내 웃음이 격해지면 적의 심장이 파열되어 죽게 되는 마소(魔笑)가 있다는."

고검주는 식은땀을 흘리는 와중에서도 자신이 알고 있는 것에 대해

주절거렸다.

맞다는 듯 괴인이 고개를 끄덕거렸다.

"기특하군. 그래, 본인이 바로 라마승이며 부처이다. 서역에서 수양하다가 중원에 살신장이 나타난 것을 천기(天氣)에서 읽고 거두기 위해 먼 길을 걸어 이 더럽고도 속되기 그지없는 땅에 왕림하게 되었지."

종리우는 순간 자신의 형인 종리혁을 바라보았다.

저자가 바로 배화교의 원래 뿌리라던 서역의 배화교를 따르는 자가 틀림없었다.

스스로 살신장, 즉 호교법신을 거두러 왔다는 것은 바로 종리혁을 빼앗아가겠다는 것이 아닌가.

하지만 종리우의 마음속을 읽기라도 한 것처럼 괴인의 고개가 좌우로 흔들렸다.

"아니, 그 아이는 가짜야. 진짜는 따로 있지. 단지 내가 여기 온 이유는 우연히도 이 길을 지나다 같은 씨앗이 잘못 뿌려져 자란 것을 알고 없애려는 것이네."

종리혁의 옆통수에 붙은 눈이 반짝였다.

갑작스레 나타난 서역의 라마승이 종리혁의 눈빛을 보고 고개를 끄덕였다.

"그래, 중원 땅에 잘못 전해진 위대한 불꽃 말이네."

이번엔 종리우의 눈빛이 어두워졌다.

저자가 말하는 잘못 전해진 불꽃이란 곧 중원의 배화교를 뜻한다는 걸 알았기 때문이었다.

제 5 장

도전 —고검주 개가 되고, 진금행 구대문파를 기다리다

도
전

고검주의 재주는 두 가지였다.

하나는 어디서든 주절거릴 수 있는 당당한 학식(學識)이었고, 또 다른 하나는 목숨까지 위태롭게 만드는 강간과 살인이었다.

그러나 여자를 간살하고도 멀쩡히 살아남을 수 있는 데는 가장 중요한 또 다른 재간이 밑바탕이 되었다.

바로 눈치가 더없이 빠르다는 것.

'천시(天時) 지리(地利) 인화(人和)를 알아야 군자라 했거늘, 지금 이 아까운 기회를 어찌 놓치랴.'

라마승은 헛바닥이 긴 무섭고도 지랄맞은 노인네보다 몇 수 위로 보였다.

노인은 그저 매서운 주먹 하나지만 저 라마승은 그런 노인을 그저 킬킬 웃는 것 하나로도 제압하지 않았던가.

당연 고검주는 몸을 뒤로 돌려 발바닥에 땀나도록 앞으로 뛰어가기 시작했다.

하지만 라마승은 그런 고검주를 쳐다보며 싱긋 웃더니 그저 손가락 하나를 들어 올려 가볍게 까딱거렸다.

그 순간이었다.

뒤로 정신없이 뛰어가던 고검주가 방향을 바꾸어 빙글 돌더니 정신없이 라마승 앞으로 달려가는 것이 아닌가.

정신없이 학학대며 뛰던 고검주는 지금 자신이 미친 듯 도망가는 방향이 바로 그 무섭기 짝이 없는 라마승에게란 걸 알아차리고 곧 방향을 바꾸어 오른쪽으로 뛰기 시작했다.

하지만 그것도 그리 오래가지는 못했다.

어느덧 뜀박질이 크게 원을 돌며 휘돈다 싶더니 다시 라마승 앞으로 죽어라 뛰어가고 있었다.

몇 번이나 방향을 바꾸어본들, 입에서 단내가 나도록 뛰어도 눈앞엔 항상 라마승이 있으니 고검주로서는 미칠 지경이었다.

하지만 그것은 고검주의 생각일 뿐 옆에서 지켜보는 사람으로선 이해가 되지 않는 일이었다.

도망가려는 게 분명해 보이는데 계속 고검주는 라마승을 향해 쪼르르 달려갈 뿐이었다.

흡사 라마승과 고검주 사이에 보이지 않는 끈이 있어 라마승의 손길에 당겨가는 듯 보일 정도였다.

그것을 보고 있던 종리혁이 믿기지 않는다는 듯 중얼거렸다.

"바, 바, 박령미로(縛靈迷路)……."

종리혁을 라마승이 흘낏 보더니 툴툴거리며 웃었다.

"역시 싹이 잘못 튀워진 거야. 이 신령스런 법술을 그런 천한 이름으로 부르다니… 그럼 이건 무엇이라고 중원에서 부르지?"

라마승이 불쾌함과 호기심 어린 표정을 동시에 지으며 종리혁을 바라보았다.

바로 그때 한참을 도망치던 고검주가 그 자리에 못이 박힌 듯 멈추어 서며 천천히 고개를 돌렸다.

"그럼 이건 무엇이라고 중원에서 부르지?"

사람과 말소리는 분명 고검주의 것이 틀림없었다.

하지만 그 눈빛과 입술은 라마승의 눈빛, 입술과 똑같이 움직이고 있었다.

믿어지지 않는다는 듯 부릅뜬 종리혁의 눈을 쳐다보며 재미있다는 듯 라마승이 한 발을 앞으로 걸으며 물었다.

"이런 것은 중원에 없는가?"

"이런 것은 중원에 없는가?"

고검주 또한 라마승과 같은 보폭을 내딛고, 같은 눈빛으로 쳐다보며, 흡사 입을 맞춘 듯 똑같이 묻는 게 아닌가.

"이, 이럴 수가. 차혼환백(借魂幻魄)의 술(術)!"

같은 뿌리를 두어선지 종리혁만은 똑똑히 알아볼 수가 있었다.

"오호, 차혼환백! 정말 저질스런 명칭이군. 그럼 이건 또 뭐라고 하는가?"

라마승의 수결이 묘하게 변하며 입으로 중얼거리자 고검주의 신형이 땅으로 꺼지듯 털퍼덕 주저앉았다.

그리고는 벌겋게 변한 눈빛으로 일행을 노려보며 짖어대기 시작했다.

"으르렁~ 왈왈왈~"

누가 봐도 한 마리의 개였다.

입가로 흘러내리는 침하며, 콧잔등에 잡힌 주름까지 영락없는 개였다.

"믿지 않겠지만 진짜 개라네. 때리면 깨갱대고 머리를 쓰다듬어 주면 꼬리 없는 엉덩이를 씰룩거리는……."

믿기지 않는 괴사였다.

하지만 믿지 않을래야 믿지 않을 수 없을 만큼 고검주는 너무도 개답게 맹렬히 짖어대고 있었다.

"왈왈왈~"

멍하니 지켜보던 마 총관이 몰래 종리혁을 향해 전음을 날렸다.

'너두 뎌거 할 뚜 있뗘?'

무슨 말이냐는 듯 쳐다보는 종리혁을 향해 마 총관이 한쪽 눈을 찡긋해 보였다.

'너두 뎌거 할 뚜 있뜨면 저놈을 개로 만들어봐. 내가 개대가리 허개는 거 하나는 잘할 뚜 있꺼든.'

어떻게 된 게 이 인간은 전음도 혀 짧은 소리로 전할까 하는 생각과 함께 종리혁은 고개를 저었다.

"할, 할 뚜 없떠요."

종리혁은 전염이 되었는지 저도 모르게 혀 짧은 소리로 답변을 하다 화들짝 놀라고 말았다.

"그래? 그럼 할 뚜 없군. 개대가리든 따람 대가리든 허개놓으면 될 테니까."

짧게 내뱉은 마 총관이 허공을 날았다.

마 총관이 움직이는 것과 동시에 주인을 지키려는 충견처럼 마 총관의 다리를 맹렬히 물어뜯으려 고검주가 입을 쩍 벌리고 이빨을 내보이며 달려들었다.

마 총관이 가볍게 고검주의 머리통을 밟아 허공 중에 신형을 일 장여 더 뽑아 올리며 맹렬하게 일장을 내뻗었다.

'가만, 나도 이러다 개털되는 거 아녀?'

왠지 별다른 반응도 보이지 않은 채 싱긋 웃고 있는 라마승을 보며 마 총관이 기분 나쁜 상상을 할 때였다.

물컹~

아무런 변화가 없었다.

그렇게 허무하게 라마승의 가슴은 마 총관의 손길에 꿰뚫리고 말았다.

"흐잉?"

마 총관은 도저히 자신의 눈을 믿을 수가 없었다.

박(剝)자결이 운용된 자신의 손길에 스친 것이라면 그 어떤 것도 남아나지 못했다.

하물며 스친 것만 해도 그럴진대, 가슴에 틀어박힌 마 총관의 팔뚝을 보며 라마승은 기분 나쁜 웃음을 짓고 있는 게 아닌가.

흡사 진흙 속에 손을 담근 듯 아무런 변화조차 없었다.

그저 마 총관의 조공(爪功)이 라마승의 가슴을 관통해 등 뒤로 삐죽이 나와 있다는 것을 제외하고는 다정한 두 사람이 얼굴을 마주 대하고 웃듯 라마승은 마 총관의 코앞에서 빙그레 웃고 있었다.

"미개하군. 중원인이란……."

"이익!"

라마승의 말에 마 총관이 팔을 빼내려 했지만 라마승의 가슴 근육이 흡사 생명이라도 있는 듯 뭉클거리며 마 총관의 팔을 휘감아들었다.

마 총관이 급한 마음에 왼발을 치켜 올려 솔각퇴로 라마승의 사타구니를 올려찼을 때 역시 마찬가지였다.

마 총관의 득의의 한 수는 라마승의 사타구니를 지나 명치 끝까지 도달하는 게 아닌가.

물론 보통 사람이었다면 곧 사타구니가 갈라져 창자를 쏟아내며 즉사했겠지만, 지금 마 총관의 처지는 진흙 바닥에 발을 박아 넣은 것처럼 라마승 몸통에 박혀 있을 뿐이었다.

더욱이 갈라졌던 라마승의 아랫배는 천천히 들러붙더니 곧 아무런 흔적도 남지 않게 되었다.

"히잉~"

마 총관으로서는 더운 콧바람을 불어 내쉬고 있을 수밖에 없었다.

남들이 보았다면 우습기 짝이 없는 광경, 즉 마 총관의 오른손은 라마승 왼쪽 가슴에 푹 박혀 있고 마 총관의 왼발은 라마승의 복부에 박힌 채 대롱대롱 매달려 있는 것을 보고 웃는 사람은 아무도 없었다.

단지 고검주만이 맹렬한 기세로 마 총관의 한쪽 발을 으르렁대며 물어뜯고 있을 뿐이었다.

오른팔과 왼발을 빼내려 움켜쥔 마 총관의 왼 손가락마저 라마승의 오른 어깨에 박혀 빠져나오지 못하자 당황한 마 총관은 그저 씩씩거리며 더운 콧김만 불어낼 뿐 별다른 방법을 구하지 못하고 있었다.

"원하는 게 뭐지?"

종리우가 크르렁거리는 고검주와 낑낑대는 마 총관을 쳐다보며 물었다.

마 총관이 어떤 사람이던가.

현오지영(顯五枝影) 필유혈화(必有血花). 즉, 다섯 가지가 나타나면 피꽃이 피어난다던 마교의 좌사가 바로 마 총관이었다.

하지만 그런 마 총관마저 장난감처럼 다루는 라마승이었다.

그렇다고 섣불리 도망이라도 쳤다가는 자신마저 고검주처럼 정신을 잃고 으르렁대면서 마 총관의 다리를 물어뜯을지도 모를 일이 아닌가.

"글쎄? 무얼 원할까? 내가 말하지 않았나?"

라마승의 말에 종리우가 고개를 갸우뚱거렸다.

"살신장! 하지만 형은 호교법신이 아니라고 당신이 말하지 않았나?"

라마승은 종리우가 자신의 말을 기억하고 있다는 점이 기특한지 함빡 웃고는 고개를 끄덕였다.

"그래, 네놈 형은 가짜지. 하지만 진짜가 있어."

그때였다.

굳은 결심을 한 듯 종리혁이 종리우의 어깨를 잡고는 고개를 끄덕였다.

상대는 법술(法術)을 부리는 자였다.

아무리 뛰어난 무림인이라도 언제 당한지도 모르게 목숨을 꺼내봐야 하는 상대다.

종리혁은 곧 자리에 정좌를 하고 앉아 라마승이 한 것처럼 수결을 맺고 중얼거리기 시작했다.

"옴바나 사바홈~ 아강검지 태화명, 이화해점두!"

종리혁의 주문이 흘러나오자 낑낑대던 보람이 있었는지 마 총관의 팔이 천천히 빠져나오기 시작했다.

"돼뗘! 또금만 더!"

마 총관의 눈에 환희의 빛이 떠오르는 것과 동시에 긴 혓바닥을 날름거리며 외쳤다.

라마승의 눈빛에도 잠시 의외의 빛이 떠오르는 듯싶더니 곧 입술을 달싹이며 무언가를 중얼거렸다.

그 즉시 라마승의 몸통에서 몇 촌쯤 빠져나오는 듯했던 마 총관의 팔이 이젠 아예 어깨까지 라마승의 몸 안으로 빨려 들어가 버리는 게 아닌가.

"크흐흑!"

그와 동시에 법술을 피워 올리던 종리혁의 신형도 무언가에 튕긴 것처럼 뒤로 나동그라졌다.

하지만 가장 아쉬운 것은 마 총관이었다.

팔뚝이 몇 촌쯤 빠져나왔다는 사실이 못내 아쉬웠는지 더욱 크게 부르짖고 있었다.

"또끔만 더 힘을 내봐! 이 거머리 같은 인간에게서 빠져나오믄 내가 어떠케든 어~떠~더~더~더~"

크게 부르짖던 마 총관의 기다란 혓바닥마저 라마승의 오른 어깨에 붙어버려, 파닥거리며 어버버거리는 마 총관의 모습은 종리우의 마지막 기대마저 저버렸다.

비록 마 총관보다 무공이 뒤지긴 해도 법술이 얼마나 무서운 것인가는 종리우가 더욱 잘 알고 있었다.

"진짜 호교법신은 어디서 찾을 수 있지? 또, 설령 진짜 호교법신을 마주친다 해도 어떻게 우리가 알아볼 수 있지?"

종리우가 라마승을 향해 체념한 듯 고개를 숙이며 물었다.

상대는 그 무서운 마교의 좌사마저도 거미줄에 엉겨 붙은 작은 나비처럼 파닥거리게 만들었다.

　무공으로도, 법술로도 어쩔 수 없는 상대라면 무모하게 덤비는 것보다 어떻게든 살아날 방도를 구해야만 했다.

　라마승은 그제야 말이 통한다는 듯 활짝 웃으며 고개를 끄덕였다.

　"별로 어렵지 않아. 중원 땅에선 살신장을 이렇게 부르더군. 마혈(魔血)의 주인이라고."

　라마승의 웃음은 세상을 다 가진 자만이 웃을 수 있는 그런 웃음이었다.

＊　　　＊　　　＊

　"마혈의 주인? 그럼 고검사신이 서역 배화교와 관련이 있었단 말인가?"

　종리우로부터 이야기를 전해 듣던 이교옥이 믿기 어렵다는 듯 중얼거렸다.

　"난 도무지 믿기 힘든걸……."

　아무리 직접 당사자에게 들었어도 도무지 이해가 안 된다는 듯 성윤위가 천으로 상처를 감싼 어깨를 으쓱거렸다.

　"믿어야 할 거야."

　하지만 정작 진금행은 당연하다는 듯 고개를 끄덕거리는 것이 아닌가.

　"대주는 이미 라마승에 대해 알고 있었나?"

　이교옥이 머리 위에 관모를 고쳐 쓰며 진금행에게 물었다.

　"비슷한 놈에 대해서 듣긴 했어. 내게 무공이란 걸 알려준 사람에게."

"그 죽어도 죽지 않고 살아도 산 게 아니라는 분 말인가요?"

불연이 긴 속눈썹을 깜빡이며 기억난다는 듯 물었다.

"그래. 그 빌어먹을 젊은 영감탱이가 그랬거든. 서역 저 멀리 무서운 놈이 하나 있다고. 언젠간 그 무서운 놈이 나타날 테니 막아야 한다고 그랬거든. 그런데 그런 놈이 진짜 나타나다니 골치 아프게 됐단 말이야."

"자네의 사부라니?"

백연강이 감았던 눈을 뜨고 물었다.

"그런 늙은이가 하나 있어. 알려고 들지 마. 다쳐!"

진금행이 심드렁한 태도로 대답했지만 백연강은 굳은 얼굴을 풀지 못했다.

자신이 보았던 진금행의 가공할 기세, 비록 진금행이 올곧게 자신의 품으로 넣지 못해 다행히 반수 정도 우세를 점할 수 있었던 그 무서운 경지를 전수해 준 사람이 누가 있을 수 있을까 하는 생각에 잠겨 있었기 때문이다.

"자네 사부가 정녕 그런 말을 했단 말인가? 정말 그런 사람이 있긴 있었군!"

마교 교주 역시 의외라는 듯 가운데로 몰린 눈을 치켜뜨며 놀라고 있었다.

하지만 마교 교주의 말은 백연강의 놀람과는 미묘하게 달랐다.

백연강과 달리 마교 교주는 이미 진금행의 사부에 대해 알고 있는 듯하지 않은가.

단지 '그런 사람'에 대해 놀란 건 진금행의 사부가 아닌 라마승이란 존재에 대해서가 틀림없었다.

"그래서 결국 그 라마승이 겁탈을 했다 이 말이군. 자신의 육욕을 채운 후 풀어놔 줬다, 이런 결론 아니겠어?"

진금행이 이해가 간다는 듯 고개를 끄덕이자 마 총관이 오만상을 찡그리며 으르렁거렸다.

"똑같군! 똑같아! 그게 아니라니깐요. 겁탈이라니요! 아닙니다요! 단지 우리에게 저 괴상하게 땡긴 놈 몸 위에 그려딘 귀문을 알아보는 마혈의 듀인을 데려오도록 수작딜을 피운 거디디요! 그러니까 정말 똑같띠요. 에이, 똑같군! 똑같아!"

마 총관의 말에 현통이 이해가 안 간다는 듯 고개를 갸우뚱거렸다.

"똑같다니요? 그 라마승도 진 대주처럼 팅팅 불었나 보지요? 그럼 살악포 덕분에 찍을 손바닥도 푸짐하겠네요!"

현통의 말이 마 총관의 부아를 돋운 게 틀림없어 보였다.

숨이 가쁜지 불룩 나온 아랫배를 움켜쥐고 고래고래 고함을 질러대는 게 아닌가.

"내가 똑같다고 했디, 언데 똑같다고 했냐! 내가 똑같다고 했디, 언데 똑같다고 했냐구!"

"긍까 똑같다는 말 아니냐구요! 이 인간이 똑같은 말을 몇 번이나 하게 만드는 거야!"

현통이 집 나가서 아비 모를 애 하나를 배온, 철없고도 정신 나간 늙은이가 어너서 고함이냐는 듯 맞서서 고래고래 소리를 질러대고 있었다.

이 자리에서 유일하게 마 총관의 말을 알아듣는 진금행이 어이없다는 듯 고개를 내저으며 현통을 향해 친절하게 설명해 나갔다.

"우리 사랑스런 마 총관이 말하길, '내가 좆같다구 했지 언제 똑같다고 했냐! 내가 좆같다구 했지 언제 똑같다고 했냐구!' 라고 했네, 이 빌어먹을 똑, 똑, 또~오~옥같은 화상아!"

"아항~ 그 똑이 아니라 그 똑! 난 또 뭐라구."

이제야 이해가 간 현통이 고개를 끄덕이다가, 이번엔 진금행이 말한 '똑같은'의 '똑'이 무얼 뜻하는지 이해가 가지 않아 다시 험상궂은 대가리를 좌우로 갸우뚱거리기 시작했다.

"아미타불, 그런데 그 조 뭐시기가 도대체 뭔가요? 라마승 이름인가요?"

불연이 깜찍한 두 눈을 동그랗게 뜨고 백연강 뒤에서 진기를 전하던 동곽을 향해 물었다.

아까 전부터 묵묵히 앉아 있기만 한 동곽의 모습이 무언가를 알고 있는 듯해 보였기 때문이었는데, 정작 동곽은 불연의 질문에 얼굴을 붉힌 채 사정없이 고개를 끄덕일 뿐이었다.

"어마, 별스런 이름도 다 있네요. 사람 이름이 좆~이라니? 서역 사람들은 특이한 이름이네요. 좆~!"

깜찍한 불연의 얼굴과 승복과는 전혀 어울리지 않는 단어가 불연의 입에서 연거푸 나오자 모든 수컷들의 얼굴이 벌겋게 달아오르고 있었다.

"흠흠, 아마도 우리를 다시 되돌아오게 만들려는 수작일 거야. 그 라마승에게 몇 달 내로 달려가지 않으면 결국 형님과 마 총관의 배에선 창자가 되었든 뭐가 되었든 튀어나와 죽고 말겠지!"

종리우가 불편한 분위기를 바꾸려는 듯 얼른 진금행에게 설명하자 마 총관이 맞다는 듯 고개를 끄덕였다.

"그래! 그래서 이러케 된 거야. 그러니까 내가 똑같다구 했지! 이건 정말이지 똑같은 일이라니까!"

마 총관이 억울하다는 듯 혀를 쩝쩝대며 말하자 진금행이 인상을 찡그렸다.

"그래, 똑같은 일이우. 에휴. 가만, 그럼 일이 복잡해지는걸? 가만히 보자니까 그놈이 말한 마혈의 주인이란 게……."

"자네 부친이지!"

진금행의 말에 마교 교주가 일이 묘하게 얽혔다는 듯 허탈한 웃음을 지으며 대답했다.

'또한 내 사랑스런 하나밖에 없는 제자였고, 우리 명교의 소교주지.'

마교 교주가 입 밖으로 내뱉지 못한 채 가슴으로 삼킨 말이었다.

"뭐가 이렇게 꼬이는 거야? 제기랄! 그럼 마혈의 원래 유래가 배화교에서 나왔다는 거 아니야!"

진금행이 신경질적으로 뒷머리를 긁으며 원망스럽다는 듯 배화교의 마지막 전수자인 종리혁을 노려보았다.

진금행의 시선에 종리혁이 뭐라고 대꾸할 말을 찾지 못한 채 고개를 숙이고 그저 자라나는 새 생명(?)을 품고 있는 아랫배를 쓰다듬고만 있었다.

그때였다, 갑자기 뻐꾸기 소리가 들려온 것은.

"힛꾹~ 힛꾹~"

"어머? 당 시주께서 오셨나 보네요. 아직도 속이 안 좋으신 모양이에요."

불연이 반갑다는 듯 몸을 일으키는데, 강구의가 어울리지 않게도 불연을 가볍게 흘겨보며 불연의 소매를 잡아 이끌었다.

"불연 아우, 지금은 불연 아우가 나설 때가 아니야. 당경이 무언가 말을 전할 게 있나 본데……."

강구의가 여자란 게 밝혀진 지금에도 불연은 과거 당당했던 사내다운 강구의의 모습이 기억나는지 얼굴을 붉히며 한쪽으로 물러섰다.

"무슨 일이지?"

진금행이 머리를 다시 벅벅 긁고는 손가락에 묻은 비듬을 훅 불었다.

"힛꾹~ 별거 아니야. 먼저 이놈을 조금 사용한 걸 늦게나마 말하려고."

당경이 귀찮다는 듯 휙 던져 놓은 물건이란 게, 아직도 엉덩이 사이에 작대기를 꽂은 채 정신을 놓고 있는 우문하였다.

날아와 처박히듯 널브러진 상처 입은 가련한 우문하를 가장 반기는 존재는 따로 있었다.

"어머. 아미타불. 어쩌다가 이런 봉변을 당하셨을까… 그러기에 볼일을 보실 땐 주위를 살피셔야지. 여기 어디 깔끔한 방 하나 없나요?"

상처 입은 가련한 존재(?)를 날름 다가와 가슴에 안은 불연이 강구의를 따라 나섰다.

그러자 문밖에서 감히 고개도 내밀지 못하고 우문하만 던져 넣었던 당경은 불연이 나가는 것을 확인하고서야 다행이라는 듯 손으로 가슴을 쓸었다.

"심심했었나? 왜 우문하는 필요했던 거지?"

진금행이 별일 아니라는 듯 당경에게 묻는 것을 보자 모든 사람들의 몸에 소름이 돋았다.

흡사 조천대의 그 누구든 목이 뎅겅 잘린 채 머리통이 눈앞에 데구

루루 굴러간다 한들 눈길조차 주지 않은 채, '누가 이렇게 한 거지? 어지간히 심심했던가 보네' 할 진금행의 모습이 눈에 선했기 때문이었다.

"미끼로 쓰느라. 사천당문의 문주를 잡을."

"현무당의 당주를?"

백연강이 놀랍다는 듯 눈을 치켜뜨며 물었다.

"그렇지. 하지만 정확히는 사천당문의 전대 문주고, 무림맹의 전 현무당주지."

당경의 말에 이교옥 역시 의외라는 듯 고개를 쭉 앞으로 내뻗었다.

"전? 전이라면 그 자리에서 물러났다는 이야긴가?"

이교옥의 물음에 당경이 고개를 끄덕이고는 진금행을 쳐다보았다.

"사천당문만이 아니야. 약속이나 한 것처럼 오대세가의 가주들이 모두 물러났지. 모든 자리에서."

"그으래? 늙어서 노망이 났나?"

진금행의 얇은 눈꺼풀 사이로 눈동자가 뒤루룩 굴렀다.

"이상한 일이지? 그보다 더 이상한 일도 있어. 어젯밤까지도 으르렁거리던 개 떼들이 약속이나 한 것처럼 물러서고 있어."

당경의 말이 무엇을 뜻하는지는 녹림도 중 하나가 성윤위에게 다가와 귓속말을 하는 것만으로도 알 수 있었다.

"장강수로맹과 대화련이 왜 갑자기 물러난 거시?"

주개육이 이해가 안 된다는 듯 뗏국물이 흐르는 얼굴을 들어 당경을 쳐다보았다.

물론 배화교의 성녀인 무아(无兒)의 존재와 무림맹의 대제자인 백연강이 있다고 해도 그렇게 쉽게 포위망을 풀고 물러날 장강수로맹이 아니었기 때문이다.

"구대문파가 오고 있거든. 무림맹의 원로원이 움직였어."

당경의 말에 모든 사람들이 조용해졌다.

구대문파. 그 위세를 누가 당할 수 있단 말인가.

비록 지금 성가를 드높이는 오대세가라 해도 감히 맞서지 못한 채 암중으로 음흉한 수단만을 강구하게 만들었던 곳이 아닌가.

"어때? 이 정도 정보면 우문하 항문을 박살 낸 값어치는 충분하지?"

당경이 어떻냐는 듯 진금행을 보며 묻자 진금행이 당연하다는 듯 고개를 끄덕였다.

"당연하지. 이왕이면 아가리도 째버리지 그랬어? 가만, 그건 그렇고."

진금행이 살벌한 말과 함께 두툼한 손바닥을 비벼대었다.

"가만, 날 왜 원하는 거지? 나한테 원하는 게 뭘까?"

진금행이 중얼거리는 가운데 백연강이 당경을 향해 물었다.

"맹의 원로원이 함부로 움직일 수는 없을 텐데 무슨 일이지? 당경, 맹에 지금 무슨 일이 벌어지고 있는 건가? 오대세가는 또 왜 자리에서 물러나고?"

아무래도 급박하게 돌아가는 무림맹의 일이 걱정되었는지 백연강이 저도 모르게 몸을 앞으로 굽히며 물었다.

"당연한 일이잖아?"

하지만 정작 대답은 진금행 쪽에서 나왔다.

그것도 모르냐는 듯 백연강을 향해 한쪽 눈썹을 치켜 올리며 말했다.

"산속에선 산이 안 보이는 법이지. 오대세가의 가주 놈들이 왜 가주

자리를 내놓았겠어? 바로 무슨 일을 꾸미다 잘못되더라도 자신의 가문은 지키려는 수작이지. 그렇게 되면 적어도 겉으로는 자신의 가문과 직접적인 관련이 없게 되니 오대세가에 돌아갈 책임을 피할 수가 있잖아? 그런 놈들이 왜 무림맹에서도 손을 털었겠어? 그건 지금 꾸미는 일이 잘만 되면 무림맹쯤은 날로 회 쳐 먹을 수 있다 이 말이지.”

진금행의 드물게 볼 수 있는 아주 친절한 설명에도 백연강의 굳어진 표정은 쉽게 펴지지 않았다.

“그럼 원로원은 왜 움직이는 건가? 사부님, 아니, 맹주님의 허락이 없다면 함부로 맹 밖으론 나오지 못할 것인데?”

진금행은 백연강이 참으로 어리석다는 듯 아예 노골적으로 비웃음을 담은 채 피식 웃었다.

“아둔하군. 사람의 권력욕이란 무한하다네. 이 우주보다 더 넓은 게 욕심이지. 무림맹주는 언제부턴가 오대세가와 구대문파 사이에서 외줄타기를 해온 꼭두각시였어.”

진금행의 말에 백연강의 눈썹이 움찔거렸다.

다른 건 몰라도 자신의 사부에 대한 모욕은 받아들일 수 없기 때문이었다.

하지만 그런 백연강을 보고도 진금행은 태연히 말을 이어 나가고 있었다.

“그나마 그런 존재였던 무림맹주도 지금은 공석이다시피 하지. 더욱이 상대하기 어려웠던 오대세가의 대가리들이 슬쩍 발을 뺐으니 누가 말릴 수 있단 말인가? 아둔하게도 오대세가들이 원하는 대로 오대세가 쪽의 향방보다 무림맹을 잡아삼키는 데 더 큰 신경을 쓰고 있을걸? 단하나 마음에 걸리는 게 남았다면 바로…….”

진금행은 두툼한 손가락으로 자신의 얼굴을 가리켰다.

"바로 나, 나란 존재지. 내 한마디면 구대문파라 해도 무림맹주를 찾기 위해 협조하지 않을 수 없을 테니까. 바로 그 알량한 맹주가 남긴 청룡패를 앞세운 서찰 때문에 말이야."

"그럼 자네를 치기 위해서?"

백연강 뒤에 있던 동곽 역시 미간을 좁히며 물었다.

"맞아. 하지만 친다는 표현을 구대문파가 좋아할까? 겉으론 그저 정중한 태도로 권한을 이양받으려 할걸? 나이 좀 더 처먹고 경험이 좀 더 많다는 알량한 이유로 말이야."

백연강이 잠시 생각에 잠겼다가 이해가 안 간다는 듯 진금행에게 물었다.

"왜 갑자기 평화롭던 무림이 이렇게 요동 치게 된 거지? 그리고 그 한가운데 자네가 있는 이유 또한 모르겠군. 자네의 무엇이 그렇게 중요한 것인지 모르겠어. 자네에게 무엇을 얻어내려 사천당문이……."

백연강은 말을 잇다 말고 흘깃 당경을 보았다.

무림맹주의 다섯 번째 제자이자 자신의 세 번째 사제.

하지만 백연강은 오래전부터 짐작하고 있었다.

자신의 셋째 사제가 바로 사천당문과 깊숙한 연을 맺고 무림맹에 침투해 있다는 것을.

하지만 정작 당경은 백연강의 말이 무엇을 뜻하는지 알면서도 대수롭지 않다는 듯 어깨를 으쓱해 보일 뿐이었다.

사천당문 따위와는 전혀 관계없단 당경의 태도에 백연강의 시선이 다시 진금행을 향했다.

"나? 나야 원래 중요한 인물이었지."

"도대체 뭐가!"

진금행의 대답이 마음에 안 든다는 듯 동곽이 비명처럼 부르짖었다.

다른 건 몰라도 동곽은 그것 하나만은 정말이지 알고 싶었다.

자신이 우러르는 대사형인 백연강과 신처럼 믿고 의지하는 사부인 무림맹주 진근양 모두 저 빌어먹을 팅팅한 놈을 정말이지 마음에 들어 하고 있었다.

그 사실만 해도 머리가 지끈거릴 정도인데, 자신의 이름조차 기억하지 못하는 붕어 대가리인 저 미련한 놈이 왜 중요한 인물인지 정말이지 알 수 없었다.

진금행은 고개를 갸웃거리며 동곽을 보다가 한숨을 내쉬었다.

"어디선가 봤던 놈인데? 아니, 처음 보는 놈이었나? 아무튼 내가 중요한 이유는 말이지……."

동곽의 숨이 거칠어졌다.

이제는 아예 이름뿐이 아니라 자신의 얼굴조차 잊어먹은 게 분명하지 않은가!

하지만 동곽의 숨소리가 거칠어지든 말든 진금행은 전혀 신경 쓰지 않는다는 듯 말을 이어 나갔다.

"바로 이거야. 응무소주 이생기심(應無所住 而生其心), 마땅히 머무는 바 없이 그 마음을 일으켜라. 즉, 일체의 것에 집착함이 없이 그 마음을 쓰라는 것!"

동곽이 갑자기 멍해졌다.

무언가 심오한 듯싶은 몇 마디가 튀어나오긴 했지만 그게 무슨 상관이란 말인가.

도교에 들었으면서도 어디서 주워들은 건 많은지 이교옥이 고개를 끄덕였다.

"불교 경전인 금강경에 나오는 말이군! 좋은 말이지. 암, 좋은 말이구말구. 그런데 금강경이 어쨌다구?"

이교옥의 물음에 진금행이 처음 들어본다는 듯 고개를 갸우뚱거렸다.

"금강경? 난 그런 거 몰라. 난 단순히 저기 대가리에 적힌 글을 읽었을 뿐이니까."

진금행이 대수롭지 않다는 듯 턱끝으로 가리킨 방향에는 종리혁이 있었다.

그리고 종리혁의 매끈한 대가리에 글이라곤 아무것도 적혀 있지 않았고, 그저 알지 못할 굵은 선들이 좌우로 종횡하고 있을 뿐이었다.

한참 동안이나 종리혁의 대가리를 쳐다보던 사람들은 약속이나 한 것처럼 일제히 부르짖었다.

"귀문(鬼紋)!"

제 6 장

응전 —구대문과 산을 오르고, 진금행 조건을 받아들이다

응전

"어이, 거기 자네는 무엇을 위해 살지?"

진금행의 물음은 백연강에게 향하고 있었다.

충격적인 사실에 얼떨떨해 있던 백연강이 무슨 뜻이냐는 듯 진금행을 바라보았다.

"왜 사냐고. 무엇 때문에 사냔 말이야."

진금행이 다시 물었다.

'무엇 때문에 산다?'

백연강은 히공을 멍하니 쳐다보았다.

예상치 못한 상대에게 전혀 의외의 질문을 받으니 막상 할 말이 없었다.

"우리 대사형께선 무림의 정의를 위해……."

분이 덜 풀려서인지 동곽이 큰 목소리로 당당하게 외쳤을 때였다.

무언가 주위의 공기가 이상하게 변한 것을 느낄 수가 있었다.

슬쩍 주위를 돌아보니 모두들 한심하다는 듯한 시선으로 자신을 쳐다보고 있지 않은가.

'뭐가 이상한 거지?'

동곽은 이미 내친걸음 어쩔 수 없다는 생각과 함께 오기라도 났는지 더욱 목소리를 높였다.

"무림의 안정을 위해 사마외도의 무리를 없애려 불철주야, 절차탁마, 호연지기, 칠전팔기, 선견지명, 대기만성, 군계일학, 고진감래, 엄청노력, 낙장불입, 따닥없음, 멍따인정……."

동곽이 점점 분위기가 묘하게 변해가는 것을 피부로 느끼며 허둥댈 때였다.

"지랄하네!"

동곽의 심장을 얼려 버리는 싸늘한 목소리.

동곽이 반사적으로 고개를 돌렸을 때 거기 괴상한 두 사람과 안겨 잠이 든 듯한 조그마한 계집아이가 들어서고 있었다.

먼저 동곽의 시선에 들어온 사람은 분명 자신을 향해 지랄한다고 뇌까린 사람이 분명했다.

'뭐, 지랄? 지랄이라니! 감히 나한테! 흠흠. 좋아, 이번 한 번만 참는다.'

동곽은 참을 수밖에 없었다.

비록 왼팔을 잃었지만 그 대가로 더욱 잔인한 눈빛을 갖게 된 구잔양을 보았다면 그 누구라도 참을 수밖에 없으리라.

"호호홋~ 머리 위엔 까치집을 지었고 조금 지저분하지만 그런대로 귀엽게 생겼네에~"

그렇다고 동곽은 두 번째 사람에게 분풀이를 할 수도 없었다.

혹시나 무슨 핑계든 대고 남자에게 들러붙을까 염두를 굴리는 사람이 바로 묘웅이었기 때문이다.

더구나 구잔양, 묘웅과 함께 들어선 계집아이는 그 무시무시한 배화교의 성녀인 무아(无兒)가 아닌가.

동곽이 얼른 '흠흠' 하는 헛기침 소리와 함께 슬그머니 뒤로 빠질 때였다.

"글쎄? 모르겠는걸?"

멍하니 허공을 향해 시선을 던지던 백연강의 입에서 처연한 말이 흘러나왔다.

"내가 사는 이유는 단 하나야. 살아남기 위해서지!"

구잔양이 밖에서 진금행의 물음을 전해 들었는지 나름대로의 대답과 함께 싸늘한 시선을 백연강에게 던졌다.

하지만 구잔양의 시선을 보고서도 백연강은 그저 허허롭게 웃을 뿐이었다.

"난 먹기 위해서! 살자면 먹어야지! 당연한 거 아니겠어?"

개방 거지 주개육의 당연하다는 듯한 대답이 이어졌다.

"죽기 위해서랄까?"

언제나 굳건했던 대사형의 무너지는 모습이 재미있다는 듯 당경이 세모꼴 얼굴로 웃었다.

"일단 내가 살자면 손도장이 필요해!"

현통이 살악포덕부를 소중히 가슴에 안으며 대답했다.

"사는 데는… 종교도 이유가 되지 않겠나?"

마교 교주가 혹시 자신의 신분이 탄로날까 걱정스러웠는지 의뭉스럽게 말꼬리를 흐렸다.

"술이 최고야. 좋은 술에 취하면 산 것이오, 술 깬 후에 숙취는 죽음이지! 지금처럼."

이교옥이 싸구려 술 냄새를 풍기며 관자놀이를 신경질적으로 비벼댔다.

"죽지 못해 사는 사람도 있어. 다음 생엔 내가 원하는 몸을 가질 수 있을까 기원하면서."

묘웅이 의젓한 백연강 모습에 반했는지 슬쩍 추파가 담긴 슬픈 목소리를 내었다.

"그러고 보니 산다는 것에도 많은 이유가 있었군."

백연강의 호목(虎目)이 왠지 젖은 듯해 보였다.

"그럼 자네는?"

진금행이 호기심을 내보이며 바싹 다가앉았다.

"글쎄?"

백연강의 시선이 진금행의 시선과 맞닿았다.

그리고 어찌 보면 무공을 겨루는 것보다도 살벌하고, 더욱 무거운 대화가 오가기 시작했다.

"자네는 무림맹의 대제자란 높은 신분이 아니었나? 그것도 이유가될 수 있어."

"높은 신분이라… 그것도 아닌 것 같군."

"자네는 훌륭한 무공을 가지고 있지! 그것 또한 이유가 될 수 있어."

"깊이는 내 사부를 따르지 못하고, 재주는 마교의 교주를 따르지 못하네. 무서움은 예전 고검사신에 미치지 못하고, 심오함은 라마승에 미치지 못하는걸. 그리고 무엇보다 성취는 자네의 반도 못 미친다네.

무림맹에서 본 이후 또다시 달라진 자네의 솜씨는 날 부끄럽게 만들었으니……."

"좋아, 그럼 이건 어떤가? 사람들을 위해서. 그 이유는 어때?"

"……!"

백연강의 대답이 이어지지 않았다.

진금행이 그런 백연강을 보다가 천천히 입을 열었다.

"난 왜 사는 거 같아?"

"자네는 왜 사는가? 무엇 때문에? 무얼 위해서?"

진금행의 말에 백연강이 공세를 취하듯 물었다.

"나? 나야 잘살기를 원하지. 그게 이유야."

진금행의 대답에 백연강이 피식 웃었다.

왠지 허허로운 웃음이었지만 동곽의 눈엔 정말이지 오랜만에 보는, 아니, 마지막으로 본 게 언제인지 모를 인간의 냄새가 느껴지는 웃음이었다.

"하지만 그것도 참 힘든 거야. 생각해 봐. 아무거나 처먹어대는 거지 놈에, 술 취한 도사 놈에, 손바닥에 환장하는 미친 도사에, 남색하는 변태 같은 년도 하나 키우고 있어. 그뿐인 줄 알아? 자기 외모에 우울증이 걸려 떳떳하게 나서지 못하는 괴상한 늙은이도 하나 키우고 있지."

진금행의 말이 이어지는 중에 낯낯 사람이 움찔거리긴 했지만 제일 크게 움찔거린 건 눈이 더욱 가운데로 몰린 채 숨 쉬는 것마저 멈춰 버린 마교 교주가 분명했다.

"그뿐인 줄 알아? 항문에 말뚝 박는 놈이 없나, 철없는 자위 전문 비구니도 하나 있고, 그중 가장 친하다는 게 살벌한 냄새를 피우고 있는 외팔이야. 그나마 하나 있는 수하는 헛바닥을 땅에 질질 끌고 다니다가 애 하나 배어서 집구석에 기어들어 왔거든. 그래도 그건 다 괜찮아."

진금행의 말에 더욱 헛바닥이 기어나온 마 총관이 뜻 모를 미소를 지었다.

'틸틸~ 이 개때끼야, 네가 거느릴 인간 중에 냄때가 디독한 년도 하나 있단다. 바로 네 마누라가 될 년이디!'

하지만 마 총관의 속마음까지 알 리 없는 진금행은 엄지손가락을 치켜 올리며 남은 말을 마저 뱉었다.

"아비가 미쳤거든. 미쳐도 보통 미친 게 아니라 이 말씀이야. 아무나 다 쳐 죽이거든. 그래도 어쩌겠어? 하나밖에 없는 아버지인데. 하지만 지키려면 온 무림을 상대로 한바탕 칼부림을 해야 하는걸? 참 지랄맞은 일 아냐?'

"확실히 지랄맞군. 듣고 보니 그런 사람들과 산다는 것도 힘든 것 같은데?'

백연강이 싱긋 웃으며 진금행 말에 맞장구를 쳤다.

조금 전 왜 사냐는 물음의 무게에서 조금은 가벼워진 듯해 보였다.

"그래, 바로 그거야. 괜히 의(義)를 숭상하고 인(仁)을 드높이며 사마(邪魔)를 무찌른다는 거창한 거 말고 그냥 사람을 위해서 사는 거. 그거 어때?'

진금행의 말이 왠지 큰 울림이 되어 백연강의 마음에 다가왔다.

"그래도 내가 어떻게? 나도 엉덩이에 말뚝 박는 사람들을 위하기엔 너무 버거울 거 같은데?'

언제부터인가 백연강은 무림맹의 대제자란 신분이 가져다 주는 굴레에서 벗어나 있었다.

진금행에게 대하는 태도 역시 예의를 집어던지고 십년지기처럼 허물이 없었다.

진금행이 백연강의 어깨를 치면서 말했다.

"그러니까 네가 잘하는 걸 하란 말이야."

"뭘? 내가 잘하는 거라니?"

백연강이 무슨 뜻이냐는 듯 묻자 진금행이 어울리지 않게도 함빡 웃었다.

"무림맹! 내가 조금 바빠질 것 같으니까 무림맹 좀 맡아서 관리해 줘. 아참! 분명히 밝히지만 관리뿐이야. 어디까지나 무림맹의 주인은 바로 나니까 말이야!"

잠시 무슨 뜻인지 몰라 멍하니 있던 백연강이 재미있다는 듯 익숙하지 않게도 얼굴을 억지로 구겨 히죽 웃으며 대답했다.

"그것도 괜찮겠군. 하지만 분명히 말하지만 무림맹 사람들 역시 보통은 아니라구! 말뚝을 박는 놈 따위는 없지만 말이야."

동곽은 지금 상황이 이해가 가지 않았다.

어찌 대사형이 저런 비열하기 짝이 없는 얼굴로 진금행과 마주 보며 히죽 웃을 수가 있단 말인가.

그것도 하늘 같은 무림맹주는 어디다 팽개쳐 두고 마음대로 무림맹의 주인을 논한단 말인가.

하지만 동곽이 가장 이해할 수 없는 것은 바로 자신의 얼굴이었다.

근엄하고 엄숙하기만 했던 백연강의 얼굴이 어느덧 진금행의 얼굴과 닮아가는, 난생처음 보는 광경에 따라 히죽거리는 자신의 얼굴이 믿기지 않아 저도 모르게 손바닥으로 자신의 얼굴을 쓰다듬어 보는 동곽이었다.

＊　　　　＊　　　　＊

"정말 돌려놓을 수 있나?"

백연강이 먼 곳으로 시선을 돌리며 물었다.

"안 되면 패서라도 가둬놔야지. 내 생각엔 잡아다 사부에게 데려가면 그 노인네가 어떻게든 고쳐 놓지 않을까 싶은걸?"

진금행 역시 같은 곳을 보며 대답했다.

굳이 누구라고 지칭하지 않았지만 그 사람이 누군지는 서로 알고 있었다.

진금행의 아버지인 진충덕.

새로운 마혈의 주인이자 두 번째 고검사신.

피의 혈겁을 불러올 가공할 존재에 관한 이야기였다.

"자네는 괜찮은가?"

백연강이 다시 물었다.

"나? 왜, 내가 미칠 거 같나?"

진금행은 백연강이 자신 몸에 흐르는 마혈에 대해 묻는 것임을 잘 알 수 있었다.

"아니, 자네만은 절대 안 미칠걸? 왜냐하면 이미 미쳤으니까!"

말을 끝마친 백연강이 고개를 숙이고는 어깨를 떨며 키득거렸다.

속이 후련했다.

무림맹의 대제자로 살아왔을 땐 느끼지 못했던 쾌감이 진금행과 나란히 붙어 서서 동네 건달처럼 건들거리며 농담을 건넬 때는 온몸에

활력이 도는 것이다.

처음으로 별다른 억눌림 없는 호흡을 할 수 있었다.

맹주의 대제자란 짓눌림이 없는 그런 편안한 호흡을…….

"아무튼 오늘부터 바빠지겠는걸?"

진금행이 그런 백연강을 흘낏 바라보다가 혼잣소리처럼 중얼거렸다.

"그 라마승 일 때문인가?"

백연강의 물음에 진금행이 고개를 끄덕이고는 다시 말을 덧붙였다.

"라마승도 손봐줘야 하고, 아버지도 제정신 차리게 만들어야지. 그리고 그 빌어먹을 오대세가 놈들 역시……. 아무튼 오늘은 구대문파만 신경 쓰자고."

백연강이 고개를 끄덕였다.

구대문파.

그들은 명성에 어울리게 당당했다.

당당한 태도로 다가왔고, 곧 조천대와 백연강이 녹림의 수괴인 성윤위와 함께 있다는 데 대해 노골적으로 경멸의 시선을 던졌다.

"조천대 어린 영웅들의 기개와 업적은 이 노답 역시 잘 알고 있소. 하지만 강호의 일이란 젊은 혈기만으로 되는 것이 아니라오. 그래서 과연 젊은 영웅들의 넓은 어깨기 우리 무림맹과 디불어 진 무림의 평화를 감당할 수 있을까 걱정이 된다오."

겉으론 그럴듯한 명분이요, 걱정이었다.

하지만 실상은 조천대(照天隊) 따위의 젖 비린내나는 아이들의 실력을 견주어보겠다는 뜻이었고, 만약 기대에 못 미친다면 자신들이 조천대를 누르고 무림맹의 주인 행세를 하겠다는 욕심을 드러낸 것이었다.

"꼴리는 대로."

거기에 맞선 조천대주 진금행의 당당한 답변이었고, 기다렸다는 듯이 구대문파의 대답은 대련이었다.

'지(智)와 덕(德)과 용(勇)과 체(體)와 공(功). 그 다섯 가지를 대표해 다섯 명이 나와 각기 겨루고, 그중 세 번을 이긴다면 그 용기와 능력을 인정하겠소. 물론 어린 영웅들의 재주가 조금 못 미친다면 우리들로선 조언과 아낌없는 지도편달을 베풀겠다' 는 게 구대문파 측이 내세운 명분이었다.

거기에 맞서 진금행은 방금 파낸 코딱지를 튕기며 시원시원하게 대답했다.

"그래, 패 까보고 끗수 높으면 다 먹어!"

너무 직접적이었는지, 조건을 전하러 온 사람이 일방적으로 날짜와 시간을 통보한 뒤 돌아설 때 진금행이 재미있다는 듯 말을 건넸다.

"대신 우리 끗수가 높으면 홀라당 먹어치울 거야! 나중에 개평이니 뭐니 하기 없기!"

아마도 돌아가던 구대문파의 사람은 무림이 노름판과 다름없다는 생각을 잠시나마 했을 게 틀림없다고 백연강은 생각했다.

그러고 보니 정말이지 세상사가 잘 짜여진 노름판, 아니, 야바위 판과 다름없었다.

불과 몇 년 전까지만 해도 자신이 천시하던 사마외도와 함께, 그 무리들 중 우두머리인 팅팅 붙은 놈과 킬킬거리며 웃을 날이 있으리라 어찌 생각했겠는가.

그리고 오늘, 얼마 안 있으면 구대문파의 웃어른들이 무림맹에서처

럼 근엄하고 위엄있는 표정으로 거만하고도 당당하게 오겠다는 통보를
한 시간이었다.

"만약 우리가 이기면 정말 구대문파를 먹어치우는 건가?"

백연강이 항상 우러러보고 조심스럽게 고개를 숙여야만 했던 구대
문파를 잘하면 먹을 수도 있다는 게 믿기지 않는다는 듯 진금행에게
물었다.

"당연하지!"

진금행이 무슨 말을 하냐는 듯 눈을 치켜뜨고 백연강을 흘겨보았다.

"만약에 지면? 또 그 지긋지긋한 늙은 얼굴에 대고 공손하게 고개
숙여 인사를 드려야 할 텐데……."

"무슨 말이야? 저도 우리가 먹어치우는 거야."

진금행이 말도 안 된다는 듯 더욱더 눈을 째져라 뜨고 백연강을 흘
겨보았다.

"응? 무슨 말이냐니? 약속이 그랬지 않았나?"

백연강의 물음에 진금행이 당연한 일을 왜 그러냐는 듯한 표정을 지
었다.

"약속? 무슨 약속? 그런 약속은 개나 물어가라고 해!"

백연강이 잠시 동안 멍해져 있다가 크게 껄껄 웃었다.

"하하, 그렇군. 맞아. 개나 물어가면 딱 좋겠군!"

한참을 크게 웃던 백연강이 곧 산등성이 멀리서 당당히게 구대문파
의 이름을 수놓은 깃발을 당당하게 앞장세우고 오는 것을 발견했다.

"오는군. 아무래도 내가 먼저 맞아야겠지?"

백연강의 물음에 당연하다는 듯 고개를 끄덕이는 진금행.

왠지 가벼워진 발걸음으로 하늘을 날듯 산 아래로 경공술을 발휘해

멀어지는 백연강을 물끄러미 보고 있던 진금행의 귓전으로 카랑카랑한 목소리가 들려왔다.

"무슨 생각인지 몰라도 나는 안 돼!"

"뭐가요?"

진금행은 이미 마교 교주가 등 뒤에 다가와 있다는 걸 알고 있었다는 듯 고개도 돌리지 않았다.

"대련 말이다. 각기 다섯 명을 뽑는다는데 나는 안 된다고!"

"누가 뽑아나 준답디까?"

진금행의 말에 교주가 얼빠진 듯 멍하니 있다가 답답하다는 듯 가슴을 몇 번 쳤다.

"뽑아나 준다니? 그게 무슨 말이야? 생각해 봐. 저쪽에서 나올 놈은 뻔하다구. 과거 열화검객(裂火劍客)으로 불릴 정도로 괄괄한 곤륜(崑崙) 운학자(雲鶴子)는 틀림없이 지 성질 못 이기고 나올 것 같고, 소림(少林) 천혜 대사(天慧大師)와 무당(武當) 예단선(銳端仙) 화무검옹(化無劍翁)은 소림과 무당의 체면상으로도 안 나올 수 없겠지! 구파일방의 색깔을 지우기 위해 구파일방이 아니면서도 원로원에 든 소요군자(逍遙君子) 맹일평(孟一平)도 한자리 할 거고. 대강만 뽑아봐도 쟁쟁한 놈들이잖아? 그런데 네놈 주위엔 누가 있어?"

교주는 흥분한 듯 눈을 곱게 한군데로 모아 자신의 손가락을 노려보며 하나하나 꼽아 나갔다.

"아무리 생각해도 두 명뿐이잖아. 일단 휘검청학 이교옥이야 화산의 제일기재였으니 당연히 한자리 한다 치고, 건곤무적도 성윤위 역시 빠지진 않지! 근데 이 두 놈뿐이잖아!"

"성윤위는 녹림십팔채의 총채주지 조천대원이 아니우!"

"으잉? 그럼 한 놈밖에 없네? 좋아, 그럼 대신 청성의 현통을 집어넣자구. 대가리는 맹해도 솜씨는 좋으니까. 그러면 없잖아. 달랑 둘인걸?"

"셋! 소일거검은 무림맹의 사람이니 조천대에 집어넣을 수 있지요. 왜냐, 조천대의 주인인 내가 그렇게 결정했걸랑요."

진금행이 노골적으로 귀찮다는 듯한 표정을 지으며 콧구멍을 후빌 때였다.

"어라? 백연강이 뭔대? 아고, 큰 결심했네. 좋아, 그래도 셋. 약간은 버겁지만 셋이야. 어때? 한참 모자라잖아? 그럼 내가 뛰어야 한단 말인데, 그건 안 될 말이라 이거지! 왜냐, 나 아니면 결국 마불통인데, 마불통이나 나나 마교의 사람이니 몇 수 지나지 않아 구대문파 놈들이 알아보지 못한다면 그게 더 놀랄 일이거든. 그러니 내가 얼마나 걱정이 되겠어?"

"이봐요, 영감. 간만에 구대문파 놈들과 뻐근하게 한딱가리 하고 싶은가 본데 난 생각없수. 그러니 그저 먼 산만 바라보고 빠져 주면 좋겠다 이 말이우!"

진금행의 말에 교주가 할 말을 잃고 진금행만 노려보고 있었다.

'무서운 놈. 어찌 내 속을 이리 잘 아누!'

교주는 자신의 속마음을 들키기라도 한 것처럼 얼굴이 붉어졌다.

내심 항상 눈엣가시 같던 구대문파 사림들을 대련을 핑게 삼아 차례차례 도륙 낸 후 크게 '크하하! 잘 봤느냐? 너희 무림맹과 우리 명교는 세불양립(勢不兩立)! 즉, 한 땅에 둘이 기거할 수 없는 신세가 아니냐!'고 외쳐 주고 싶었기 때문이다.

자연 그렇게 되면 진금행은 무림의 공적이 되고, 결국 명교에 투신,

자신의 다음 교주 자리를 이을 수밖에 없다는 게 교주가 심사숙고한 뒤 짜낸 계략이었는데, 진금행에게 대번 간파당한 것이었다.

할 말을 잃은 교주를 심드렁하게 돌아보던 진금행이 이죽거리며 물었다.

"그런데 어딜 보우? 지금 날 보는 거유? 아님 구대문파 사람들이라도?"

"먼 산 본닷!"

교주는 장포 자락을 소리나게 휙 잡아채며 사모했던 남자에게 배신당한 처녀처럼 몸을 돌려 성큼성큼 걸어가고 있었다.

그리고 그런 교주의 뒷모습을 진금행이 뜻 모를 미소를 띠고 쳐다보다가 고개를 돌려 산 아래 공터를 쳐다보며 손바닥을 비벼댔다.

"노름판이 대강 차려졌나 보군. 그럼 신나게 주사위를 흔들어볼까?"

진금행의 시선이 향하는 곳은 성윤위가 녹림을 움직여 급히 만든 커다란 대련장이었다.

바로 조천대와 구대문파가 맞붙을 장소였다.

대련장 위엔 무거운 정적이 흐르고 있었다.

구대문파.

수천 년 동안 그 위대한 이름이 흔들리지 않는 것엔 이유가 있었다.

무림에 몸을 딛고 사는 사람들, 비록 그 사람이 사파(邪派)의 무인이라 해도 어느새 구대문파의 뿌리는 혈관이 되어 몸속에 뻗어 나갔고, 구대문파의 역사는 척추가 되어 있었다.

부정할래도 부정할 수 없는 숨 막히는 긴장과 엄숙을 만들어내는 사람들은 불과 육십여 명.

그중에서도 위풍당당한 태도로 서 있는 구대문파의 명숙들은 불과 이십여 명에 불과할 뿐인데도 산 전체를 흔드는 그 무언가를 뿜어내고 있었다.

'간지럽군…….'

진금행 또한 이상한 긴장감에 뒷머리를 벅벅 긁다가 가슴을 쓸어 내렸다.

'아무래도 엉터리야…….'

진금행은 미간 사이를 좁히며 금역(禁域)의 젊은 노인네를 떠올렸다.

'엉터리가 분명해. 아니면 이렇게 가슴이 뻐근할 수가 없지.'

백연강과의 대련 후 피를 게워낸 폐 한쪽이 둔기로 맞은 듯 뻑적지근함이 느껴졌기 때문이다.

'빌어먹을 노인네…….'

진금행은 분명 노인의 가르침이 지랄맞기에 지금 이 고생을 하고 있는 게 틀림없다는 생각과 함께 가래침을 퉤 뱉고는 또다시 가슴을 쓸어 내렸다.

그러나 그게 어디 보통 무공이던가?

사람의 경지를 훌쩍 뛰어넘는, 그 누구도 감히 얕보지 못할 경지가 바로 노인이 알려준 표변도(豹變刀)가 아닌가.

다른 사람들이 꿈에도 그리는 무공을 사사받았지만 정작 그 무공을 익힌 사람이 진금행이란 게 문제였다.

'으흠…….'

진금행이 눈을 천천히 감자 온몸을 휘감고 도는 괴이한 기운이 천천히 주위로 번져 가기 시작했다.

처음 느낀 것은 바로 태산 같은 바위가 자신을 짓누르는 느낌이었다.

'한가락들은 한단 말이지?'

진금행은 자신을 억누르는 그것이 바로 구대문파, 아니, 원로원 명숙들의 기도임을 알아채고 미미하게 입꼬리를 비틀었다.

'역시 백연강이군.'

곧 다른 기운을 느끼고 고개를 끄덕였다.

태산처럼 무거우나 결코 오만하지 않고, 깃털처럼 가벼우나 경망스럽지 않은 기운을 등 뒤에서 느꼈기 때문이었다.

'마교 교주도 괜찮아. 늙은 뼈다귀가 꽤나 강한걸?'

교주에게선 수정보다 맑으면서 바다보다도 더 깊어 그 수위를 헤아릴 수 없는 기품이 느껴졌다.

진금행의 의식은 점점 그 깊이를 더해갔다.

사람들의 작은 솜털을 간질이는 작은 바람의 가닥가닥이 진금행의 뺨을 부드럽게 쓰다듬는 것을 느꼈다.

발 밑에서 꿈틀대는 대지가 솟구치듯 발바닥을 통해 들어와 정수리를 통해 나가는 것도 느꼈다.

그보다 더 깊은 곳, 지하 수맥에서 흐르고 있는 거센 물결이 근육을 떨리게 했고, 머리 위에서 작렬하는 태양이 심장의 고동을 더욱 힘차게 만들고 있었다.

세상이 모두 내 것이었다.

내가 세상이었다.

세상과 내가 둘이 아니었다.

진금행의 의식과 영혼, 몸이 모두 사라지고 그 어떤 하나가 남았을 때 진금행은 울컥 피를 게워내었다.

"괜찮은가?"

뒤에 있던 백연강이 급히 진금행의 어깨를 잡았다.

허리를 굽히고 몇 번의 토악질을 더 한 이후에야 진금행은 입가를 소매로 쓰윽 닦은 후 씨익 웃었다.

"그럼 괜찮지. 후우~ 이제 살 것 같군. 가슴이 찌뿌둥했는데 말이야."

진금행은 그제야 다시 눈을 뜨고 천천히 앞을 바라보았다.

구대문파.

그 엄청난 이름을 앞에 단 사람들은 하나같이 엄숙하고 근엄한 표정으로 십여 장 앞에 앉거나 혹은 서 있었다.

"아, 인사가 늦었구려."

진금행은 의자에 당당히 앉은 채 싸늘한 시선으로 구대문파 사람들을 훑어보았다.

일제히 부릅떠지는 눈들.

사람들의 우러름을 받는 데 익숙한 구대문파, 그중에서도 원로원에 든 사람들이었다.

가장 크게 치켜떠 뻘건 실핏줄까지 드러낸 사람은 바로 성미가 열화같아 열화검객(裂火劍客)이라 불리는 곤륜의 운학자(雲鶴子)였다.

자신의 성미만큼 꼿꼿하게 나 있는 입술 사이의 수염을 하늘 높이 솟구친 채 눈알을 부라리며 개방의 후개인 주개육을 쏘아보았다.

'어리? 저 영감이 왜 니를?'

왜 자신을 쳐다보는지 알 수 없어진 주개육이 주위를 두리번거리며 쳐다보았다.

주개육 옆에 있던 휘검청학 이교옥이 주독으로 벌게진 콧등을 씰룩였다.

"왜 거지 놈이 여기 붙어 있냐 이거겠지. 지금은 아니지만 얼마 전까지만 해도 구대문파와 개방을 한데 묶어 구파일방(九派一幫)으로 부르지 않았어? 그런 개방 사람이 왜 조천대에 있냐 이거겠지. 그러니까 진 대주에게 직접 집적대는 것보다는 만만한 너부터 손봐주겠다 이거야."

이교옥의 친절한 설명에 주개육의 인상이 한동안 찌푸려지더니, 곧 어쩔 수 없다는 듯 한 발 앞으로 나섰다.

"여러 선배님께 인사가 늦어 죄송하게 됐습니다. 그리고 진 대주의 결례는 이해해 주시길……."

주개육은 '평소 닭다리 하나도 안 사주던 늙은이들이 웬 유세를 지랄맞게 떠는지 모르겠다'며 속으로 욕설을 퍼붓긴 했지만 일단 고개를 깊숙이 숙여 예를 올렸다.

그리고는 곧 고개를 발딱 들며 자신이 하고 싶은 말을 한꺼번에 쏟아내었다.

"원래 진 대주 싸가지가 개싸가지거든요. 이미 파악들하고 오셨겠지만 말입니다. 그래도 때 되면 밥은 주는 싸가집니다요. 닭다리 하나 안 들고 와서 지랄 떠는 늙은 싸가지하고는 종류가 다릅죠."

공기다 더욱 팽팽하게 당겨지고 있었다.

"좋다! 싸가지라고 치자! 그런데 싸가지라 해서 꼭 저런 눈깔로 쳐다봐야 할 이유가 뭐가 있냔 말이다!"

운학자는 열화검객이란 명호와 어울리게 벌게진 얼굴로 진금행을 가리키며 고함을 지르듯 날뛰고 있었다.

'저 영감탱이가 맛이 갔나? 금행이가 조금 재수없긴 하지만 저 정도로 꼭지가 돌게 하진 않을 텐데?

주개육은 이해가 가지 않아 뒷머리를 다시 벅벅 긁었다.

그래도 나이가 든 이후 조금 점잖아졌다는 평을 듣는 걸로 알고 있었는데, 운학자가 흥분에 몸을 벌벌 떨며 진금행을 가리키는 이유를 알 수 없었기 때문이다.

그러나 누가 알았으랴.

진금행이 지금 표변도의 제1초식, 바로 '야려보기'를 시전하고 있는 중이라는 것을.

진금행 뒤편에 서 있는 조천대원들이야 볼 수 없었지만 정면에 마주 대고 너무나 정확하게 진금행을 볼 수 있는 원로원의 명숙들은 지금 혀를 깨물고 달싹이는 엉덩이를 간신히 의자 위에 붙이고 있는 상태였다.

만약 조금이라도 수양이 낮았다면 당장 엉덩이를 떼고 저 '요상한 눈깔'을 데르륵 굴리고 있는—마 총관의 표현을 빌자면— '똑(?)같은 인간'의 물꼬를 내버리고 싶었다.

"저, 저 눈깔 좀 봐! 저게 어디 어른들을 마주 대하는 눈깔이란 말이더냐!"

하지만 열화검객 운학자는 성미상 도저히 참을 수 없었다.

만약 진금행이 조금이라도 이죽이는 말을 꺼낸다면 그 자리에서 양단을 내줄 거란 각오를 다지며 으르렁거릴 때, 정작 반응은 진금행이 아닌 다른 곳에서 튀어나오고 있었다.

"눈깔, 눈깔 하지 말아! 듣는 눈깔 기분 나뻐!"

운학자의 시선이 반사적으로 소리가 들린 방향으로 향했다.

'얼라리요?'

순간 운학자는 멍해질 수밖에 없었다.

범상치 않아 보이는 노인이 역시 범상치 않아 보이는 눈알을 한가운데로 몰아서 자신을 힘들게(?) 쳐다보고 있는 게 아닌가.

"댁은?"

운학자가 멍해져서 마교 교주를 쳐다보고 있을 때였다.

"마… 맞어. 드, 듣는 눈깔 기분 나쁘지……."

어디선가 또 다른 목소리가 어버버거리며 튀어나오자 운학자는 더욱 멍해질 수밖에 없었다.

웬 민둥머리에 온몸엔 괴상한 문신을 한 괴상한 사내가 옆통수에 가붙은 눈을 뻐끔거리며 자신을 흘겨보고 있는 게 아닌가.

'별스런 일이군…….'

운학자는 순간 자신이 왜 화를 냈는지도 잊어버렸다.

'야시시한 눈깔' 하나와 '가운데로 몹시 쏠린 눈깔', 그리고 '힘들게 옆통수에 간신히 가 붙은 눈깔'까지. 온갖 괴상한 눈깔과 한꺼번에 마주 대하려니 눈에 초점을 잃어버렸기 때문이다.

어지러운 분위기가 간신히 잦아든 틈을 타 원로원의 좌장 격인 소림(少林)의 천혜 대사(天慧大師)가 천천히 몸을 일으켜 진금행을 향해 포권을 취했다.

"반갑소이다. 무림의 이름이 드높은 여러 젊은 영웅들을 직접 마주 대하니 이루 말할 수 없는 영광……."

"패부터 까자구!"

천혜 대사의 크진 않지만 무시무시한 공력이 깃든 말을 자르고 진금행이 두툼한 입을 삐죽였다.

천혜 대사의 눈썹이 꿈틀거렸다.

이런 무례가 어디 있단 말인가.

소림의 칠십하고도 두 개가 남는 절정무공 중 천혜 대사가 익힌 서른네 개의 무공을 보아서도 절대 있어선 안 되는 일이었다.

더욱이 지금 말한 사람의 말 한마디면 소림의 두꺼운 산문 사이에서 몇백의 소림승들이 자동적으로 튀어나올 수 있다는 걸 아는 사람이라면 바로 앞에서 이따위 말은 절대 할 수 없는 게 당연한 일이었다.

그러나 불행히도 상대는 진금행이었다.

"내가 좀 바쁘거든."

친절하게 설명을 덧붙이는 진금행의 태도는, 그러나 전혀 바쁘지 않은 게 틀림없어 보였다.

콧구멍 사이로 두툼한 손가락을 억지로 밀어 넣어 걸쭉한 무언가를 뽑아낸 뒤 손가락 사이에 끼고 손가락을 부드럽게 비비는 진금행의 태도는 천혜 대사의 정심한 내공으로도 참기 힘들 정도였다.

"좋소. 각자의 패를 펴 보이기로 한 이상 시간 낭비 할 필요는 없겠지요. 무량수불~"

무당(武當)의 예단선(銳端仙) 화무검옹(化無劍翁)이 천혜 대사의 어깨를 부드럽게 두드리고는 진금행을 향해 빙긋 웃었다.

'어라? 녹록치 않은 개뼈다귀인데?'

막 표변도의 세 번째 초식인 '최대한 얼치기 양아치로 보이기 위해 눈을 씰룩이고 침을 찍찍 뱉어 적의 경계심을 허문다'를 시전하고 있던 진금행이 의외라는 듯 화무검옹을 쳐다보았다.

"좋아, 좋아. 내 말이 그거야. 서로 그럴듯한 웃음을 웃고, 고개를 까딱거리며 인사해 봐야 어차피 서로가 먹겠다는 거 아니겠어? 그러니 번잡스러운 거 다 집어치우고 얼른 시작하자구."

진금행은 잘됐다는 듯 고개를 힘차게 끄덕이곤 흥분되는지 두 손바닥을 비비고 콧구멍을 벌렁거렸다.

'휴우~ 이제야 기세를 잃지 않고 시작할 수 있겠군.'

예단선 화무검옹이 늙은 뺨을 씰룩이며 진금행을 쳐다보고는 고개를 끄덕였다.

왠지 기분 나쁜 자였다.

처음엔 쉽게 생각하고 가슴을 펴 당당히 들어와 맞닥뜨린 첫 만남에서부터 열화검객의 심기를 뒤집어놓은 자였다.

원래 열화검객의 성미가 불같았으니 그렇다 쳐도, 심기가 깊은 소림의 천혜 대사까지 콧구멍을 벌렁거리고 민둥머리에 핏대가 솟게 만드는 재주는 정말이지 쉬운 게 아니었다.

고수는 싸우기 전에 이미 승리를 자신의 것으로 만드는 법이었다.

싸움은 그 이후 승패를 확인하는 사소한 절차에 지나지 않았다.

지금 협상도 고수의 대결과 다를 것이 없었다.

예단선 화무검옹은 그것을 알고 있었다.

하지만 구대문파의 명숙들 얼굴을 보는 것만으로도 기가 죽을 거라 생각했던 협상이 처음부터 뒤틀리고 있었다.

흡사 고수의 대결에서 먼저 혈을 짚이고 관절을 비틀린 듯 열화검객과 소림의 천혜 대사마저 심기를 잃어버리고 있었다.

바로 저자가 그렇게 만든 것이다.

단지 야려보는 눈알과 이죽이는 몇 마디 말, 그리고 걸쭉한 코딱지 덩어리 한 개로 말이다.

'쉽지 않은 상대야.'

화무검옹은 곧 자세를 바꾸어 적극적으로 대처하기로 했다.

그것만이 잃어버린 기세를 되찾아오는 것이라 굳게 믿으면서.

"그럼 패는 몇 개로?"

점잖고 기품있는 태도로 명망 높던 예단선 화무검옹의 말투가 시정에서 물건 홍정하는 사람들의 말투로 바뀌었다는 것에 제일 먼저 놀란 건 원로원의 고수들이었다.

하지만 예단선 화무검옹을 '어디서 어깨에 힘 좀 주고 짝다리 건들거리며 놀다 온, 침 좀 뱉을 줄 아는 생양아치'로 생각하는 진금행에게는 새로울 것이 없었다.

"다섯 개! 먼저 끗수 높은 세 패를 얻은 놈이 이기는 걸로!"

진금행의 말이 끝나기가 무섭게 다시 화무검옹의 말이 뒤따랐다.

"누가 먼저 깔까?"

"첫 패는 우리가 먼저 까지. 다음엔 당신들, 담엔 우리, 이렇게 나가고 마지막 다섯 패는 동시에."

"좋아! 나중에 다른 말 하는 놈은?"

"개자식이지!"

"좋아! 개자식! 다른 말 하는 놈들은 죄다 개자식! 갈아 마셔도 시원치 않을 개자식!"

서로가 서로의 꼬리를 쫓듯 진금행과의 대화를 빠르게 끝마친 화무검옹이 만족스런 웃음과 함께 뒤돌아섰을 때 사람들의 경악에 어린 시선과 마주 대힐 수 있었다.

마치 오늘 아침까지만 해도 거룩해 보이던 신선이 알고 보니 시전에서 빌어먹던 거지란 걸 깨달은 듯한 눈빛들이었다.

'끄응, 애들 입 조심 좀 시켜야겠군…….'

갑자기 오늘 일이 쉽지 않을 거란 생각에 지끈거리는 두통과 함께,

고수와 거친 대결을 끝마친 듯 온몸에 힘이 쭉 빠지는 화무검옹이었다.

한쪽이 한 사람을 내세우면 다른 쪽에서 맞수를 정해 교대로 내보내는 대결이 천천히 시작되고 있었다.

제 7 장

이교옥 — 현통 버려지고, 이교옥 검을 버리다

예단선 화무검옹의 새로운 모습을 너무도 확실하게 확인할 수 있었
던 대련은 갑자기 후끈 분위기가 불타올랐다.

팽팽한 분위기를 만들어내며 서로 마주 보고 있던 사람들이 제각기
자신들의 패거리(?)로 돌아가 누구를 먼저 내세울지 머리를 맞대고 서
서 웅성거렸다.

"우리가 먼저 상대를 내세우면 저쪽에서 그 사람 꺾을 놈을 내세울
게 뻔하니 이거 불리한 게 아닌가?"

긴장 때문인지 더욱 눈알이 쏠린 마교 교주가 진남행을 불안한 듯
쳐다보았다.

"다음엔 상대가 먼저 내세워야 할 차례이니 똑같지 않겠수!"

그 정도 생각도 못하냐는 듯 답답하단 표정으로 현통이 버럭 소리를
질렀다.

현통 역시 하늘같이 쳐다보았던 무림맹의 원로원과 직접 맞부딪치게 됐다는 흥분에 저도 모르게 고함을 친 것이었다.

"그래도 우리가 먼저 지고 들어가는 거 아냐! 그게 제일 중요하지!"

주개육이 현통을 보며 툭 쏘아붙이자 안 그래도 검은 현통의 낯짝이 더욱 검붉게 변했다.

"첫 패는 버리는 걸로 하지."

진금행은 다 생각해 두었다는 듯 확신에 찬 어조와 함께 팅팅 불은 대가리를 위아래로 힘차게 끄덕였다.

동시에 현통의 험상궂은 검붉은 대가리 역시 따라 끄덕여졌다.

"거봐! 진 대주가 다 생각해 둔 거라잖아! 일단 첫 패는 버리는 걸로! 카아~ 정말 잔대가리 죽인다! 그래, 대주. 누굴 버리는 패로 쓸 거유? 개방 거지? 아미 불연? 아니면 주정뱅이 이교옥?"

험상궂은 낯짝에 때 아닌 방긋 웃음까지 배어 물고 진금행을 바라보던 현통의 얼굴이 더욱더 시커멓게 변했다.

진금행의 두툼한 손가락이 현통 자신의 얼굴을 가리키고 있었기 때문이다.

'제길, 그래도 한가락 한다면 하는 놈이 바로 난데 말이야!'

현통이 힘주어 불끈 쥔 거대한 오른 주먹을 왼 손바닥으로 쓰다듬으며 얼굴을 씰룩이고 있었다.

하지만 현통의 지금 태도는 진금행에 대한 불만과 분노 때문이 절대 아니었다.

원래 자신 외에 다른 사람은 발가락 사이의 때만큼도 생각 안 하는 놈이라는 걸 진작부터 알고 있었으니 그리 이상한 일도 아니기 때문이었다.

현통의 가슴을 옥죄게 만드는 것은 바로 불안감이었다.

조천대 측에서 먼저 현통이라는 패를 깠으니 당연 저쪽에서도 한 패를 깔 건 뻔한 일이었고, 그 패가 무엇이 될 거란 건 현통이 너무도 잘 알고 있기 때문이었다.

'제발, 제발.'

현통은 아예 눈을 꼭 감고 속으로 울부짖었다.

잠시 후 현통이 누군가 자신있는 태도로 다가오는 것을 느끼고 실눈을 떠 확인했을 때 세상천지가 아득해지는 것을 느꼈다.

자신을 보고 빙긋 웃는 낯짝.

꿈에도 잊을 수 없는 낯짝이 거기에 있었다.

좀체 웃지 않는 얼굴이 방긋방긋 웃을 땐 한 가지 이유밖에 없었다.

바로 마음껏 패줄 수 있는 상대를 만났을 때의 만족스런 웃음.

"오, 오, 오랜만입니다."

현통이 입술을 물고는 고개를 떨구며 얼른 예를 차렸다.

"오냐앗!!"

우렁찬 대답 소리 끝에는 청성(靑城)의 '뿔에 불붙은 미친 소' 섭각우(燮角牛) 도현(導玄)이 현통을 보며 빙그레 웃고 있었다.

"저어기, 다른 사형제들은 다들 청성으로 돌아왔겠지요?"

현통이 어떻게든 비위를 맞추려는지 억지로 뇌지노 않는 헤실거리는 웃음과 함께 말을 건넸을 때 웬일로 도현 역시 방긋 마주 웃으며 대답했다.

"그~으~럼! 그것도 두툼한 살악포덕부를 들고 말이다."

"우와아~ 그럼 누구 게 가장 두툼하던가요?"

현통이 오랫동안 만나지 못했던 사형제들 얘기가 튀어나오자 반색하며 물었다.

"현정도 괜찮았지만 현진의 것이 가장 좋다고 들었다."

"아! 그럼 현진이 차기에 청성을 이끌게 되었군요! 현진이 비록 나이는 어리나 속이 깊고 신중하니 청성에 복이 되겠습니다."

그래도 가장 아끼던 현진이 살악포덕부에 두툼하게 손도장을 많이 받아왔다는 소식에 현통은 제 일처럼 반가워했다.

'그놈 참! 다른 건 몰라도 저거 하나는 귀엽기도 하단 말이야. 미련하긴 해도 청성에 몸담은 사람으로 장문인 자리에 욕심을 내지 않으니 그 마음 하나는 곱디곱군.'

도현은 흐뭇한 마음에 오랜만에 정다운 눈길로 현통을 바라보았다.

사실 솜씨로만 보자면 현통의 무공이 가장 높았다.

또, 성격이 단순하고 직선적이며 시원시원해서 알게 모르게 따르는 청성 도사들 역시 많았다.

만약 현통이 차기 청성 장문인에 욕심을 내었다면 얼마든지 가능한 일이었다.

그러나 자신보다도 어린 현진이 차기 장문인이 될 거라며 저토록 기뻐하지 않은가.

'살살 다뤄줘야겠는걸?'

비록 지금은 무림맹의 원로원과 조천대의 대원으로 만나 실력을 겨루게 되었지만 그래도 같은 청성인이 아닌가.

여러 영웅들 눈앞에서 같은 청성인이 무공을 선보이는 것만 해도 뿌듯해진 도현이 천천히 소매를 걷고 부드럽게 말을 건넸다.

"자, 그럼 슬슬 시작해……"

픽!

도현은 갑자기 눈앞이 아득해지며 콧구멍에서 무언가 뜨뜻미지근한 액체가 줄줄 흘러나오는 것이 느껴졌다.

'이런 주책맞은 일이 있나. 이런 중요한 자리에서 콧물이 흘러내리다니.'

멍해진 머리 속과 함께 소매로 콧잔등을 훑자 무언가 시뻘건 게 눈에 들어왔다.

'이게 웬 시뻘건 국물? 어라? 피네? 그럼 코피가?'

멍한 시선을 들어 현통 쪽을 쳐다보자 현통의 얼굴은 안 보이고 현통의 두툼한 주먹만이 눈에 가득 들어왔다.

충격에 흐릿해졌던 머리 속이 갑자기 밝아졌다.

"이~노~옴~이~!"

도현의 머리 속에 생각들이 이어졌다.

왜 자신이 현통을 미워했던가?

현통의 무공이 청성에서 두 번째 간다는 사실은 칭찬받아야지 미워해야 할 일이 아니었다.

또, 청성의 장문인 자리도 전혀 염두에 두지 않을 만큼 욕심이 없다는 것 역시 칭찬거리지 비난받을 일이 아니었다.

성격이 솔직 담백하고 직선적이며 호쾌해서 따르는 사람이 몇 된다는 것 역시 미운 일은 아니었다.

또한 어른 대하는 건 어떤가? 어른의 말이 떨어지기 무섭게 얼른 행동에 나서는 것은 효행(孝行)의 근본이었다.

그럼에도 도현이 현통을 미워하는 것은 그저 오로지 '청성의 두 번째 고수'가 '욕심이 없는 것만큼이나 생각 또한 모자른' 나머지 '너무

솔직하고도 미련스럽게', '선배들의 말에 너무도 즉각적인 반응'을 보인다는 것에 있었다.

어찌 '자, 그럼 슬슬 시작해 볼까?'라는 말 중에 '시작' 자가 끝나기가 무섭게 냅다 한 대 갈길 수 있단 말인가!

현통 역시 지금의 상황에 대해 어렴풋이 짐작한 모양이었다.

허공 중에 부르르 떨리는 자신의 오른 주먹과 왕방울만큼 부어오른 도현의 콧등에서 흘러내리는 붉은 핏줄기…….

"오마나!!"

현통은 즉각 두 손바닥으로 제 입을 가리고는 묘웅 외엔 절대 낼 수 없는 비음을 연이어 뱉어내고 있었다.

하지만 현통이 할 수 있는 일은 아무것도 없었다.

현통, 청성의 두 번째 가는 고수.

그러나 불행히도 청성의 첫 번째 가는 고수는 바로 '뿔에 불붙은 미친 소'. 바로 섭각우 도현이었다.

"항복! 아니, 패배 인정! 살려주슈!"

곧 이어진 잔인한 도현의 구타에서 벗어나고자 비명처럼 부르짖어 봐야 변할 것은 아무것도 없었다.

대련장을 몇 바퀴나 돌아 도망쳐 봤지만 이미 눈에 흰자위까지 휘까닥 뒤집어 간 도현을 말릴 수 있는 건 아무것도 없었다.

대략 한 식경 정도가 지나 거의 곤죽이 되다시피 변해 버린 현통을 동곽이 혀까지 차며 질질 끌어오고, 원로원의 모든 고수가 길길이 날뛰는 도현을 현통의 몸통에서 잡아 뜯고 나서야 한숨 돌릴 수가 있었다.

진금행이 인상을 찡그리며 밥값도 못한 채 죽사발이 돼서 돌아온 현통을 바라보다가 예단선 화무검옹을 향해 입을 삐죽이며 말을 건넸다.

"좋아, 우리가 이번엔 확실하게 졌군."

아무렇지도 않게 패배를 인정하며 진금행의 고개가 끄덕여지자 예단선 화무검옹이 활짝 웃었다.

"아무래도 진 대주께서 사정을 봐주셨던가 보구려. 다음 차례는 우리가 먼저 사람을 내보내야 하는 거겠지요?"

화무검옹은 아무래도 좀 전에 깎아먹은 체면을 돌보려는지 어느덧 시정잡배에서 무게있는 무당과 장문인의 의젓한 자세로 돌아와 화사하게 웃고 나서 천천히 발을 내디뎌 앞으로 나왔다.

"비록 녹슨 몸이지만 아직 쓸 만하다오."

"그런 것 같군."

진금행이 고개를 끄덕이자 예단선 화무검옹이 더욱 활짝 웃었다.

"어느 분이 이 몸과 검을 섞을지 모르지만 내 충고 하나 하리라."

"뭔데?"

느끼한 눈빛으로 반말을 찍찍 내뱉는 진금행의 얼굴을 보는 화무검옹의 미소는 더욱 활짝 빛나고 있었다.

그러나 환한 미소처럼 그 마음속까지 편한 것은 아니었다.

'절대 먼저 끌려가면 안 돼! 절대로! 저 미련스런 얼굴을 혼내주는 것보단 일단 이 대결에서 이기는 게 더 큰일이야! 절대 저 야리는 눈깔에 말려들면 안 돼!'

초인적인 심기로 마음을 가다듬은 예단선 학무검옹이 호흡을 가다듬었다.

"무량수불, 내 평소 검을 섞어볼 상대로 둘을 꼽았다오. 그 첫째가 검각(劍閣)의 각주(閣主)인 검귀(劍鬼) 화무흔(華無痕)이요, 그 둘째는 화산의 장문인이라오. 그 이유가 뭔지 아시오?"

"몰라."

진금행이 아예 화무검옹 쪽은 쳐다보지 않은 채 내리깐 눈과 함께 손가락을 부비며 심드렁하게 대답했다.

'이번엔 눈알 공격에서 코딱지 공격으로 넘어갔군! 또 속을 줄 알고?'

화무검옹이 다시 크게 심호흡하고는 말을 이었다.

"화무흔은 자신 속에서 검을 본 유일한 사람이기 때문이오. 그 말은 곧 사람이 검으로 화했다는 말이니, 평소 좋은 적수로 내심 꼽아왔다오. 화산의 장문인은 검에서 탐스런 매화꽃 일곱 송이를 보았다고 전해 들었으니 곧 화산의 정수를 깨달았다고 생각되오. 예로부터 화산과 무당은 검종(劍宗)의 자리를 다투어온 바, 검우(劍友)로서 생각해 온 지 오래됐다오."

예단선 화무검옹이 이토록 말을 길게 하는 데는 두 가지 이유가 있었다.

자신의 실력을 먼저 내어보여 상대의 기를 꺾거나 적어도 흐름을 자신 쪽으로 이끌려는 것이 첫째고, 둘째는 적어도 검귀 화무흔이나 화산의 장문인이 아니라면 자신의 상대가 될 수 없다는 것을 은연중에 뽐내려는 것이었다.

그것을 눈치 채지 못할 사람은 아무도 없었다.

"제기랄, 겉멋은 엄청 부리네."

싸늘한 목소리가 화무검옹의 말끝을 잘라냈다.

화무검옹의 시선이 반사적으로 한쪽을 향했다.

거기엔 '야리는 눈알' 이나 '가운데로 쏠린 눈알', 혹은 '너무도 멀리 떨어진 눈알' 과는 다른 눈알이 있었다.

싸늘한 눈빛으로 화무검옹을 쳐다보고 있는 사람은 바로 구잔양이었다.

왼팔은 잘려 나갔는지 소매 끝을 바람에 날리며 표표히 서서는 살기가 번질거리는 눈으로 쳐다보며 구잔양이 조용히 뇌까렸다.

"난 검에서 본 건 하나밖에 없어. 바로 죽음이지. 그것도 아주 싸늘한……."

'후읍~'

예단선 화무검옹은 저도 모르게 크게 한숨을 내뱉었다.

저 인간은 뭔가 달랐다.

흡사 명검의 날카롭게 선 예리한 칼날을 대하듯 심장 한쪽 구석을 얼게 만드는 그 무엇이 있었다.

"그러는 당신은 검에서 무엇을 보았지?"

왠지 싸늘해진 공기를 뚫고 진금행이 불쑥 물었다.

화무검옹은 왠지 찐득찐득 뒷덜미를 잡아채 오는 듯한 구잔양의 시선에서 놓여날 수 있어 다행이라는 듯 얼른 진금행 쪽을 쳐다보며 대답했다.

"부끄럽지만 빈도를 보았다오. 무량수불~"

대답은 짧았지만 그 안에 깃든 뜻은 가볍지가 않았다.

검 안에 자신을 볼 수 있다는 것.

그것은 검과 자신이 이미 하나가 되었고, 또한 그 경지를 넘어 검으로 화한 자신을 편안한 눈길로 지켜볼 수 있게 되었다는 것이다.

'나 아니면 안 돼!'

진금행의 귓전에 마교 교주의 절박한 전음이 벼락치듯 울려왔다.

하지만 진금행은 고개를 가로젓고는 시선을 돌려 구잔양을 쳐다보았다.

"시켜만 줘. 그럼 저 늙은 영감도 내 칼에서 죽음을 보게 될 거야."

구잔양이 잔인하게 씨익 웃었지만 진금행은 기도 안 찬다는 듯 피식 웃었다.

"그래도 상대는 무당파 제일가는 개대가리야. 네 이빨로는 무리지."

진금행의 눈길이 백연강을 향했다.

눈이 마주친 백연강이 씁쓸하게 웃었다.

"난 검에서 본 것이 없네. 굳이 검을 들 때 무언가 떠오르는 게 있다면 그냥 사람들이 보이더군. 내가 보호해 주고픈 많은 사람들이."

백연강이 산보라도 나가는 것처럼 거검을 어깨에 둘러메고는 천천히 몸을 일으키는 것을 한동안 지켜보던 진금행이 역시 좌우로 고개를 흔들었다.

"아무것도 보이지 않고 그저 사람들이 떠올랐다면 자네가 가장 세지. 그 검은 단 한 사람이 변한, 그래서 한 사람만의 검이 아니라 지켜야 할 수많은 생명이 걸린 검이니."

"……."

백연강은 인정해 줘서 고맙다는 듯 살짝 미소를 지었다.

하지만 진금행은 다시 고개를 저었다.

"그래도 자넨 아니야. 아무리 검이 훌륭해도 그 몸으론 무리지."

백연강의 얼굴빛이 가볍게 변했다.

천천히 진금행의 고개가 다시 좌우로 흔들렸다.

만약 백연강이 지금 이 자리에서 물러난다면 무인으로서의 자존심은 무너질지도 모를 일이었다.

진금행이 진지한 눈빛으로 백연강을 보며 한 자 한 자 분명하게 말을 이어갔다.

"자네 검이 훌륭한 건 그 검에 걸린 수많은 생명들 때문이야. 그 생명들을 아끼듯 검을 아껴."

딱딱하게 굳어졌던 백연강의 표정이 미묘하게 떨리더니 곧 진금행을 향해 엄지손가락을 치켜들고는 제자리에 다시 털썩 앉았다.

진금행의 시선이 다시 주위를 휘돌다가 이교옥에 가 멎었다.

"나?"

이교옥이 자신의 얼굴을 가리키며 묻다가 피식 웃었다.

"난 검에서 본 거라곤 아무것도 없어. 아참! 술 취한 초점없는 흐리멍덩한 눈알 두 개만 봤군. 내 눈알. 내가 검날을 쳐다보니 내 눈알 보이는 게 당연한 거 아닌가?"

이교옥의 말이 끝나기가 무섭게 진금행이 고개를 돌려 예단선 화무검옹을 향해 크게 외쳤다.

"어이? 여기도 검에서 자신을 봤다는 미친놈이 하나 있는데? 좋은 상대가 될 거야."

진금행 말이 떨어지자 입을 삐쭉이며 술 호로에서 몇 모금을 거칠게 삼킨 이교옥이 하기 싫다는 듯 엉덩이를 들썩이며 대련장으로 향했다.

둘의 대결은 참으로 흥미진진한 대결이었다.

한 사람은 이미 더 오를 데가 없다는 무당의 최고수였고, 다른 한 사람은 몇백 년 만에 화산 새한벽(塞寒壁)에 들었다는 절정고수였다.

한 사람의 검에선 무당의 숨결이 살아 꿈틀거렸고, 다른 한 사람의 검은 선학(仙鶴)을 불러온다는 전설을 만들어낸 검이었다.

지켜보는 사람들은 긴장으로 눈을 깜빡이는 것조차 잊을 정도였지만 정작 두 사람의 태도는 산책이라도 나온 듯 허허롭기 짝이 없었다.

이교옥은 검이 흡사 지팡이라도 되는 것처럼 검극을 아무렇게나 땅 끝에 찔러 넣은 채 기대어 있었고, 화무검옹은 어린아이들이 작대기를 흔드는 것처럼 가볍게 앞으로 쳐든 채 한가롭게 허공을 쳐다보고 있었다.

절대 깨질 것 같지 않은 허허로움 사이로 화무검옹이 물었다.

"그래, 새한벽에서 무엇을 보았는가?"

전혀 대결을 앞에 둔 사람 같지 않은, 흡사 혼잣말을 중얼거리는 것 같았다.

"아무것도……."

이교옥의 태도 역시 마찬가지였다.

무당과 화산.

검법(劍法)으로 이룩한 두 문파의 기재들이 문파의 자존심이 걸린 검을 앞에 두고 마주한 것치고는 너무도 심드렁한 태도가 아닐 수 없었다.

"그럼 자넨 검에서 매화를 몇 송이나 보았는가?"

"아무것도……."

역시 무미건조한 질문과 대답이 이어졌다.

하지만 이교옥의 대답이 끝났을 때 화무검옹의 눈빛이 이교옥의 눈을 향하며 알지 못할 미소를 지었다.

"그럼 이 늙은 도사가 이겼네."

화무검옹의 말이 끝나기가 무섭게 모든 것이 변했다.

검을 잡은 장포가 바람을 집어넣은 듯 팽팽하게 부푼다 싶었을 때 검끝이 미묘한 가락을 타듯 이교옥을 향해 쏟아져 들어갔다.

술 취한 모습으로 간신히 검에 의지해 중심을 잡는 것 같았던 이교옥 역시 언제 그랬냐는 듯 검으로 머리 위에 큰 원호를 그으며 마주쳐 갔다.

휘익~

순식간에 벌써 몇십 합을 주고받았지만 팽팽히 공기 가르는 소리만 날 뿐 금속성은 전혀 들려오지 않았다.

검과 검이 부딪치지 않았기 때문이었다.

화무검옹의 주름진 얼굴이 팽팽하게 펴지며 대춧빛처럼 붉게 변했다.

무당의 정순한 내공을 극한으로 끌어올린 상태.

거기에 반해 이교옥의 얼굴은 무섭게 검게 변했다.

입술은 이로 악물었고, 정수리 위로 어느새 허연 김까지 피워 오르고 있었다.

아무래도 상황은 이교옥이 점점 밀리는 것이 틀림없었다.

이교옥의 미간을 노리던 검끝이 미미하게 떨리는 듯싶더니 왼쪽 어깨를 찔러갔다.

"하압!"

신음성과도 같은 이교옥의 고함 소리와 함께 '챙~' 하는 소리가 처음으로 튀어나왔다.

"와아~"

그와 동시에 원로원 측에선 환희의 탄성이, 조천대 측에서는 안타까움이 짙게 배어난 탄식이 흘러나왔다.

손에 땀을 쥐게 했던 대결은 어느덧 멎어 있었다.

화무검옹의 검끝은 이교옥의 어깨를 찌른 자세 그대로 허공 중에 우뚝 멈추어 있었고, 이교옥은 뒤로 일곱 걸음을 물러서 등을 굽힌 채 왼쪽 어깨를 부여잡고 있었다.

"자네의 검은 너무 술에 쩔었나 보군. 여섯 초식으로 이루어진 육합신장(六合神掌)은 초식과 초식 사이의 연결이 모두 끊어져 있었고, 신행백변(神行百變)은 엉터리처럼 전혀 방향이 맞지 않았네. 그런 주독(酒毒)에 걸린 엉터리 화산검법으로 이만큼이나 견디어냈다는 게 대견하긴 하네만, 자네는 내 검을 받아내지 못하네."

화무검옹의 말소리는 더욱 팽팽해진 도포 소맷자락처럼 자신감에 넘쳐 있었다.

"아깝군……."

허리를 둥글게 휜 채 고개 숙여 있던 이교옥이 키득거렸다.

"……?"

아직 확실한 결판이 나지 않은 상태라 내공을 한껏 돋우고 있던 화무검옹이 이유를 알 수 없다는 듯 이교옥을 쳐다보았다.

그런 화무검옹이 재미있다는 듯 천천히 허리를 펴며 이교옥이 쳐다보았다.

"새한벽에선 아무것도 보지 못했소. 아무것도 없었기 때문에… 그래서 나 역시 아무것도 아니어야 했지. 내가 아무것도 아니라면 화산의 검법 또한 아무것도 아니어야만 했고. 그래서 화산의 검법을 지워나갔소. 하나하나, 초식 하나하나, 검법 하나하나, 그 검에 담았던 내 숨결 역시 하나하나, 화산이 좁다 하고 휘돌던 내 발걸음도 하나하나, 나에 대한 기대 역시 하나하나, 그렇게 하나하나 지워야 했소. 눈만 감아도 훤히 알 수 있는 화산의 검로(劍路)를 하나씩 지우고, 검을 떨칠 때 나타나던 매화(梅花) 역시 하나하나 떨궈야 했지. 킬킬~ 그래서 화산의 검법을 지웠다오. 장래가 기대되던 젊은 도인도 지웠다오. 검을 지웠다오."

이교옥의 말 한마디 한마디에 화무검옹의 눈가가 미묘하게 떨렸다.

당당하게 검을 다시 움켜쥔 이교옥은 더 이상 술에 취한 개망나니 도사가 아니었다.

"하지만 얼마나 어려웠는지 아시오? 나를 지우는 건 쉬웠지만 내 손 위에 검을 지우는 건 정말 어려웠다오. 아니, 검의 숨결을 기억하고 있는 내 손바닥을 지우는 건 더욱 어려웠다오. 하지만 고맙소. 당신과의 일합에서 드디어 모든 것을 지웠다오."

이교옥의 말에 화무검옹의 얼굴이 더욱 시뻘겋게 변했다.

그것이 이교옥의 말로 인한 당혹감에선지, 아니면 더욱 긴장해서 내력을 북돋아 올린 것인지는 알 수 없었다.

이교옥의 태도는 점차 평온해졌다.

"그래서 이제 술 취한 채 검법을 잊어버린 개망나니 도사 하나와 검 하나가 남았다오. 아참, 나도 하나 물어봅시다. 내 손에 들린 이 빌어 먹을 검을 팔면 싸구려 술 몇 동이와 바꿀 수는 있다오. 그런데 당신의 손에 들린 진무검(眞武劍)은 무엇과 바꿀 수 있소?"

"……."

이교옥의 질문에 화무검옹은 아무런 대답도 할 수 없었다.

아니, 대답하기 불가능할 정도로 너무도 내력을 끌어올린 것인지도 몰랐다.

"그 대답을 할 수 없다면 당신은 졌소!"

싸늘한 말만큼이나 찬바람을 일으키며 이교옥의 검끝이 화무검옹의 허리를 베어갔다.

이교옥의 신형이 순간적으로 일곱 발자국의 거리를 지우며 화무검옹에게 다가갔을 때, 도리어 화무검옹의 신형은 다시 여섯 발자국의 거리를 남기며 뒤로 물러섰다.

"탐월영침매(耽月影寢梅)!"

거친 기합이 터져 나오며 이교옥이 검으로 화려한 곡선을 그려내었다.

화산파의 절기인 탐월영침매가 분명했다.

그러나 그것은 탐월영침매가 아니었다.

허리를 곧추세우고 왼쪽 무릎을 치켜 올리며 오른손으로 달빛을 보듬는 매화꽃의 화려함을 표현하는 탐월영침매와는 전혀 달랐다.

검이 휘영청 반월(半月)을 좇다가 어두운 밤하늘의 구름 속에 노닐다 끝내 매화의 품에 포근히 안겨 잠드는 검로와는 전혀 이질적인 떨림을 이교옥의 검은 그려내고 있었다.

하지만 거기 모든 게 있었다.

어두운 하늘과 밝게 빛나는 반월, 그리고 수줍게 고개를 드는 매화가…….

탐월영침매의 모든 초식과 법도를 지우자 거기 탐월영침매의 모든 것이 있었다.

그리고…

부욱~

도포 소매가 찢어지는 커다란 소리와 함께 경악한 표정의 화무검옹의 얼굴이 그 사이로 잠깐 나타났다가 사라졌다.

"……."

모든 사람들은 말을 잃었다.

위치만 바뀌었을 뿐 조금 전과 비슷한 상황이 다시 연출되고 있었다.

이교옥은 허공을 날아 떨어진 그대로 검끝을 땅 끝에 박은 채 기대어 있었고, 화무검옹은 처음 그 자세 그대로 검끝을 치켜 올려 이교옥을 가리키고 있었다.

잠시 졸았던 사람이라면 아직 대결이 시작되지 않은 처음 그 자세 그대로인 걸로 착각했을 자세.

그러나 이교옥의 왼쪽 어깨엔 선혈이 흐르고 있었고, 화무검옹의 장포 자락은 갈가리 찢겨져 어깨까지 드러나 있었다.

딱딱하게 굳어 있던 화무검옹이 힘들게 입을 열었다.

"화산에서 큰 복을 얻었군. 축하하오. 이제 무림은 화산의 매화 향으로 가득 찰 것이오."

그러나 이교옥은 피곤한 표정으로 고개를 조금 끄덕여 보일 뿐이었다.

"십 년 내로 무당에서 한 사람이 찾아가도……."

잠시 뜸을 들인 화무검옹이 주저하며 입을 열었을 때 이교옥의 피곤한 얼굴에 한줄기 미소가 어렸다.

"언제든……."

오늘은 화산의 검에 무당의 검이 꺾였으나 십 년 내로 무당에서 힘을 길러 다시 실력을 견주어보고 싶다는 말임을 이교옥은 너무나 잘 알고 있었기 때문이다.

화무검옹이 굳어진 얼굴을 펴고는 이교옥을 향해 감사의 뜻으로 고개를 마주 끄덕였다.

그리고는 다시 활짝 웃는 얼굴과 함께 몸을 돌려 원로원을 향해 크게 외쳤다.

"무림의 큰 복이자 내 일생일대의 큰 복이오. 화산의 새한벽이 다시 무림에 나왔고, 또 그것을 내 눈으로 직접 보았으니……. 수백 년 동안 피지 않았던 화산의 매화가 이번에 크게 피었으니 그 누가 당하랴. 이번엔 빈도의 패배가 확실하외다. 무량수불~"

그 인사를 가장 반갑게 맞아들이는 것은 이교옥이 나왔을 때부터 좌불안석이던 화산파 출신인 원로 주영원이었다.

"우와, 보기와는 다른데?"

주개육이 비칠대며 들어오는 이교옥의 어깨를 정답게 두들겼다.

이교옥은 힘없이 눈꺼풀을 치켜떠 주개육을 바라보았다.

"넌 왜 안 나가?"

"내가? 왜?"

갑작스런 이교옥의 말에 주개육이 영문을 몰라 눈을 크게 떴을 때였다.

"다음엔 우리가 먼저 사람을 내보내야 되는 거 아냐?"

이교옥이 왜 모르냐는 듯 주개육을 보며 묻자 주개육이 도무지 이해가 안 간다는 듯 고개를 갸우뚱거렸다.

"그래. 그렇긴 한데 왜 내가 나가지?"

그 대답은 곤죽이 돼서 돌아온 현통의 팅팅 불어 터진 주둥아리에서 터져 나왔다.

"몰라? 우리가 내보낼 때는 항상 버리는 패라잖아! 진 대주가! 나 보면 몰라?"

"……!"

주개육은 그제야 입을 쩍 벌렸다.

하긴 자신이 생각해도 조천대 중에 가장 먼저 버려야 할 물건이란 몇 되지 않았다.

우문하가 첫 번째로 떠올랐지만, 진금행이 화가 나면 누가 항문을 쳐드는 것으로도 모자라 살신성인의 태도로 거기에 말뚝 박혀 조천대의 평화와 안전을 가져다 주는 역할을 한단 말인가.

또, 괴물 같은 묘웅마저 없다면 아무거나 불태워 없애 버리는 무아라는 또 다른 괴물은 어떻게 달랜단 말인가.

아무리 따져 봐도 먼저 가져다 버려야 할 물건은 자기 자신밖에 없었다.

아니, 자신을 버린다면 조천대의 식비는 그날로 절반을 줄이는 기가 막힌 이익마저 얻지 않은가!

입을 떡 벌린 주개육의 눈에 진금행의 커다란 얼굴이 가득 들어왔다.

"히잉~ 씨잉~"

신경질적인 한숨과 함께 주개육이 도살장에 끌려 나가듯 움직여지지 않는 다리를 질질 끌며 대련장으로 향했다.

제 8 장

소요군자 —주개육 화가 나고, 불연 입을 앙다물다

소
요
군
자

대련장에는 어느덧 묘한 기류가 흐르고 있었다.

사람의 됨됨이와 무공의 특징은 각기 다른 것이어서 항상 상생상극하는 관계가 이루어져 있다.

그러니 어느 한 켠에서 누군가를 내세우면 그 상대보다 우월한 사람을 내보내어 항상 이기게 되어 있었다.

주개육은 개방의 후개였다.

그 실력의 강함은 누구도 의심하지 않으나 불행히도 상대가 무림맹의 원로원이라는 데 문제가 있다.

아무리 강한 사람이라 해도 상대가 더욱더 강한 사람이라면 패하는 것은 당연지사.

원로원 중 그 누가 나온다 해도 주개육을 상대할 만한 능력쯤은 가지고 있었다.

그러나 정작 주개육쯤은 가볍게 상대할 사람들이 즐비한 원로원의 결정이 쉽게 내려지지 않고 있었다.

오늘의 대결이 가지는 중요성에 비추어보자면 극히 예외적인 경우가 분명했다.

만약 오늘 조천대의 어린아이들(?)을 상대해 꺾는다면 무림맹은 구대문파의 차지였다.

그렇게 되면 필히 구대문파 안에서도 논공행상이 벌어질 텐데, 다섯 번의 대결에 나가 승리를 쟁취한다면 그 공로가 작은 것은 아니었다.

그런데도 손쉬운(?) 상대인 주개육을 두고 원로원에서는 서로가 나가지 않겠노라고 등 떠미는 사태가 벌어진 것이다.

상대는 개방의 후개. 그것도 더럽기 짝이 없는 거지들 중에 가장 더럽고, 더구나 더럽게 먹을 것 밝히는 거지 중에서도 가장 잘 처먹는다는 주개육이라는 데 문제가 있었다.

고고한 학처럼 우아한 자태를 뽐내던 원로원의 그 누가 더러운 거지새끼와 겨루겠는가.

더욱이 그깟 조그마한 작은 거지와 겨루어 이긴다 해도 '글쎄, 저분이 그 거지새끼와 싸운 사람이라지?' 하는 세간의 쑥덕거림이 퍼질 게 분명하지 않은가.

어찌 됐던 누가 나가도 이기는 상대를 두고 아무도 나서려 하지 않은 채 서로의 등만 떠미는 사태가 벌어진 것이다.

결국 주개육은 널따란 대련장에 홀로 서서 그저 더러운 머리만 벅벅 긁으며 하염없이 누가 나오나 기다리고 있을 수밖에 없었다.

간만에 눈곱을 떼고 이똥도 긁어내며 무안한 표정으로 서 있던 주개육 앞으로 오만 가지 인상을 다 쓰며 한 사람이 걸어나왔다.

"험험……."

민망하다는 듯 얼굴을 찡그리며 헛기침만 연신 뱉어내는 사람은 바로 소요군자(逍遙君子) 맹일평(孟一平)이었다.

그는 원로원의 열 명 중 구대문파에 속하지 않으면서도 유일하게 참가한 인물이다.

그렇기 때문에 구대문파란 든든한 배경이 있는 다른 사람과 달리 자그마한 거지새끼 한 마리(?)를 손수 처치하러 나오게 된 것이리라.

노골적으로 불만 어린 표정을 짓던 맹일평이 그런대로 공손히 고개 숙이고 인사를 건네는 주개육을 향해 손을 훼훼 저었다.

"그럴 것 없다. 대결을 앞둔 무인 사이에 번잡스런 예 따위야……. 그러나 무인이라 해서 모두가 진정한 무인이겠느냐. 아무리 손과 발의 재간이 좋은 사람이라 해도 그 마음의 쓰임이 바르지 않다면 그 무슨 소용이 있겠느냐. 마음을 먼저 바로 해야 진정한 무인이지."

소요군자 맹일평.

구대문파 출신이 아니면서도 구대문파에 속할 수 있었던 것은 오로지 그 학덕과 인품이 지고지순하기 때문이었다.

그 티를 내려는 것인지 맹일평의 첫마디는 주개육을 어리둥절하게 만들고 있었다.

'뭔 말이랴? 마음? 마음으로 어떻게 싸워? 제기랄, 먹는 내기라면 몰라도 마음 운운하고 나오니 골치 아파 죽겠네. 그냥 한 대만 살살 탁~ 때려주면 그냥 개구락지처럼 엎어져 항복~ 하며 외치고 끝낼 텐데…….'

주개육의 곤혹스런 마음보다 더욱 곤혹스러운 것은 맹일평 자신이었다.

아예 한 대 맞고 뻗는다면 속 편하고 간편하기 짝이 없는 방법이리라……

하지만 정작 맞고 뻗으면 모든 게 해결되는 더러운 거지새끼의 몸에 어디 옛 성현들의 말씀을 좇고 서예와 수준 높은 무예를 닦던 자신의 손을 가져다 댈 수 있단 말인가.

눈이 데구루루 구르는가 싶더니 맹일평이 드디어 하고 싶은 말을 꺼내놓았다.

"그래서 후학들의 마음가짐을 알아보고, 그 쓰임이 올바른지 판단하려 한다네. 무릇 마음을 가다듬는 데는 옛 성현들의 도와 가르침이 제일인 법! 꼭 손속을 나누지 않더라도 그 깊이를 재는 방법이 있으니……."

말끝을 흐리던 맹일평은 아무 말 없이 자신의 앞에 서 있는 주개육을 보며 슬며시 자신의 배를 쓰다듬었다.

갑작스런 맹일평의 행동에 모두들 놀란 눈으로 맹일평과 주개육을 멍하니 쳐다보고 있었다.

하지만 가장 놀란 것은 바로 주개육이었다.

거지가 달리 거지던가. 먹는 것과 노는 것 외엔 모든 것이 귀찮아 게으르기 한량없는 것이 바로 거지란 존재였다.

그래서 구태여 투덕거리며 손속을 나누다가 쥐어 터지기 전에 아예 처음 한 수에 곱게 뻗어주리라 각오하고 두 눈을 질끈 감고 있던 주개육이었다.

그러나 기대했던(?) 둔중한 고통은 찾아오지 않고, 가늘게 실눈을 뜨고 바라보니 맹일평이 자신을 보며 자신있는 태도로 배를 쓰다듬고 있는 것이 아닌가!

하지만 주개육의 처음 놀랐던 눈이 곧 화가 난다는 듯 벌게지고 있었다.

그런 주개육을 보며 맹일평은 흐뭇하기 짝이 없었다.

'으흠, 내 예상이 맞았군. 굳이 수양의 깊이를 손발로 잴 필요는 결코 없는 법! 더러운 거지와 손도 맞대지 않으려던 구대문파의 사람들은 이 같은 방법으로 서로의 수양을 잴 수도 있다는 건 도저히 꿈에도 생각하지 못했을 터! 어디 요놈, 네가 이 한 수를 받을 수 있겠느냐? 그저 천하게 사람들에게 얻어먹던 놈이 글공부를 할 수는 없었을 것, 네가 조금의 학문이라도 있다면 삼황(三皇) 중 복희(伏犧)에 대해선 들어봤을 테지…….'

맹일평의 얼굴엔 득의의 웃음이 번지고 있었다.

아니, 아예 이같이 수월한 방법으로 서로의 수위를 잴 수 있다는 걸 보여주려는 듯 아예 오만한 눈빛과 함께 조천대뿐 아니라 원로원의 원로들을 쳐다보고 있었다.

주개육은 시뻘건 눈과 함께 맹일평의 그 같은 수작질을 지켜보기만 하고 있었다.

'아니, 저건 또 무슨 참신한 개지랄이지?'

펑퍼짐한 아랫배를 쓰다듬는 맹일평의 두툼한 손을 보며 멍한 표정을 짓는 건 주개육뿐만이 아니었다.

자신이 고안한 참신한 대결 방법에 흐뭇해진 맹일평은 더욱더 오만한 표정으로 더욱 정성껏 아랫배를 쓰다듬고 있었다.

'하긴 그렇다. 내 너희같이 손발이나 쓰는 무식한 놈들과 말을 할 수 있겠느냐? 천지의 도조차 모르는 놈들에게 말이다. 좋아, 내가 너희들의 학식을 실험해 보마! 아니, 거지새끼는 물론이고 너희들 무인이라 자부하는 것들 중에 이 한 수에 깃들인 뜻을 알고 있는 놈이 하나라도 있을라구? 자아~ 너희들은 복희를 아느냐?

맹일평의 얼굴은 더욱 오만한 빛으로 가득했고, 이젠 아예 배까지 앞으로 쑤욱 내밀어 거만하기 짝이 없는 시선으로 흡사 종놈들 쳐다보 듯 사람들을 쳐다보고 있었다.

'너희 같은 무식한 종자 중에 혹시나 천지의 도의 시작을 아는 놈들 이라면 복희를 알 것이고, 만약 그렇지 못하다면 잘난 구대문파란 뒷배 경만 믿고 감히 내 앞에서 까불지 말라는 것이다. 복희가 누구냐 하면, 고대의 전설적인 황제이자 진(陳)에 도읍을 정하고 150년 동안 제왕의 자리에 있은 분으로, 몸은 뱀의 형상을, 머리는 사람의 모습을 하고 있 어 해와 달과 같은 큰 성덕을 베풀었다 하여 대호(大昊), 즉 끝없이 넓 고 큰 하늘과 같아 대공(大空)이라고도 부르는 분이시다. 그러므로 복 희를 큰 하늘이라 기렸고, 하늘이란 천원지방(天圓地方)이란 말에서처 럼 둥근 것을 뜻하니 바로 내 배처럼 둥글다는 뜻이다, 이 무식한 것들 아. 제발 공부 좀 해라.'

맹일평은 생각하면 생각할수록 자신의 성취가 드높은 것에 너무도 행복해 흐뭇한 미소까지 띠며 주개육을 쳐다보고 있었다.

하지만 정작 주개육은 벌게진 얼굴에 더운 콧김을 불어 내쉬고 있었 다.

'어쭈구리? 나보고 많이 처먹는 종자다 이거지? 그래, 나 좀 먹는다! 그런 너는 안 먹고 사냐? 행색을 보니 별것 아닌 놈! 너, 자꾸 주책맞 게 노망난 노인처럼 까불다간 된통 터져서 머리통에 이만한 혹이 달릴 지도 몰라, 임마!'

주개육이 자신의 머리통에 두 주먹을 가져다 대고는 씨근덕대며 맹일평을 쏘아보았다.

맹일평이 갑작스레 배를 쓰다듬는 모습도 엉뚱한 것이었지만 주개육이 갑자기 씨근덕거리며 두 커다란 주먹을 머리통 양쪽에 가져다 붙이는 모습은 더욱더 이해하기 어려운 광경이었다.

특히나 옆통수에 눈이 가 붙은 종리혁으로서는 가슴이 철렁할 따름이었다.

'호, 혹시 내 얘기를 하는 건 아니겠지?'

그러나 종리혁보다 몇 곱절로 놀란 것은 바로 처음 시작을 한 맹일평이었다.

'아니, 이럴 수가! 저건 분명《제왕세기(帝王世紀)》에 나온 신농씨(神農氏)를 이르는 것이 아닌가. 분명 성은 강(姜)이며, 그 어머니는 유교씨(有嬌氏)의 딸인 어머니가 소전씨(小典氏)의 아내가 되어 신룡(神龍)의 영감(靈感)을 얻어 인신우수(人身牛首)의 신농씨를 낳았다 했으니, 저 머리통의 뿔을 나타낸 것은 바로 신농씨가 틀림없지 않은가! 내가 삼황오제(三皇五帝) 중 삼황에 복희를 아느냐라고 묻자, 저놈은 복희씨뿐이냐? 신농씨도 안다고 대답을 하니 기도 차지 않는군!'

소요군자 맹일평이 화들짝 놀라 믿을 수 없다는 듯 입을 떡 벌리고 양쪽 머리통에 아직도 두 주먹을 올린 채 씨근덕대는 주개육을 쳐다보았다.

잠시 후 자신의 실태를 깨달은 맹일평이 얼굴을 붉혔다.

'아니야, 그럴 리가 없다. 어쩌다 보니 저놈이 우연히 맞춘 걸 거야. 좋아, 좋아. 그럼 넌 이것도 아느냐?'

맹일평이 곧 손가락 엄지와 검지 두 개를 쭉 편 채 주개육 얼굴 앞으로 내밀더니 좌우로 흔들었다.

'좋다, 네가 운 좋게 복희씨와 신농씨를 안다 치자. 그러나 삼황의 존재야 사마 천(司馬遷) 역시 믿을 수 없다 하여, 《사기(史記)》의 기술을 오제본기(五帝本紀)에서부터 시작했다는 것 또한 알고 있느냐?. 그러나 그것 역시 이설이 있는데 너는 어찌 생각하는고? 사마 천이 오제로 든 것은 황제헌원(黃帝軒轅), 전욱고양(顓頊高陽), 제곡고신(帝嚳高辛), 제요방훈(帝堯放勳), 제순중화(帝舜重華)이었다. 그러나 또 다른 사람들은 대신 복희, 신농, 또는 소호(少昊) 등을 들기도 하는데 너와 내가 말한 신농씨와 복희씨는 이 둘 중 어느 것을 두고 말한 것이냐! 천하의 도를 논할 때는 항상 이들로부터 시작하니, 네가 마땅히 근본을 아는 사람이라면 이들에 대해 견해가 있을 것이 아니냐.'

맹일평으로서는 신중에 신중을 기한 물음이었다.

자신의 학문이 별 우습지도 않은 거지새끼에게까지 간파당하고 놀림받을 수도 있다는 생각이 들자 등에 식은땀까지 맺히고 있었다.

하지만 그것은 맹일평만의 달콤한 상상이었다.

주개육이 볼 수 있는 것은 오로지 자신의 면상 앞에다 대고 흔드는 손가락 두 개뿐이었다.

주개육은 더욱더 눈을 크게 뜨고는 흥분한 기색과 함께 흉흉한 기세로 눈알을 부라렸다.

'뭐? 너는 두 끼밖에 안 먹는다고? 야, 이 자식아! 세상이 넓으니 많이 먹는 놈과 적게 먹는 놈이 있는 거지! 대가리에 혹이 난다고 해도 이 새끼가 자꾸 내가 먹는 걸 가지고 붙잡고 늘어지네!'

주개육은 곧 다섯 손가락을 모아 주먹을 꾸욱 쥐고는 맹일평 코앞에서 흔들어댔다.

'너, 자꾸 그럼 나한테 맞는다! 짜식이 곱게 뻗어주고 끝내려 했더니 짜증나게 만드네! 암튼 자꾸 까불지 말란 말이야! 알겠어?'

하지만 주개육이 화가 나 열심히 쑥떡 먹이느라 주먹 쥔 손을 흔들어대는 것 이상으로 맹일평은 깜짝 놀라 버렸다.

'아니! 이럴 수가! 이자는 정말 알고 있지 않은가! 아니, 그것 이상이지 않은가! 장자(莊子)에 이르길, 남해의 임금을 숙(儵)이라 하고, 북해의 임금을 홀(忽)이라 하고, 중앙의 임금을 혼돈(渾沌)이라 하였는데, 어느 때에 숙과 홀이 혼돈의 땅에서 만나 혼돈에게 좋은 대접을 받자 숙과 홀은 혼돈의 덕(德)에 보답하고자 '사람에게는 모두 칠규(七竅 : 일곱 구멍)가 있다. 이로써 보고, 듣고, 먹고, 숨 쉬는 것이다. 혼돈만이 이런 구멍이 없으니 시험 삼아 뚫어줍시다' 라 했고, 결국 하루에 한 구멍씩 뚫어간 끝에 마지막 칠 일째 일곱 구멍이 완성되자 혼돈은 죽고 말았다 했거늘! 내가 천하의 도를 논함에 있어 삼황오제를 처음이라 거론했더니 이 거지는 내게 혼돈부터 출발해야 함을 알려주지 않은가! 아니, 도리어 내 우매함을 빗대어 혼돈에 구멍을 하나하나 뚫듯 허점을 공격하고 있지 않은가!'

맹일평의 낯짝은 이젠 아예 시커멓게 죽어갈 정도가 되었다.

눈가를 가늘게 떨던 맹일평이 굵은 침을 목구멍으로 꿀꺽 넘기고는 긴장된 태도로 손가락 다섯 개를 모두 편 채 손바닥을 주개육 앞으로 내밀었다.

'좋다! 네가 혼돈을 얘기했으니 마땅히 나는 반고(盤古)를 말할 것이다. 반고라 함은 세계가 아직 혼돈(混沌) 상태였을 때 태어났고 또 천지가 생겼으며, 반고의 키가 자라남에 따라 하늘과 땅도 자라면서 점점 멀리 떨어지게 되었다 했다. 오(吳)의 서정(徐整)이 쓴《삼오역기(三五

歷記)》와 양(梁)의 임방(任昉)이 쓴 《술이기(述異記)》까지 네가 보진 않았을 터! 반고가 죽은 후 한숨은 풍운(風雲)이 되고, 목소리는 뇌정(雷霆)으로 화하고, 두 눈은 태양과 달로, 그리고 신체는 산악으로, 혈맥은 강하(江河)가 되고, 근맥(筋脈)은 도로로, 살갗은 전토로, 머리카락과 수염은 성진(星辰)으로, 피모(皮毛)는 초목(草木)으로, 치골정수(齒骨精髓)는 금석주옥(金石珠玉)으로, 그리고 흘러내리는 땀은 비와 이슬이 되었다 했거늘, 네가 이 뜻을 알고 있느냐? 즉, 반고가 죽음으로써 비로소 오행(五行), 즉 목화토금수(木火土金水), 이 다섯이 생성되고 만물이 운기하게 되었다. 어떠냐! 네놈이 감히 나에게 이 오행의 변화를 두고 논할 자신이 있더냐?'

맹일평은 속으로 부르짖으며 주개육의 두 눈동자를 유심히 쏘아보았다.

그리고는 혹시 이 거지가 오행에 남다른 성취를 이루어 자신의 이 한 수를 냉큼 받아 오행에 대해 논하자고 달려들면 어떻게 하는가 하는 걱정에 신경이 바짝 곤두서 있었다.

맹일평은 평생 다른 사람에게 다른 것은 몰라도 학문의 깊이에 대해서는 모자르다 생각해 본 적이 없었다.

아니, 도리어 오만방자에 가까울 정도로 자신감에 가득 차 있었다.

그러나 뜻하지 않은 장소에서 만난 거지가 의외로 자신이 내민 비장의 한 수(?)를 척척 받아내는 걸 보자 잘하면 오늘 크게 체면을 잃을지도 모른다는 위기감이 엄습해 오고 있었다.

하지만 주개육은 전처럼 태연히 받아내기는커녕 눈을 동그랗게 뜨고 한동안 자신의 손바닥을 쳐다보다가 시선을 돌려 자신을 노려보기만 하지 않은가!

그 눈빛이 왠지 자신을 질책하는 것처럼 느껴졌다.

아니, 그깟 학문에 우쭐대는 맹일평의 졸렬함을 통박하는 것처럼 느껴지기도 했다.

자존심이 상한 맹일평의 눈꼬리가 사납게 곤두섰다.

숨을 가볍게 몰아쉰 뒤 맹일평은 다시 손바닥을 더 크게 활짝 벌린 후 주개육의 얼굴에 대고 더욱 사납게 흔들어대기 시작했다.

'오행을 말하는 손을 보고도 나를 흘려본다는 것은, 네가 나에게 인의예지신(仁義禮智信)을 감히 말하는 학자가 맞냐고 힐난하는 게 틀림없구나! 옳다, 이것은 바로 상대의 한 수로 상대방을 상대한다는 것이니겠는가! 요망한 놈! 좋아, 그럼 나 역시 똑같은 한 수로 상대해 주마! 오행에 인의예지신 다섯 글자로 맞선 네 뜻이 가상하고, 거지 주제에 그런 큰 뜻을 알고 있는 게 갸륵하지만, 너는 거지에 지나지 않으니 부처 손바닥 위의 손오공 같은 존재다. 감히 경망스럽게 굴지 말란 뜻이니, 너는 이 뜻을 어찌 받겠느냐?

주개육이 맹일평의 활짝 펴진 손바닥을 보다가 화가 난다는 듯 콧김을 불어내었다.

'어라? 이 자식이 그래도? 그래, 난 다섯 끼 먹는다! 아니, 저놈이 흔들었으니 두 배로 늘어나서 열 끼라고 놀린 거지? 그래! 난 맘만 먹으면 열 끼 넘게 처먹는다! 그래도 너처럼 배는 안 나왔어, 이 자식아! 볼래? 내 허리춤 이만밖에 안 해!'

주개육이 갑작스레 등을 펴고는 허리춤을 묶은 허리띠를 더욱 졸라매었다.

안 그래도 거지라 그런지 정말 허리는 별것 아닌 것처럼 날씬했다.

맹일평은 그것을 보자 고개를 절레절레 흔들었다.

'아아! 부끄러운지고. 내가 감히 부처라 하고, 거지를 손오공이라 하자, 손오공은 부처 손바닥 위에 오줌을 누었지만 자신은 감히 그러지 않겠노라고 허리띠를 졸라매지 않은가! 저것은 분명 자신은 손오공이 될 수조차 없다는 겸손이 아닌가! 그런데 원숭이조차 될 수 없다는 겸손함 앞에서 나는 알량하게 부처라고 자랑했으니 정말 부끄럽기 짝이 없도다. 하늘을 우러러 한 점 부끄럼없다 생각했거늘, 거지조차 원숭이인 제천대성보다 못하다 말하고 있는데 나는 한 줌의 학문으로 천하를 내 눈 밑에 내려다보았으니……. 더 이상 창피를 당하기 전에 이대로 물러나야 되겠군! 후학(後學)이 이것을 본다면 날 얼마나 우습게 알겠는가.'

맹일평이 멍하니 하늘을 보다가 곧 고개를 떨구고는 부끄럽다는 듯 고개를 절레절레 흔들었다.

그리고는 다시 봤다는 듯 주개육을 보며 정중한 태도로 말을 건넸다.

"내 평소 개방의 영웅들이 비록 몸은 낮게 두었지만 그 뜻과 의로움은 제일 위에 둔다 들었거늘, 겸손과 학문까지 이리 높을 줄은 내 몰랐다네. 부끄럽기 한량없구먼."

맹일평이 부끄러움과 기특하다는 눈빛으로 주개육을 쳐다보다가 고개를 떨구고 물러나자 사람들은 어떻게 된 일인지 몰라 어리둥절할 수밖에 없었다.

멀리서 이 광경을 지켜보던 이교옥이 도저히 이해가 안 간다는 듯 진금행을 쳐다보았다.

"어찌 된 거지? 서로 뭔가 주고받은 것 같은데 그게 뭔지 모르겠으니……. 대주는 뭘 좀 알겠어?"

하지만 진금행에게 있어 중요한 것은 승패밖에 없었다.

뜻하지 않은 승리에 만족한 미소를 짓곤 이교옥을 보며 친절하게 설명을 해 나가기 시작했다.

"뭐, 별것있어? 서로 가위바위보를 해서 건방진 늙은이가 이겼는데 주개육이 밥 좀 먹고 다시 하자고 허리춤을 졸라매니 늙은이가 깜짝 놀라 물러난 거지 뭐. 하긴, 주개육이 오죽 잘 처먹어? 그 돈을 결국 대결하는 제가 대어야 하니 허리가 휠 정도겠지 뭐."

"가위바위보? 그도 그렇겠군. 뭐, 별거 아니네!"

이교옥이 서로 간에 오간 수신호를 보고는 고개를 끄덕였다.

분명 맹일평이 가위를 내자 주개육이 바위를 그리고, 맹일평이 다시 보를 내자 주개육이 허리춤을 졸라맨 것을 기억한 것이다.

"소요군자도 별것 아니군! 그렇게나 책을 많이 읽은 놈이 가위바위보나 하고 있으니 말이야! 에잉~ 내가 나서서 해도 그보다는 잘하겠다."

주개육 자신이 의도하지는 않았어도 분명 큰일을 해낸 것은 분명했다.

버려진 패가 도리어 승리를 가져왔으니…….

하지만 주개육조차 왜 자신이 이긴 것인지는 알지 못했다. 그저 조천대로 돌아와서도 화가 안 풀린다는 듯이 씩씩대고만 있을 뿐이었다.

"짜식이! 왜 난 처먹는 거 기지고 지릴이야! 안 그래도 신금행이 자꾸 눈치를 줘서 심장 떨려 죽겠구먼! 어이! 여기 뭐 먹다 남은 것 좀 없나? 난 화가 나면 식욕이 당기거든!"

화가 나면 식욕 당기는 주개육이 당당한 태도로 주위를 돌아보며 큰소리를 질렀다.

하지만 주개육은 화가 나도, 기분이 좋아도, 행복해도, 불행해도, 바빠도, 한적해도 식욕이 당기는 놈이었다. 주개육이란 인간은 말이다.

버리는 패가 엉뚱하게 승리를 가져오자 양쪽의 분위기는 확 달라졌다.

원로원 측에서 다시 한 번 패하게 된다면 간단하게 생각했던 이 대결에서 모든 것을 잃게 될 건 뻔한 일, 당연 원로원의 늙은이들은 머리를 맞대고 쑥덕거리기 시작했다.

반면 조천대 측에서는 얼른 주개육 아가리에 푸짐한 닭 한 마리를 처넣어 그 공로를 치하함과 동시에 다음에 누가 나오든 단 한 끗발만 센 놈을 내보내도 이긴 것이란 희망에 부풀어 있었다.

대략 반 시진의 치열한 토론 속에 드디어 원로원의 한 사람이, 그것도 절대 패하면 안 되는 막중한 임무를 띤 한 사람이 천천히 걸어나오고 있었다.

곱게 늙어 낡은 잿빛이 너무도 잘 어울리는 여승이었다.

"아미타불~ 빈니가 부끄럽게도 나서게 되었으니 어느 젊은 영웅이 맞아주실 것인지……."

아미삼검 중 하나인 정료(靜了)였다.

"어머, 저분이?"

불연이 놀라 기다란 속눈썹을 파르르 떨며 정료를 바라보다가 곧 고개를 숙였다.

너무도 좋아하고, 또 자신을 아껴주는 사람이었지만 서로 대치하는 상황에서 만나게 되니 너무도 죄송스러웠기 때문이다.

"좋은 결정이군!"

마교 교주가 원로원 측에서 적절한 방법을 생각해 냈다는 듯 감탄사를 토해내었다.

"아미산의 검은 너무 부드러워 그 위력이 없다고 알려졌는데?"

동곽이 이해가 안 간다는 듯 교주를 곁눈질로 흘끔거리며 중얼거렸다.

하지만 마교 교주는 상대가 좋은 패를 골랐다는 듯 가운데로 모아진 수축된 눈알과 함께 콧잔등에 땀까지 맺혀 있었는 게 아닌가.

"모르는 소리! 아미가 번거로운 무림에 즐겨 나오지 않아서 그렇지 쉽게 상대할 검은 도리어 아니지. 화산의 검은 아무도 무서워하지 않고, 무당의 검은 누구라도 상대할 수 있지만, 아미의 검을 꺾는 사람은 아무도 없다는 말이 있네. 면면부절한 무당의 검과 날카로운 예기를 자랑하는 화산의 검과는 달리 절대 지치지 않는 아미의 검이란 말처럼 우리들 중 누가 나간다 한들 저 늙은 여승을 쉽게 꺾을 수 있는 사람은 없어! 결국 오랜 시간을 겨루어야 하는데, 그렇게 되면 노련한 여자 중이 결국 이기게 되겠지!"

길게 말을 이은 교주가 다시 진금행을 쳐다보았다.

저 여승을 꺾을 수 있는 사람은 이교옥, 백연강, 그리고 현통 정도가 될 텐데 먼저 나갔거나 부상을 입어 그 누구도 지금 나갈 수는 없었다.

'결국 나였던 거야! 이 명교의 교주가 아미파의 암컷 땡중을 때려잡는 위업을 이룩하는 게야!'

마교 교주의 콧김이 거칠어졌지만 진금행은 웬 미친 개소리냐는 표정으로 교주를 쳐다보다가 시선을 돌려 주위를 훑어보기 시작했다.

"난 안 나가려 했는데……."

당경의 세모꼴 고개가 갸우뚱거리며 진금행을 향해 묘한 웃음을 지었다.

당경의 처절함과 기대감이 섞인 기묘하게 달뜬 목소리였다.

지금 당경의 의도를 눈치 채지 못하는 조천대원은 아무도 없었다.

세상에 당경이 무서워하는 존재란 아무것도 없었다.

단 한 사람만 빼고!

하지만 그 한 사람을 어쩌지는 못했다.

그렇다면 그 사람과 가장 가까운 관계인 사람에게 복수할 수밖에……

"안 돼욧! 아미타불!"

불연이 무슨 말이냐는 듯 당경의 세모꼴 얼굴을 쳐다보느라 세모꼴로 변한 눈으로 쏘아보았다.

"힛꾹!"

자동적으로 당경의 가슴은 헐떡이기 시작했다.

"당 시주가 제 사문의 어른과 칼을 맞대는 걸 제가 어찌 보겠어요! 한 분은 제가 너무도 사랑하는 어른이시고, 당 시주는 뱃속 고름을 아직 다 빼내지도 못한 몸인데욧!"

안 될 말이라는 듯 불연이 예쁜 고개를 좌우로 훼훼 저으며 절대 안 된다는 뜻을 강하게 내보였다.

당경이 무서워하는 단 한 사람…….

더더군다나 그 사람 입에서 '뱃속 고름'이란 말이 튀어나오자 당경은 소스라쳐 머리털이 곤두설 정도였다.

"힛꾹~ 힛힛꾹~"

진금행이 그 꼴을 한동안 쳐다보다가 마음을 정했다는 듯 불연을 불렸다.

"불연, 네가 나가야겠군!"

불연이 무슨 말도 안 되는 이야기를 하냐는 듯 예쁜 눈을 동그랗게 뜨고 진금행을 쳐다보았다.

아니, 불연뿐만이 아니었다.

불연을 아는 조천대원이라면 모두가 미쳤냐는 눈빛으로 진금행을 쳐다보았다.

상대는 아미삼검 중 한 사람이었다.

불연이 잘하는 것은 불쌍한 생명을 돌봐주는 것과 뱃속 고름을 짜내는 두 가지밖에 없었다.

더더군다나…

"어이, 진 대주! 우걱우걱~ 오늘따라 닭이 달군. 아참, 아무튼 불연이 나가서는 전혀 승산이 없잖아? 저 늙은 여승은 뱃속 고름을 짜낼 작대기도 없는 존재라구! 몸에 작대기가 없는 존재에 대고 불연이 할 수 있는 재주란 건 아무것도 없을 텐데?"

주개육마저 씹던 닭다리를 내팽개치고 진금행의 결정에 강한 이의를 제기할 정도였다.

"뱃속 고름이라니? 또 작대기는 뭔가?"

백연강이 이해가 안 간다는 듯 자신의 사제인 당경을 쳐다보며 물었다.

"크허헉~ 힛힛꾹~"

도저히 참을 수 없다는 듯 아예 허리까지 굽히고 당경은 토악질하듯 딸꾹질을 하기 시작했다.

"그럼 어떻게 해? 이 중에 저 아미파의 땡중과 겨루어 이길 수 있는 사람이라도 있단 말이야?"

진금행이 짜증난다는 듯 미간을 찡그리며 묻자 마교 교주가 힘껏 팔을 위로 쳐들었다.

"아참! 주책맞네!"

진금행이 아예 노골적으로 으르렁대며 마교 교주를 쏘아보자 마교 교주 역시 쑥스러움을 감추려는 듯 우물거렸다.

"왜 그래! 심심해서 옆구리 운동 중이었다구!"

자신의 귀에 찰싹 붙인 채 쳐든 오른손과 함께 천천히 허리를 왼쪽으로 굽히기 시작했지만, 그 누구도 그런 자신을 쳐다봐 주지 않는다는 사실에 마교 교주는 더욱더 처참하게 무너질 뿐이었다.

"왜 저를?"

불연이 이해가 안 된다는 듯 다시 물었다.

"고검사신이 새로 나타났다는 거 알지?"

왠지 따사로워진 진금행의 목소리.

"예, 새로운 마혈의 주인이자 대주의 아버님 아녜요."

"쉿!"

혹시 원로원의 귀에 들어갈까 손가락을 입술 앞에 세운 진금행이 다시 천천히 말을 이어갔다.

"그래, 그리고 천지혈뇌 사대봉공이란 놈들도 알지?"

"예."

"그놈들이 얼마나 무서운지 알아? 사람들 간을 빼먹고 사내들 뱃속 고름도 치사하게 핥아 먹는다구! 그뿐인 줄 알아? 예쁘기 짝이 없는 동물들 목을 뎅강뎅강 자르고 입가심으로 피도 빨아먹는걸!"

믿겨지지 않는다는 듯 불연의 눈이 동그랗게 변했다.

"세상에 나쁜 놈들도 있고 좋은 놈들도 있지만 그놈들은 아~아~ 주 나쁜 놈들이야. 세상엔 존재해선 안 되는 놈들이라고! 착하디착한 우리 아버지를 마혈에 미치게 만들고 뒤에서 조종하는 놈들이 바로 그 놈들이거든. 또, 혈첩을 세상에 내놓아 무림을 피바다로 만들려는 놈들이 바로 그놈들이고. 안 그래?"

진금행이 백연강을 쳐다보며 동의를 구하자 백연강이 맞다는 듯 고개를 끄덕였다.

"다른 건 몰라도 사대봉공은 살려두면 안 되지. 그래서 내가 자네와 손을 합친 게 아닌가!"

순진한 여승 하나를 구슬리는 이유가 뭔지 안다는 듯이 백연강이 미묘한 웃음을 지으며 고개를 끄덕였다.

또한 다른 건 몰라도 사대봉공에 대해서만은 백연강 역시 진금행의 말이 맞다고 생각했다.

백연강의 대답이 마음에 든다는 듯 싱긋 웃은 진금행이 이번엔 마교 교주를 쳐다보며 물었다.

"안 그래요? 그 나쁘기 짝이 없는 마교의 교주보다 더욱더 못생기고, 더욱더 눈깔이 이상하고, 더욱더 지랄맞고, 더욱더 얍삽한 놈이 바로 그 혈첩과 우리 아버지로 장난질치는 사대봉공이 아니냐 이 말이에요."

마교 교주는 일순 할 말을 찾지 못해 더운 콧김만 불이내고 있는데 정작 동의는 멀리 떨어져 있는 뒤쪽에서 튀어나왔다.

"마다! 암! 마따마다! 똑같은 교듀보다 더 띠랄만띠!"

눈이 몰린 후배 때문에 교주와의 관계가 불편해진 거라 철썩같이 믿는 마 총관이 조금 더 불러진 배를 부여잡고 크게 외쳤다.

"거봐! 우리가 돌봐야 하는 것은 그저 사사로운 가문의 정리가 아니라구! 바로 무림의 안정과 사람들의 평화를 위해서란 말이야!"

진금행의 말에 설득당했는지 불연의 표정이 굳어지며 고개를 끄덕였다.

자신이 아미산에서 들었던 가장 무시무시한 이야기가 바로 고검사신과 사대봉공에 대한 것이었다.

그리고 또 다른 무서운 이야기에 나오는 무시무시한 마교 교주보다 더욱더 나쁜 사람이 있다면 불연은 도저히 참아넘길 수 없었다.

굳은 결심을 한 불연이 다시 한 번 크게 고개를 끄덕이고는 천천히 대련장을 향해 발걸음을 옮기기 시작했다.

"정말 가능한 일인가?"

진금행의 의도에 따르긴 했지만 도저히 믿음이 가지 않는지 불연의 뒷모습을 보던 백연강이 물었다.

"그럼! 난 믿어!"

진금행은 당연하다는 듯 힘찬 고갯짓과 함께 대답했다.

"그렇게나 강했나?"

고수는 고수를 알아보는 법.

백연강은 도저히 불연이 정료를 상대하지 못할 것임을 한눈에 알아보았기에 의외라는 듯 고개를 갸우뚱거렸다.

"누가 불연을 믿는데? 저 늙은 아미 땡중을 믿는다는 거지!"

진금행이 무슨 말이냐는 듯 백연강을 돌아보며 말했다.

"아미 땡중? 아! 정료 사태 말인가?"

이제 이해가 간다는 듯 백연강이 고개를 끄덕였지만 다시 생각해 보니 더욱더 납득이 되지 않았다.

왜 조천대주인 진금행이 원로원의 정료를 믿는단 말인가?

그때 백연강의 의문을 풀어주려는지 딸꾹질이 잦아든 당경이 백연강의 귓전에 대고 조그맣게 속삭였다.

"대사형, 사실 알고 보면 저년이 제일 독하고도 고검사신보다 더 무서운 년이우. 내가 죽다 살아났다니까요. 힛꾹~"

그러나 친절한 당경의 설명에 백연강은 더욱 헷갈릴 뿐이었다.

"사문의 어른과 맞부딪쳤다간 아무래도 내 꼴이 날 텐데……."

피 떡이 된 채 한쪽 구석에 널브러져 있던 현통마저 믿음이 안 간다는 눈빛으로 불연의 뒷모습을 보며 중얼거렸다.

제 9 장

승리 —백연강 무림맹을 얻고, 종리혁 성녀를 얻다

승리

정료는 우물쭈물 걸어나오는 불연을 자애로운 모습으로 쳐다보았다.

오늘따라 불연의 손 안에 들린 검이 정료의 눈엔 어울려 보이지 않았다.

저 순박하고 천진난만한 아이의 손엔 꽃이 들려 있고, 발그레 변한 양쪽 뺨엔 행복한 미소가 담겨야 마땅하다고 생각을 해보는 정료였다.

"검을 들어라……."

정료가 큰 죄를 지은 것처럼 지신 앞에서 고개를 떨구고 있는 불연을 향해 인자하게 말을 건넸다.

"사백……."

불연이 어쩔 줄 모르겠다는 듯 가느다랗게 몸을 떨었다.

"검을 들어라. 그래야 네 대주에게도 면목이 서지 않겠느냐."

정료의 말에 불연이 고개를 돌려 진금행을 보았다.

그러자 진금행은 다 안다는 듯 고개를 끄덕였다.

불연은 그 뜻을 알 수 있을 것 같았다.

'넓은 겉모습만큼이나 속도 포근한 사람……'

물론 불연의 착각이었지만, 그 착각이 불연의 흔들리는 마음을 더욱
더 심란하게 만들고 있었다.

불연은 어떻게 해야 할지 몰라 발개진 볼을 감추려 고개를 숙인 채
연신 한숨만 불어 내쉬고 있었다.

어떻게 감히 사백 앞에서 검을 마주 들 수 있단 말인가.

그때 정료의 추상같은 말이 떨어졌다.

"검을 왜 잡으려 하느냐! 검이란 요사스런 물건! 늘 그것을 잡기 전
에 왜 잡아야 하는지 생각하라고 가르침을 받지 않았느냐!"

"그, 그것이……"

갑작스런 호통에 놀란 불연이 기어들어 가듯 새된 목소리로 더듬거
렸다.

"왜 검을 들고 이 자리에 나왔느냔 말이다."

정료의 말에 찔끔 놀라 당황한 나머지 불연이 촉촉이 젖은 눈빛으로
고개를 들고 기어들어 가는 목소리로 대답했다.

"그게요, 이 불연이는 혈첩이란 물건이 나쁜 사람들 손에 들어가는
게 겁나서 그러네요. 그리고 그 나쁜 사람들 무공이 높다 하니 혹시 웃
어른들에게 해가 갈까 걱정돼서 저희가 대신 나섰네요. 조천대에는 재
주도 많고 무공도 강한 사람들이 많으니……"

기어들어 가는 불연의 목소리와 우물쭈물 당황해 어쩔 줄 모르는 태
도가 귀엽게 비쳤는지 엄한 얼굴로 호통을 치던 정료의 얼굴에 따뜻한

빛이 어렸다.

"네 뜻이 가상하구나. 그렇다면 검을 뽑지 않을 이유가 무에가 있단 말이냐. 자자, 검을 들어라."

정료의 갑작스레 따뜻해진 말에 불연이 눈가를 획 훔치고는 조심스럽게 검을 들었다.

물론 다투어 겨루겠단 생각을 가지고 있는 건 아니었다.

그저 연약하고 소심한(?) 불연은 사문 존장의 명령에 충실히 따르던 버릇이 튀어나온 것뿐이었다.

검을 마주 대하고 선 불연을 보는 정료의 마음은 복잡했다.

아까운 아이, 귀여운 아이. 그래서 저 아이를 마혈의 주인과 사대봉공과 겨루게 하기보다는 아예 자신의 손으로 패하게 만들고 자신이 악적들과 겨루는 것이 좋을지 몰랐다.

하지만…

저 아이의 마음, 너무도 곱디고운 마음. 강호의 은원보다 사람들이 겪을 고통에 더 가슴 아파하는 아이. 저 아이라면 부처님의 가피(加被)가 있을지도 모른다는 생각을 가졌다.

정료는 바르르 떠는 불연의 입술과 하늘을 향해 가늘게 떨리는 불연의 검끝을 바라보았다.

'무엇이 저 아이를 저토록 강하게 만들었던가. 세상의 더러운 것이? 아니, 세상 그 어떤 것도 지 아이의 순결한 몸과 마음을 범하진 못했을 게야. 도리어 더러운 세상을 맑게 바꿀 수 있는 사람이 있다면 오로지 저 아이 하나뿐이겠지……'

정료는 한동안 허공을 쳐다보았다.

그리고 자신이 왜 이곳에 서 있는지를 곰곰이 생각해 보았다.

묵묵히 서 있던 정료가 한숨을 토해내었다.

"빈니가 졌소."

정료는 칼끝을 내리고 몸을 돌렸다.

"으허헉~!"

갑작스런 변고에 쳐다보는 사람들은 모두 놀라지 않을 수 없었다.

가장 놀란 건 원로원의 구대문파 사람들이었다.

마음 단단히 먹고 내보낸 정료의 상대가 솜털이 보슬보슬거리는 앳된 여승임을 알고 속으로 쾌재를 불렀던 사람들이 아니던가.

그런데 이건 아예 한 초식도 겨루어보지 않고, 더구나 어쩔 줄 몰라 허둥지둥대며 얼굴 가득 부끄러움을 내비치던 상대에게 졌다고 말하다니!

"왜… 무슨 일로… 갑작스럽게……."

심기가 깊은 소림의 천혜 대사마저 어이가 없다는 듯 쳐다보며 더듬거리자 정료가 따뜻한 웃음을 웃었다.

"새로 나타났다는 고검사신의 마혈이 얼마나 독한지 모르겠지만 저 아이의 깨끗함과 성결함은 감히 범하지 못할 것이오. 만약 마혈에 저 아이가 스러지기라도 한다면……."

정료가 맑디맑은 푸른 하늘을 쳐다보며 한숨처럼 말했다.

"아미산의 전 문도는 아미산이 가루가 되는 날까지 마혈의 주인을 상대하여 겨룰 것이오."

이 얼마나 대단한 말인가.

그 음성은 나지막하고 큰 소리는 아니었지만, 또 그 안의 독기 또한 보이지 않았지만 평소 아미파 여승들의 성품을 알고 있는 원로원의 고수들은 그 말에 으스스한 한기를 느껴야만 했다.

아미 여승들이 얼마나 부드러운지 아는 사람이라면 그 굳은 심지와 깊은 뜻을 이루려는 목적이 얼마나 깊고 독한지 익히 알고 있었기 때문이다.

"정료 사태의 말이 맞습니다."

정료의 말에 이교옥과 겨루어 패한 이후 도리어 왠지 쾌활해 보이는 화무검웅이 고개를 끄덕이며 웃음을 지었다.

"그 아이의 맑은 눈망울을 들여다본다면 마혈의 주인도 제정신을 차리겠지요!"

"이럴 수는 없어."

마교 교주는 정신을 차릴 수가 없었다.

사실 이곳에서 구대문파의 실력을 가장 잘 파악하고 있는 사람은 구대문파의 장문인보다 구대문파를 직접 상대해 온 마교 교주였다.

수천 년을 피와 혼을 더해온 거대한 집단이 바로 구대문파였다.

자존심과 절대 굽히지 않는 불굴의 정신, 그리고 어떠한 위해에도 무릎 꿇지 않는 깐깐한 영혼들이 바로 저들이었다.

그런데 그런 존재가…….

"미들 뚜 업떠……."

그것은 역시 마교의 좌사였던 마 총관 역시 마찬가지였다.

저 늙은 생강들이 얼마나 강한 존재였던가.

물론 한 명 정도야 어떻게 해볼 수 있겠지만, 서너 명을 한꺼번에 상대하기엔 벅찬 것이 사실이었다.

그런데 그런 사람들이 조천대라는 알량한 조직에게 무참히 지다니…….

조천대들마저 약간 어안이 벙벙해 있을 때였다.

단 하나 놀라지 않던 인물, 진금행이 천천히 자리에서 일어났다.

"자, 이제 남은 계산을 끝내야지?"

유들거리는 표정으로 화무검옹을 보며 당연한 걸 요구하듯 두툼한 손바닥을 내밀었다.

화무검옹이 약간은 실망한 듯, 혹은 기대 밖이란 미묘한 웃음과 함께 천천히 포권을 취했다.

"먼저 축하드리오. 무량수불. 장강의 뒷 물이 앞 물을 밀어내듯 여러 영웅들의 성취가 남다른 것을… 쿨럭~"

화무검옹은 진금행이 내민 널찍한 손바닥이 재촉하듯 위아래로 펄렁거리는 것을 보고 민망한 듯 헛기침을 몇 번 한 이후 정색하며 말을 이었다.

"물론 우리 원로원과 더불어 구대문파에서는 모든 전권을 조천대에 맡기는 바이오. 맹주의 실종과 더불어 실종과 연관이 있다고 여겨지는 혈첩의 출현, 그리고 강호에 떠도는 마혈의 주인이 나타났다는……."

"내 꺼지?"

혹시 떼어먹으려 수작질을 펴려는 것이 아닌가 하는 노골적인 의심의 눈동자와 말이 화무검옹을 향해 쏟아져 왔다.

"험험, 무량수불. 물론 맹주가 돌아오기 전까지는 조천대주가 무림맹에 대한 전결권을 수행할 수 있는……."

"내 꺼지?"

"물론 오대세가 역시 전폭적인 도움을 줄 거라 언질했고, 역시 우리 원로원도 모든 방법을 동원해 협력할 거라는……."

"그러니까! 내 꺼지?"

진금행의 눈알에 힘이 들어갔다.

빚쟁이에게 채근받는 경험이야 화무검옹에겐 처음이겠지만 적어도 진금행에게 있어 돈 떼먹은 놈들에게 돈 받는 경험이야 차고도 넘쳤다.

자연 눈에 힘이 들어가고 목울대에 핏줄이 맺히며 낮게 으르렁대는 모습은 너무도 당당해 보였다.

"끄응, 맹주 올 때까지만⋯⋯. 무량수불⋯⋯."

화무검옹이 힘없이 고개를 끄덕이자 만족스럽다는 듯 진금행이 배를 퉁퉁 두들겼다.

"그럼 됐네. 그 영감한테는 이미 약조를 받았으니⋯⋯."

"만쉐이~ 만쉐이~ 진금행 만쉐이~"

현 사태에 대해 가장 기뻐하는 것은 두말할 것도 없이 주개육이었다.

이젠 풍찬노숙(風餐露宿)의 지긋지긋함을 벗어나 당당히 무림맹에 퍼질러 앉아 깨끗한 밥상과 푸짐한 음식을 먹을 수 있다는 기쁨에 자연 몸이 달 수밖에 없었다.

그 모양새를 보던 소림의 천혜 대사가 조금 걱정된다는 듯 화무검옹을 향해 조심스럽게 물었다.

"괜찮겠습니까? 아미타불~"

한숨과도 같은 불호.

하지만 화무검옹이 왜 천혜 대사의 걱정을 모르겠는가.

이제 무림맹은 저 조천대의 손아귀에 들어간 것과 다를 바가 없었다.

그렇게 되면 저 더럽기 그지없는 거지새끼가 자신의 머리끝에 오르지 말란 법도 없지 않은가.

더더군다나 만족한 웃음을 함빡 짓는 저 팅팅 붇은 돼지새끼가 자신들의 웃상전이 될지도 모른다는 걱정에 떨리는 가슴을 안은 화무검옹의 시선은 진금행에게서 떨어질 줄을 몰랐다.

"그, 글쎄요. 무량수불~"

주위를 둘러보던 진금행이 자신에게 쏟아지는 시선들을 바라보며 손가락 하나를 펴 들었다.

"좋아, 그럼 먼저 내가 첫 번째 명령을 내린다."

"……."

일순 좌중은 정적에 휩싸였다.

저 엄청난 놈 입에서 나오는 명령이란 보통 명령이 아닐 게 분명하지 않은가.

잠시 숨을 고르던 진금행이 낮지만 분명한 목소리로 일갈했다.

"전 무림맹주이자 사기꾼을 공개 수배한다. 이름은 진근양, 다 아는 사람일 테니 보는 즉시 내게 데려오도록!"

"으허헉!"

비명성이 일제히 튀어나왔다.

물론 실질적으로 무림맹의 실권(?)을 쥔 상태이긴 하지만 지금 진금행이 대외적으로 맡은 자리는 어디까지나 공석이 된 무림맹주의 수사를 위한 것이었다.

그러나 지금 진금행의 말은 분명 혁명으로 무림맹의 주인을 바꿔치기하겠다는 말이 아닌가!

"불가하오!"

제일 먼저 고성이 튀어나온 것은 당연히 원로원 쪽이었고, 그중에서도 성격이 제일 괄괄하다는 곤륜의 열화검객 운학자였다.

"그 영감탱이는 사기꾼에다가, 잡아오면 알게 되겠지만 이미 나한테 무림맹을 주겠다고 약속한 바가 있어!"

진금행이 무슨 얘기냐는 듯 뚱한 표정으로 운학자를 쳐다보았다.

"불가하오!"

하지만 이번에 크게 외친 것은 아미파의 정료였다.

진금행이 이번엔 정료를 노려보았다.

"게다가 무림맹주로는 실력도 없어! 그 빌어먹을 오대세가 놈들 손아귀에서 놀아났을 뿐 우리 하늘 같은 구대문파를 너무 등한시했잖아!"

"불가… 아니, 그건… 아미타불~"

이번엔 자기 차례라고 생각한 천혜 대사가 소리 높혀 불가하다 외치려 했지만 내용이 조금 다른 것 같았다.

원로원의 한결 같은 불만.

그것은 오대세가를 향한 것이었고, 위상에 걸맞지 않게 엎드려 지내야 했던 치욕의 역사가 기억난 것이었다.

진금행은 천혜 대사의 그 같은 변화를 눈여겨보다가 다시 말을 이었다.

"그러니까 구대문파의 권한을 빵빵하게 해주는 그런 맹주가 있어야 한단 말이야. 무림맹이야 어떻게 되든 내팽개치고 사라진 무능한 맹주보다 젊고, 참신하고, 능력있고, 웃어른 봉양 질하는!"

"……"

이번 진금행의 말엔 무당의 화무검옹마저 고개를 끄덕이다 곧 얼굴을 붉게 물들였다.

저도 모르게 고개를 끄덕이긴 했지만 지금 말하는 내용이 맹주를 쫓아내자는 실로 엄청난 일임을 뒤늦게 깨달았기 때문이다.

"저놈이? 말이야 다 맞지만 젊은데다 참신하고 능력있어? 게다가 웃어른 봉양 잘하고?"

맹일평이 도저히 못 믿겠다는 듯 미간을 찌푸리며 진금행을 쳐다보았다.

전 무림맹주 진근양이 무능력하고 너무 오대세가를 키워줬으며 구대문파를 홀대한 것은 맞았지만, 그래도 저 팅팅 붇은 싸가지없는 놈보다야 훨씬 나았다.

"그래서 일단 임시 무림맹주로 누가 되냐면……."

"불가하오!!"

진금행의 말이 채 끝나기도 전에 원로원의 모든 사람들이 입에 게거품을 물고는 비명을 질러대었다.

아무리 생각해도 많이 처먹긴 하지만 주개육이 저 진금행이란 괴물보다는 훨씬 나았다.

하지만 진금행은 이미 예상했던 일이라는 듯 태연히 말을 이어갔다.

"무림맹주의 대제자이자, 그동안 묵묵히 제 일을 잘해낸 소일거검 백연강이 어떨까 하는데……."

"……."

갑작스런 인물이 진금행 입에서 튀어나오자 잠시 멍해 있던 원로원들의 얼굴에 일제히 화색이 돌았다.

"대찬성이오!"

원로원으로선 당연히 좋은 일이었다.

진금행만 아니라면 괴물 묘옹이라도 좋았을 것이다.

그런데 사람 좋고 공명정대한데다가 자신들의 후배로 어른 봉양 잘

하는 백연강이라면 얼른 상아로 만든 마차에다 모셔오고 싶을 정도가
아니던가!

"좋아, 그럼 첫 번째 일은 잘 이루어졌고."

진금행은 만족한다는 듯 백연강 쪽을 보며 한쪽 눈을 찡긋 감았다.

백연강 역시 활짝 웃으며 조그맣게 말을 건넸다.

"잠시 동안만⋯⋯."

"당연하지!"

진금행이 고개를 힘차게 끄덕였다.

백연강의 말이 언제든 진금행이 원한다면 맹주 직위를 넘겨주겠다
는 것임을 잘 알기 때문이었다.

그러나 사람들은 겸손한 백연강이 자신의 사부이자 갑작스레 맹주
자리에서 내쫓긴 진근양이 돌아올 때까지만 맡겠다는 효심 가득한 말
로 받아들일 수밖에 없었다.

그 이후 한동안 떠들썩한 분위기가 연출되었다.

진금행이 언제 자신의 말을 뒤바꿀지 모른다는 공포심에 원로원의
사람들은 얼른 백연강 앞으로 다가가 축하의 인사를 건네기 시작했고,
그 모습에 기꺼워진 녹림십팔채의 총채주 건곤무적도 성윤위는 연신
술 동이를 내오느라 바쁘기 짝이 없었다.

잠시 소란이 진정된 뒤 진금행의 두 번째 손가락이 활짝 펴졌다.

"그리고 둘째~"

사람들의 시선이 일제히 진금행의 손가락을 향했다.

이젠 아예 은은한 공포의 빛마저 눈에 어릴 정도였다.

저 손가락 하나가 펴지자 갑작스레 무림맹의 맹주 자리가 뒤바뀌었
다.

'황제를 바꾸자면 어떻게 하지? 제기랄, 어쩌긴 뭘 어째! 진금행 황제 아래서 황궁 밥상이나 처먹으면 되겠지!'

단 하나, 가장 흥미진진한 눈빛으로 보는 주개육만이 남몰래 잔뜩 기대감에 부풀어 있었다.

진금행의 눈이 또 한 번 오만하게 치켜 올라가는 듯싶더니 힘찬 목소리가 뒤를 이었다.

"마교, 아니, 명교와 무림맹은 절대 싸우면 안 돼!"

"……."

원로원 사람들의 눈이 휘둥그레 떠지며 그 속에 든 엄청난 뜻을 깨닫고는 곧 시뻘건 낯짝으로 변해 울부짖었다.

"불가하오!"

"절대로 안 돼!"

원로원의 비명성 속에서 가장 우렁차게 울린 것은 마교 교주의 목소리였다.

힘껏 비명을 지른 여운이 잠잠해지기 전 뒤늦게 엄청난 사태를 깨달은 또 다른 목소리가 하늘을 갈랐다.

"덜때 안 돼! 덜때! 덜때루!"

비명을 울린 게 힘겨운 듯 아랫배를 부여잡고 헉헉대는 마 총관을 웬 개가 짖냐는 듯 바라보던 진금행이 천천히 말을 이었다.

"어떤 놈이든 먼저 도발하는 놈이 있다면 명교든 무림맹이든 패 죽여 버릴껴!"

진금행이 나름대로 작은 눈을 찢어져라 뜨고 주위를 노려봤지만 겁먹을 사람은 없었다.

"절대 못 믿네! 마교의 잔당들은……."

"절대 못 믿지!"

또 한 번 원로원과 마교 교주가 힘있게 부인을 하는데 정작 새로 취임한 무림맹주인 백연강은 고개를 끄덕이고 있었다.

"좋네."

"……."

원로원의 사람들은 전혀 뜻밖의 일에 백연강만을 멍하니 바라보는데, 정작 백연강은 원로원에게 시선조차 주지 않고 진금행만을 뚫어져라 쳐다보고 있었다.

"마교와 우리 무림맹이 부딪쳐 봐야 고생하는 것은 일반 백성들이지. 만약 저쪽에서 인륜을 저버리는 짓을 하지 않고 도발하지 않는다면 적어도 내가 있는 무림맹에선 먼저 움직이지 않을 것이네."

백연강의 지금 모습은 당당해 보였다.

말하는 태도와 자신에 찬 말투는 백연강 외에 다른 무림맹주를 떠올릴 수 없을 정도였다.

진금행은 알겠다는 듯 고개를 끄덕이더니 갑자기 획 돌려 마교 교주를 쳐다보았다.

"끄응~"

마교 교주는 한참 동안 알지 못할 신음성을 토해내었다.

절대 있어서는 안 될 일이 진행되고 있었다.

하지만 어떻게 하랴. 눈에 힘을 주고 노려본들 산뜩 놀린 자신의 눈으로는 진금행의 푸짐한 한쪽 뺨을 쳐다보는 데만 해도 시간이 엄청 걸렸으니, 애당초 노려보아 기를 죽인다는 시도는 물거품에 지나지 않았다.

"좋네, 나 역시……."

마교 교주가 고개를 끄덕이는 것과 동시에 있을 수 없는 일이 벌어졌다는 듯 큰 소리가 터져 나왔다.

"마교다! 개 같은 마교 종자가 여기에 있다!"

열화검객 운학자가 마교 교주를 손가락으로 가리키며 길길이 날뛰었다.

저 눈이 한가운데로 몰린 노인이 누군지는 몰라도 무림맹과의 일을 전권으로 처리할 정도라면 마교에서의 위치가 보통 수준은 넘는 노인임이 틀림없었다.

"저건 도발이 틀림없지?"

그 꼴을 지켜보던 교주가 더운 콧김을 뿜으며 진금행을 쳐다보았다.

마교 교주가 어떤 인물인가.

정파 놈들의 창자로 허리띠를 삼고, 해골을 뽑아 베개를 삼는다 해도 분노가 사그라들지 않는 사람이었다.

어찌 됐든 진금행이 무림맹의 맹주를 걷어찼으니 이제 올 곳은 명교밖에 남지 않았다는 사실에 간신히 화를 누르고 있었지만, 그렇다고 무림맹의 사람들이 이뻐 보일 리가 없었다.

진금행의 대답이 나오기도 전에 갑자기 교주의 신형이 흐릿하게 사라진다 싶더니 갑작스레 열화검객의 눈앞에 나타났다.

"허거덕!"

열화검객이 놀라 급히 검을 잡아 뽑으려 했지만 교주가 오른손으로 지그시 누른 채 얼른 왼손으로 열화검객의 오른뺨을 냅다 내갈겼다.

"갈!"

그 모습을 본 아미의 정료가 얼른 도우러 달려들었지만 어느새 마교 교주의 신형은 원래 있던 자리인 진금행 곁에서 한가롭게 손 부채를 부치고 있었다.

얼빵한 표정으로 얼얼한 오른뺨을 쓰다듬던 열화검객이 뒤늦게 사태를 깨닫고 울그락불그락해진 얼굴로 자리를 박차며 튀어나오려고 할 때였다.

"선배의 손속이 매우 매우시군요. 말 한마디에 뺨 한 대라니, 이 후배가 보기엔 과하신 것 같습니다."

그러나 정작 천천히 몸을 일으키며 거검을 어깨에서 내려놓는 것은 백연강이었다.

하지만 정작 교주는 백연강 쪽으론 얼굴도 돌리지 않은 채 한가롭게 손 부채를 부치고 있는 게 아닌가.

튀쳐나오려던 열화검객은 신임 무림맹주가 자기 대신 일을 떠맡고 나서자 그저 제자리에 서서 씨근덕대며 교주를 노려보고만 있을 뿐이었다.

"아아, 참어. 안 참는 놈은 내가 패 죽여 버릴 거야!"

하지만 백연강은 진금행의 말에도 전혀 참을 기색을 보이지 않고 있었다.

천천히 거검을 내려 힘있게 부여잡고는 차분해진 시선으로 교주를 노려보고만 있을 뿐이었다.

"참으라니까! 이 노인네가 치매기가 좀 있어서 그래! 좋아, 대신 내가 선물을 하나 주지!"

"……."

또 한 번 진금행이 보기 드물게 커다란 선심 쓰는 말에도 백연강의 시선은 교주에게서 떨어질 줄을 몰랐다.

명교와 무림맹 간의 깊은 원한의 관계는 그렇게 쉽게 풀릴 일이 아니었다.

비록 지금 상대하려는 인물이 마교의 교주라고는 백연강은 꿈에도 생각지 못했지만, 적어도 명교의 좌우쌍사(左右雙使) 정도로 높은 위치의 인물임을 알아보았기 때문이었다.

교주 역시 언제고 덤빌 테면 덤비라는 태도로 아예 백연강 쪽으론 시선조차 던지지 않았다.

만약 백연강이 참지 못하고 계속 덤빈다면 이번 기회에 아예 우지끈 뼈를 부러뜨려 무림맹의 콧대를 납작하게 만들어줄 계획이었다.

둘 사이에 심상찮은 공기가 흐르자 진금행이 할 수 없다는 듯 한숨을 푹 내쉬고는 어쩔 수 없이 커다란 밑천을 까는 노름꾼의 얼굴로 중얼거렸다.

"좋아! 혈첩을 주겠어. 지지든 볶든 그걸로 알아서 해!"

"……!"

그제야 백연강의 고개가 진금행 쪽을 향했다.

"혈첩을 주겠단 말이다! 무림맹에!"

백연강이 무언가 곰곰이 생각하는 듯하다가 고개를 끄덕였다.

"괜찮군. 좋아, 받도록 하지. 대신 또 한 번 마교 쪽에서 도발한다면 내가 참지 못할 거야."

아무 일 없었다는 듯 다시 거검을 어깨에 올려놓는 백연강을 쳐다보며 어이없다는 듯 진금행이 웃었다.

"자네도 알고 보니 나 못지않게 교활하군! 칼 한번 들었다 다시 내려놓는 걸로 무림맹의 사람들을 꼼짝 못하게 한 손아귀에 움켜쥐었으니……"

무림맹의 원로원이 어떤 사람들인가.

전대 무림맹주였던 진근양조차 어쩌지 못한 골치 아픈 존재들이 아니었던가.

그러나 백연강은 무림맹을 대표하여 마교와 대립했고, 기를 꺾었으며, 그 대가로 혈첩이란 막대한 이득까지 무림맹으로 들여왔으니 원로원의 사람들로선 백연강의 존재를 무겁게 느낄 수밖에 없었다.

"네가 혈첩을 가지고 있었더냐?"

교주가 놀라 진금행을 쳐다보자 그것도 몰랐냐는 듯 진금행의 손가락이 한쪽을 가리켰다.

그리고 그 손가락 끝에는 믿어지지 않는다는 듯 고개를 오른쪽으로 돌려 왼쪽 눈으로 쳐다보다가 다시 고개를 왼쪽으로 돌려 오른 눈으로 확인해 보는 종리혁이 퍼질러 앉아 있었다.

"저놈의 몸에 붙은 귀문을 내가 해석까지 붙여주면 되겠지?"

진금행 말에 종리혁이 강하게 고개를 저었다.

"아, 안 돼! 이건 배화교의 신물! 무, 무림맹엔 내줄 수가 없어!"

하지만 정작 진금행은 종리혁의 말엔 귀도 기울이지 않는 듯 백연강을 향해 나머지 다짐을 받고 있었다.

"대신 무림맹에서도 배화교의 존재를 인정해 줘야 해. 저거 봐, 배화교라 봐야 깡마르고 지랄맞은 인상 하나하고 더 괴상한 눈깔을 지닌 놈밖에 없잖아? 예전 배화교는 다 무너지다시피 했으니 그 정도야 양해해 줄 수 있겠지?"

백연강은 말도 안 된다는 듯 눈을 끔뻑이는 종리혁을 보다가 씨익 웃으며 고개를 끄덕였다.

"물론이지. 받을 물건이 확실하다면."

백연강은 지금 한마디로 명실상부한 무림맹의 맹주가 되었다.

그것도 더 이상 자신이 내린 결정에 오대세가나 구대문파의 동의를 필요치 않는 당당한 무림맹주.

"미, 미친 소리 하지 마! 우, 우린 저놈들의 도움이 없어도 일어날 수 있어!"

종리혁이 억울하다는 듯 더욱 큰 목소리로 항변을 했지만 진금행의 싸늘한 조소만이 되돌아갔다.

"니들이? 무슨 재주로? 성녀도 없이?"

"그, 그건."

종리혁의 얼굴이 벌게졌고, 종리우 역시 눈알이 충혈된 채 진금행을 쳐다보았다.

잠시 종리 형제를 하인 보듯 내리깐 눈으로 바라보던 진금행이 어린아이 달래듯 차근차근 말을 이었다.

"그러니까 니들에겐 성녀를 줄게. 그럼 됐지?"

"서, 성녀를?"

진금행의 말이 너무 의외였는지 냉정하던 종리우마저 말을 더듬었다.

하지만 다시 한 번 고개를 끄덕이는 진금행을 보고서야 지금의 말이 장난이 아니라는 것을 알고 종리우마저 무릎에 힘이 빠졌는지 바닥에 철퍼덕 주저앉아 계속 중얼거렸다.

"성녀가… 성녀가… 우리에게?"

그 꼴을 지켜보던 교주가 진금행에게 볼멘 목소리로 불만을 털어놓았다.

"밑천 안 들이고 장사 한번 잘한다!"

이미 무아라는 계집아이가 배화교의 성녀라는 것을 알고 있던 교주로서는 기도 차지 않는 일이었다.

진금행이 가위눈을 뜨고 쳐다보자 교주가 불만이라는 듯 툴툴거렸다.

"이놈 저놈 다 하나씩 꿰어찼는데 난 무얼 얻었지? 난 뭘 얻었냐구!"

교주의 불만이 무엇인지 안 진금행이 그제야 씨익 웃었다.

"나. 나 하나면 됐지 않수?"

진금행의 말에 갑자기 교주의 표정이 화사하게 변했다.

"됐어! 그 정도면 푸짐하지!"

진금행의 뜻이 명교의 차기 교주 자리를 승낙하는 것과 다름없다고 생각한 교주가 활싹 웃었다.

진금행 역시 그제야 모든 게 다 잘됐다는 듯 만족스런 웃음을 지었다.

"자넨 이젠 어떡할 건가?"

두둑한 대가(?)를 얻어낸 백연강이 진금행에게 물었다.

"글쎄? 일단 저놈 몸에서 귀문이란 걸 종이에 베껴 써야 하고, 해석까지 붙여서 보내주려면 조금 시간이 걸리겠지? 그럼 그동안은 일단 주책맞게 아이를 배온 이들의 애 아버지를 잡으러 가는 게 먼저겠군. 아참, 일단 어딜 싸돌아다니는지 모를 아버지도 잡으러 가야겠고……"

진금행의 두툼한 손가락이 하나씩 접혀질 때마다 백연강의 웃음이 더욱 짙어졌다.

"이왕이면 오대세가도 좀 손봐줬으면 고맙겠군. 내가 나서기엔 껄쩍지근하니까."

"물론!"

백연강의 부탁에 진금행 역시 마주 웃을 때였다.

"오모모! 어떤 놈이야아! 어떤 씨부랄 놈이 무아를 남한테 준다 만다 지랄인 것이야아! 내 이 개자식을 잡으면 가만히 두지 않을 것이야아!"

멀리서 들려온 묘한 비음이 섞인 괴상한 목소리.

묘웅이었다.

틀림없이 무아를 배화교에 건네주려 한다는 말을 뒤늦게 전해 듣고 여기로 미친 듯 달려오는 게 분명했다.

찢어지는 묘웅의 목소리에 진금행의 표정에 짜증이 잔뜩 묻어났다.

"아차! 저년을 깜빡했구나!"

진금행의 얼굴이 재미있게 느껴져 백연강은 더욱더 크게 활짝 웃었다.

제 10 장

도망 —진충덕 코를 씰룩이고, 서소향 라마승을 만나다

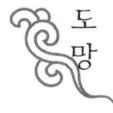
도
망

오추(吳椎)는 오늘따라 왠지 기분이 찜찜해졌다.

아침부터 왕초인 노금달(盧金達)에게 자꾸 수입이 줄어든다고 질책을 받아서이기도 했지만 그것 때문만은 아니었다.

"찍~"

오추는 왠지 더러워진 기분을 씻어내려 힘껏 가래침을 뱉어봤지만 그래도 속이 편하지 않았다.

오추가 맡은 구역에서 세금, 아니, 보호비가 줄어드는 이유가 왠지 자신이 얕보였기 때문이 아닐까 하는 생각이 들었기 때문이다.

보호비. 사실 말이 좋아 보호비였지 뒷골목 건달이 사람들의 호주머니를 털어내고자 말을 붙인 것에 지나지 않았다.

그리고 오추는 그런 보호비를 시전 상인에게 거두어 광혼마(狂魂魔)라는 이름만 거창한 노금달이란 작자에게 다시 상납해야만 하는 초라한 건달이었다.

'언제 나는 광혼마 어른처럼 돼보지?'

오추는 잠시 생각에 잠겼다가 혹시 그것이 자신의 곱상하게 생긴 외모 때문이 아닐까 하는 생각이 들었다.

'확실히 광혼마 어른은 멋있어. 짝다리 짚는 것 하며 뺨을 씰룩이면서 노려보는 것까지.'

노금달이 뒷골목을 주름잡고 두목 자리까지 오른 것이 무엇보다 보는 사람을 겁나게 만드는 그 외모에 있다고 생각한 오추는 자신의 인상을 구겨보았다.

하지만 희멀건한 낯 색깔에 매끈하게 잘빠진 콧날로는 그다지 위협적으로 보이지 않을 거란 생각을 잠시 해보았다.

'좋아, 잘생긴 콧날을 씰룩거리면 얼굴이 좀 더 험상궂게 보일 거야.'

오추는 콧구멍을 벌렁거리며 콧날에 주름을 잡아보았다.

'괜찮겠지?'

왠지 콧날이 찡긋거려지는 게 다른 날과는 달랐다.

'오늘따라 잘되는 것 같는데?'

신이 난 오추가 코에 좀 더 힘을 주려는데 왠지 힘주기도 전에 콧날이 휠 정도로 구겨지며 콧구멍은 더욱더 벌렁거려지는 게 아닌가!

'이렇게 잘될 때 눈알도 힘줘보는 거야. 감히 아무도 덤빌 생각 하지 못하게.'

오추는 힘을 줘 눈꺼풀을 위로 뒤집어 간 다음 눈에 잔뜩 기운을 불어넣었다.

'오호! 이것 봐라? 확실히 다르군!'

확실히 달랐다.

눈 까뒤집고 코를 씰룩거리는 오추를 본 사람도 뭔가 다르다고 느끼겠지만, 오추 역시 자신의 변화를 확실하게 느끼고 있었다.

무엇보다 눈에 힘을 주니 보이는 게 달랐다.

언제나 파란색이었던 하늘부터가 달랐다.

'달라! 확실히 달라!'

지금 오추의 눈에 보이는 하늘은 정말이지 싯누런 황색이 아닌가!

게다가 코는 힘을 주지 않아도 콧구멍이 벌름벌름 경련까지 일으키고 있었다.

'얼굴을 이렇게 일그러뜨리니 없던 내공까지 생기나 보군! 뱃속이 부글거리는 걸 보니.'

생각이 거기까지 미쳤을 때 오추는 참을 수 없어 허리를 굽혔다.

그리고는…

"우웩~"

무언가 탁하면서도 걸쭉한 국물이 사정없이 오추의 입에서 쏟아져 내렸다.

"꾸웨엑!"

이건 보통 토악질이 아니었다.

뱃속의 똥물까지 입으로 쏟아지는 듯싶더니 나중엔 이러다 창자까지 입으로 튀어나오는 게 아닌가 하는 공포가 밀려올 정도였다.

초점마저 흐릿해진 오추의 눈에 자그마한 당혜(唐鞋)가 들어왔다.

그리고 천천히 고개를 든 오추는 예쁘장한 여자의 얼굴을 볼 수 있었다.

너무도 반갑다는 듯 자신을 보고 활짝 웃는 예쁜 여자의 입이 열렸다.

"안녕? 반가워. 난 화냥년 서소향이라고 해. 뭐 해? 앞장서지 않구."

오추는 당연히 앞장을 섰다.

상대가 예쁜 여자라서가 아니었다.

어디로 가야 하는지 알고 있어서도 아니었다.

그저 간혹 가다 광혼마 노금달이 잘못 익힌 내공심법 때문에 배앓이를 자주 했고, 그럴 때 즐겨 먹던 특효약이 있음이 기억났기 때문이었다.

정신없이 갈지자로 걷는 오추를 보며 서소향이 뒤에 따라오던 진충덕의 팔짱을 끼며 귀엽게 종알거렸다.

"아버니임~ 자자, 저놈이 기특하게도 앞장을 서니 따라가요."

진충덕. 그는 어느덧 많이 변해 있었다.

지금 그의 모습은 예전 진충덕의 모습이 아니었다.

푸짐했던 살들은 다 어디 가고 홀쭉해진, 그래서 건장한 모습까지는 괜찮았지만 점점 마혈의 마성(魔性)이 되살아나는지 검게 변한 눈가와 함께 눈동자는 왠지 모를 잔인한 빛으로 희번덕거리고 있었다.

게다가 서소향의 팔에 이끌린 손가락들은 무언가 마음에 들지 않으면 갈기갈기 찢어버리겠다는 듯 가벼운 경련을 일으키고 있었다.

그러나 서소향에게 있어 진충덕은 무서운 존재가 아니었다.

진충덕의 이지(理智)가 보통 사람과는 전혀 다른, 조금 동떨어진 상태라는 걸 모르지는 않았다.

또한 한 번씩 광증(狂症)이 나타나면 막을 사람은 오로지 자신밖에 없다는 것 또한 알고 있었다.

그러나 무공이 굉장한 데다가 정신까지 괴상한 미친 고수가 서소향은 마음에 들었다.

무엇보다 그 시원시원한 솜씨가 더할 나위 없이 좋았다.

그러나 눈빛이 검게 변한 채 초점없는 눈으로 서소향을 바라보던 진충덕이 무언가 불만이라는 듯 중얼거렸다.

"코, 코가 씰룩거려……."

"아이, 아버님두. 그러니까 얼른 돈을 얻으러 가야 하잖아요. 아버님의 계속 코가 씰룩대는 병을 고치려면 돈이 필요하다구요."

잡아끌듯 진충덕의 팔을 잡아당기는 서소향의 시선은 멀리 노랗게 얼굴이 뜬 채 비칠거리며 걸어가는 오추의 등짝에 박혀 있었다.

흡사 먹잇감을 노리는 솔개의 그것처럼.

서소향은 이때까지 그래 왔던 것처럼 내심 다음의 계획대로 일을 착착 진행시키고 있었다.

일단 번듯한 시장 뒷켠 음습한 곳으로 향한다.

그리고 눈에 힘 좀 주고 주위를 쳐다보다 보면, 왠지 '눈 깔어, 짜샤'라고 머리에 써 있는 놈을 하나쯤 보게 된다.

그럼 '잘 만났다'고 크게 외친 다음 아주 사랑스런 손길로 몇 번 그 놈을 쓰다듬는다.

이빨이 부러져 발음이 불명확하긴 해도 그 재수없는 놈 입에서 그곳을 주름잡는 건달패가 누군지를 확인한다.

그 왕초가 사는 집 문짝을 두 발로 걷어차고 들어가서 일단 왕초 이름을 크게 외친다.

그럼 참으로 괴상하게도 나오는 놈들 족족 코를 움켜쥐고 노랗게 얼굴이 뜨게 되는데, 서소향은 그것이 자신의 '꽃 같은 미모' 때문이라 굳게 믿고 살짝 쪼개준다.

더욱 말문이 막힌 왕초가 '어버버' 거리는 걸 일단 몇 번 패대기치다 보면 알아서 자신들을 모시게 된다.

간혹 말을 안 듣고 간 크게 오밤중에 야습하는 골 빈 놈들이 있는데, 그럴 땐 귀찮게 혼내줄 것도 없이 '아버니이임~' 하고 콧소리를 내면 시아버님이 나서서 가장 만만한 놈을 골라 양 발을 잡고 거꾸로 든 뒤 가랑이를 반쯤 찢기 마련이고 찢긴 놈은 목구멍이 찢어져라 비명을 울리게 되어 있다. 결국 그 광경을 찢어질 듯 눈을 뜨고 본 놈이라면 누구든 두 번 다신 덤빌 생각을 못하게 된다.

그럼 자연 그놈들 위에서 한동안 호의호식하게 된다.

이상이 서소향과 진충덕이 그동안 행해왔던 일이었다.

그런데 오늘은 일이 잘되려는지 처음 만난 놈부터 말을 고분고분 듣지 않은가.

하지만 그렇지 않다는 것을 서소향은 이 지역의 어둠을 쥐고 흔든다는 광혼마 노금달의 처소에 들어가면서부터 알 수 있었다.

쾅~

서소향의 발길질 한 번에 문짝이 박살나는 것까진 괜찮았다.

하지만 그 다음부터가 달랐다.

왠지 자신을 기다린 듯 그럴듯한 저택 마당에는 광혼마 노금달이 분명한 놈이 복면을 하고 기다리고 있지 않은가.

'새로운 복면이던가? 아니면 얼굴이 아주 긴 놈인가 볼세?

급작스럽게 들이닥친 자신을 노려보고 있는 광혼마의 복면은 특이했다.

머리카락과 눈, 그리고 입과 턱은 다 내놓은 채 오로지 코만 잔뜩 싸매고 있었기 때문이다.

"네놈들이 드디어 왔구나!"

"어라, 우리를 알아? 그럼 편하게 됐네. 얼릉 내놔."

서소향이 잘됐다는 듯 손바닥을 앞으로 펴 내밀었다.

"넌 내가 누군지 아느냐?"

하지만 서소향이 누군지 알고 있는 듯한 노금달은 왠지 비웃는 듯하지 않은가.

"글쎄?"

"크하하하~ 이 몸은 바로……."

갸우뚱대는 서소향의 예쁜 고개를 보자 노금달이 미친 듯 웃어대다가 뚝 멈추며 자신의 얼굴을 가리켰다.

"흑월회(黑月會)에 깃든 몸이라 이거야."

"흑월회?"

서소향이 처음 들어본 이름에 의아한 듯 고개를 다시 반대쪽으로 갸우뚱거릴 때였다.

"으으으… 흑월회… 흑월회주……."

갑자기 옆에 서 있던 진충덕의 신형이 격렬하게 떨리기 시작했다.

자신이 만든 단체, 무림의 평화를 위해 아낌없는 정성을 기울였던 단체, 그리고 자신이 힘들게 키운 사람들이 자신을 죽이려 하는 단체.

그것이 바로 흑월회였다.

그러니 이지를 상실한 진충덕이었지만 그 이름을 듣자 온몸에 경기를 일으키듯 떨리는 것도 무리는 아니었다.

"왜요, 아버님?"

갑작스런 변화에 서소향이 놀라 물었지만 어느덧 진충덕의 몸은 천천히 경련이 멎어가더니 서소향을 번질거리는 눈으로 쳐다보며 조용히 뇌까렸다.

"씰룩거려… 코가. 쿠헤헤~ 코가 씰룩거린단다, 화냥년아."

"아이, 아버님두. 놀랐잖아요."

서소향이 정말 놀랐다는 듯 가볍게 진충덕의 어깨를 툭 치며 쌜쭉하니 쳐다보고는 고개를 돌렸을 때였다.

"오마나!"

서소향은 깜짝 놀랄 수밖에 없었다.

응양문(應陽門)의 피 흘리는 마녀 서소향.

그 별칭에 걸맞게 서소향의 공력은 절대 낮은 게 아니었다.

하지만 그런 서소향으로서도 전혀 기척을 느낄 수 없었는데, 어느새 마당에는 네 명이 나타나 있었던 것이다.

쌍둥이같이 검은 천으로 온몸을 감은 채 새파란 안광을 빛내는 네 명.

둥글게 휘어진 만도를 잡고 앞에 있는 것은 무엇이든 잘라내겠다는 듯 파랗게 불타고 있는 눈알 여덟 개.

"회주(會主), 흑월회의 추단현예(推端玄刈)가 오랜만에 회주(會主)를 뵙습니다."

서소향은 네 명이 동시에 입을 열어 말함에도 한 사람이 말한 것과 같은 기묘한 재주의 네 사내를 멍하니 바라보았다.

'대단하군!'

고수란 상대를 알아보는 법. 네 명의 기도에서 범상치 않은 기운을 느낀 서소향이 고개를 절레절레 흔들었다.

추단현예라 자신을 소개한 그 네 명 중 두 명까지는 서소향으로서도 상대할 수 있을 것 같았다.

그러나 세 명은 벅차고, 네 명이라면 서소향이 한 명 더 있다 한들 소용없을 게 분명한 연수합격을 익힌 자들이었다.

'먼저 한 방 갈기고 시작할까? 아니야, 시아버님을 아는 눈친데 대강 사정을 알아보고 나서 족칠까?

그러나 겁나는 게 없는 서소향이 염두를 굴리고 있을 때 갑작스럽게 끼어든 목소리가 있었다.

"어떤가, 자네는 그들을 회주로서 대할 수 있는가?"

서소향의 시선이 추단현에의 뒤를 향했다.

아무런 흔적도, 아무런 자취도 없었다.

아니, 아예 아무런 존재감도 느끼지 못했다.

눈으로 보지 않았다면 거기 누군가 있을 거라 생각지도 못한 사람이 거기 있었다.

깨끗하게 차려입은 장포에 인자한 웃음.

선골옥풍(仙骨玉風)의 노인이었다.

하지만 무언가 대단한 노인임에 틀림없었다.

노인을 대하자마자 미미한 진동이 옆에 있는 진충덕에게서 느껴졌기 때문이었다.

"뉘슈? 뉘신데 여기서 짖고 있수?"

서소향이 불쑥 노인을 향해 물었다.

못을 박은 듯 진충덕에게서 떨어질 줄 몰랐던 노인의 시선이 그제야 서소향을 향했다.

그리고 인자한 웃음을 짓던 노인의 얼굴에 파문이 일었다.

"너, 넌! 그때 바로 그……. 그럼 그 냄새가 지독하다는 그년이 바로……?"

어떻게 잊을 수 있단 말인가.

자신의 무림맹주 자리가 어느새 대제자인 백연강에게 건네져 있다는 사실도 모를 만큼 미련한 진근양일지라도 서소향만은 똑똑히 기억하고 있었다.

자신이 젊은 청년으로 변장을 하고 찾아간 밀영각(密影閣)의 문 앞에서 마주쳤던 공포의 여인.

이름을 묻던 그녀에게 '진금행'이라고 얼렁뚱땅 대답하고서야 풀려날 수 있었던 그 '공포의 암내'가 왜 진충덕과 함께 있단 말인가.

'저 영감탱이가 날 알긴 하나 본데? 어랏?'

노인의 놀랍다는 듯 부릅떠진 눈을 멍하니 쳐다보던 서소향은 누군가 자신의 허리를 감싸 안고 뒤로 물러나는 것을 느꼈다.

아니, 물러서는 정도가 아니었다.

발 밑으로 담이 휙 지나가더니 곧 서너 채의 지붕이 흡사 강물 흘러가듯 연달아 발 밑에서 흘러가고 있었다.

'아니, 이 인간이?'

서소향은 놀라 자신을 품에 안고 정신없이 쫓기듯 도망치는 진충덕의 얼굴을 멍하니 바라보았다.

하지만 진충덕은 눈알을 희번덕거리며 무언가 알지 못할 말만을 늘어놓고 있었다.

"나는 흑월회주다. 나는 살인자다. 나는 그들에게 무림의 악을 제거하라고 가르쳤다. 나는 마옥검(魔玉劍)이다. 나는 그들에게 살인자를 죽이라고 가르쳤다. 나는 흑월회주다. 나는 그들 앞에 설 수 없다. 나는… 나는… 나는 누구인가? 나는?"

귓전을 울리는 세찬 바람 소리도 진충덕의 작고도 미약한 신음성을 막지 못했다.

'흑월회주? 살인자?'

영문을 모른 채 허공을 날다시피 가로지르는 서소향은 무슨 일이 벌어지는지 이해할 수가 없었다.

하지만 점점 얼굴이 일그러지며 쫓기듯 도망치는 진충덕의 중얼거림은 그칠 줄을 몰랐다.

"나는 누구인가? 나는? 내 이름은? 내가 누구지? 나도 모르겠어……. 나는 그냥… 그냥… 코가 씰룩거릴 뿐이야……."

일그러진 진충덕의 얼굴을 보자 왠지 가엾다는 생각이 드는 서소향이었다.

"그만두게."

진충덕이 갑작스럽게 도망쳐 버리자 그 뒤를 급히 쫓으려는 추단현예를 진근양이 말렸다.

"무슨……."

파란 안광을 번득이며 추단일예가 물었다.

"아직 완전한 마인이 된 건 아닌 듯하군. 천우신조로 제정신을 찾으면 마혈의 굴레에서 벗어날 수도 있을 터. 지금처럼 뒤따르며 지켜보는 수밖에……."

점차 노을이 번져 가는 하늘을 바라보던 진근양이 탄식처럼 내뱉었다.

"하늘의 도움이 있다면… 하늘의……."

한동안 먼 하늘을 보던 진근양이 왠지 씰룩거리는 코를 손등으로 조용히 긁고 있었다.

"무슨 걱정이라도 있으세요? 그들은 또 누구지요?"

서소향은 어두운 나무 기둥 사이에 몸을 파묻고는 웅크려 있는 진충덕을 향해 물었다.

"……."

하지만 진충덕은 아무런 반응도 보이지 않았다.

그저 커다란 몸을 구겨 발을 끌어 모아 손으로 감싸 쥔 채 고개를 무릎 사이로 파묻고 있을 뿐이었다.

"왜 그들에게서 도망온 거예요? 흑월회는 또 뭐구요?"

몇 번째 물어보는 것이지만 반응은 한결같았다.

그저 묵묵히 앉아 조용히 홀로 중얼거리고만 있는 진충덕.

"나는 누구인가? 나는? 나는?"

'어이구, 내가 속 터져!'

서소향으로는 이해 못할 일이었다.

비록 추단현예라는 네 명과 뒤이어 나타난 신선 같은 노인네가 엄청난 고수이긴 하지만 자신이 아는 진충덕의 실력은 가히 산을 허물고 바다를 뒤엎을 만한 것이 아니었던가.

그런데 얼굴을 대하자마자 쫓기듯 자리를 박차고 도망 나와 어딘지도 모를 깊은 산중에 처박히게 되었으니 괄괄한 성격의 서소향으로서는 도저히 참기가 힘들 정도였다.

"제길!"

답답한 마음에 휘영청 밝은 달을 쳐다보던 서소향이 신경질적으로 옆에 있던 돌을 힘껏 걷어찼다.

휘유우웅~

돌은 답답한 서소향의 마음을 풀어주려는 듯 짙푸른 밤 공기를 가르는 파공성과 함께 멀리 날아가 떨어졌다.

바로 그때였다.

"깨갱!"

갑작스런 개 소리.

'이잉? 아하! 들개로구나! 출출한데 잘됐구나!'

서소향이 웬 들개가 재수없게 맞았고, 자신은 재수 좋게 저녁 식삿거리를 얻었다 생각하며 입맛을 다실 때였다.

서소향의 재수가 더욱 좋으려는지 그 재수없는 들개가 으르렁거리며 서소향 쪽으로 다가오는 것이 아닌가.

'지화자!'

서소향이 잘됐다는 듯 손뼉을 한 번 치고는 반갑게 풀숲을 헤치며 다가오는 들개를 맞갈 때였다.

'이잉? 괴상하게 생긴 들개군?'

서소향은 막 한 손에 때려잡으려 응양문의 공력을 운기한 손을 멍하니 쳐들고는 입을 쩍 벌렸다.

막 자신이 맞닥뜨린 들개가 보통 들개가 아니란 걸 한눈에 알아볼 수 있었기 때문이다.

입술을 오무리며 으르렁대는 품세나 네 발 중 앞발을 땅에 납작 가져다 대고 곧 공격할 것처럼 쏘아보는 모든 것이 들개였다.

그러나 이 들개는 정말 달랐다.

첫째, 주인을 보고 반갑다고 흔들 꼬리가 없었다.

둘째, 괴상한 주인을 만났는지 사람이 입는 옷을 입고 있는 게 아닌가.

게다가 눈썹도 떡하니 얼굴에 붙어 있었다.

'거참, 사람 같은 들개로군. 아니, 사람 얼굴을 하고 있는 들개로군. 아니아니, 사람 같은 들개가 아니라 들개 같은 사람일세!'

들개는 으르렁대는 것도 모자라 이젠 아예 서소향의 다리를 절단 내야겠다는 듯 아가리를 쩍 벌리고는 달려드는 게 아닌가.

"에잇! 쯧쯧, 그럼 못써!"

하지만 서소향이 어디 개에게 물릴 실력이던가.

일단 발바닥으로 사람 같은 들개, 아니, 들개 같은 사람의 얼굴을 밟아 땅바닥에 문질러 버렸다.

"깨갱!"

발 밑에 깔려 죽겠다고 깨갱거리는 사람을 보면서 서소향은 멍해질 수밖에 없었다.

"미쳐도 미쳐도 이렇게 요상하게 미친놈은 처음일세!"

중얼거리던 서소향이 발 밑에 깔린 물건의 얼굴이나 제대로 보려고 천천히 한쪽 발을 빼냈을 때였다.

"키킹~"

들개처럼 나타났던 사내는 갑자기 뒤로 비칠거리며 물러서더니 일장여 떨어진 커다란 나무 밑을 향해 네 발로 달려가 엎드린 채 웩웩거리며 게워내기 시작했다.

차 한 잔 마실 시간 동안 정신없이 게워내고서야 정신이 든다는 듯 고개를 훼훼 젓던 사내는 곧 자신이 게워낸 토사물에 코를 처박고 킁킁거리며 냄새를 맡기 시작했다.

그리고는 신경질이 난다는 듯 곧 엎드린 채로 몸을 돌려 한쪽 발을 토사물 쪽으로 향해 훌쩍 쳐들고는 오줌을 내깔기는 게 아닌가.

'영락없이 개네…….'

도무지 믿기지 않는 광경에 멍하니 그 광경을 보던 서소향의 귀에 낯선 음성이 들렸다.

"진짜 개지. 적어도 그놈은 그렇게 생각하니까."

서소향은 황급히 자리를 박차고 일어섰다.

자신의 이목을 숨기고 이토록 지척거리에 나타날 수 있을 정도의 사람이라면 틀림없이 추단현예인지 뭔지 하는 패거리가 분명했다.

그러나 거기엔 처음 보는 사람이 서 있었다.

허리까지 내려오는 긴 머리, 중원의 옷이 아닌 괴상한 옷, 그리고 짙은 눈썹과 두툼한 입술이 한눈에 보기에도 서역에서 온 사람이 틀림없었다.

찬찬히 상대의 행색을 살피던 서소향이 조심스럽게 물었다.

"개 주인이슈?"

서소향의 질문이 재미있다는 듯 사내가 껄껄대며 웃었다.

"하하하, 졸지에 본좌가 개 주인이 되어버렸군. 하긴 내가 저놈을 저렇게 만들었으니 개 주인이라 해도 틀린 말은 아니지. 하하하."

서소향은 사내의 웃음소리가 높아질수록 왠지 가슴이 뻐근하게 가빠오기 시작했다.

사내의 웃음이 더욱 커지자 심장이 점점 요동 치다 갈비뼈를 뚫고 튀어나올 것만 같았다.

느닷없이 나타난 것만큼이나 갑자기 웃음을 멈춘 괴인이 의미있는 미소를 머금었다.

"중원에서 드디어 찾은 듯하구나. 복된 하루로다, 복된 하루야. 슈마르타 알베홈."

괴인의 시선이 멈춘 곳은 진충덕이 웅크리고 있는 곳이었다.

"제 시아버님을 아슈?"

서소향은 긴장된 태도로 조심스럽게 물었다.

상대는 고수였고, 진충덕을 알아보는 또 다른 인물이었다.

처음 나타난 사람들과 이자가 조금이라도 관련이 있다면 또다시 진충덕과 자신은 미친 듯이 도망쳐야 했다.

이유도 모른 채 자신은 또 개 끌려가듯 진충덕의 손에 이끌려 정처 없이 도망쳐야 하는 것이다.

오가는 대화가 자신을 가리키는 말인 걸 알았는지 진충덕이 무릎 사이에 파묻었던 고개를 빼꼼이 들고 괴인을 쳐다보았지만 아는 사람이 아니었는지 멍한 눈길로 쳐다보고만 있었다.

"시아버님이라니? 그럼 살신장에게 아들이 있단 말인가?"

괴인의 관심이 진충덕에게서 서소향으로 바뀌었다.

서소향의 말에 남자가 아이를 임신했다는 소식만큼이나 충격을 받은 모양이었다.

"살신장이라니요?"

서소향이 영문을 몰라 어리둥절해하는데, 정작 괴인은 눈을 부릅뜬 채 다급히 다시 물었다.

"살신장에게 아들이 있던가?"

"왈왈!"

서역 라마승의 법술에 빠져 자신이 개라고 철두철미하게 믿게 된, 아니, 아예 정말 개가 되어버린 고검주가 주인이 흥분한 낌새를 챘는지 자신도 크게 밤하늘에 대고 짖어대기 시작했다.

"당연히……."

"그럴 수가. 그럴 수는 없어! 살신장은 아들을 둘 수 없을 뿐더러, 만약 그것이 사실이라 하더라도 살신장이 둘일 수는 없다! 그대, 말하라! 정말 아들이 있단 말인가?"

"왈왈!"

"말하라!"

"왈왈!"

서소향은 정신이 아득해졌다.

무언가 파도가 되어 자신의 온몸을 짓이기고, 또 그렇게 몸속을 헝클어뜨리며 통과하는 것 같았다.

몽롱해지는 정신을 붙잡으려 한쪽 팔을 들어 이마에 가져다 대고 비틀거릴 때 갑자기 온몸을 짓누르던 파도 같은 기운이 조금씩 사라지는 것을 느꼈다.

다시 정신을 차리고 보니 괴인은 왠지 인상을 찡그리며 코를 쥐어잡곤 무어라 중얼거리고 있었다.

"독한 년!"

그걸 두고 보고 있을 서소향이 아니었다.

분명 저자는 괴이한 사술(邪術)로 자신을 홀린 게 틀림없었다.

"야이, 개잡종 놈아! 저분은 틀림없는 내 시아버님이시니, 내 낭군의 아버님 되시는 게 당연하지 않느냐!"

괴인의 얼굴에 불신의 빛이 떠오르더니 천천히 진충덕이 웅크려 있는 곳을 향해 설어가기 시작했다.

"야이, 개자식아! 감히 우리 시아버님께 무슨 수작질을……."

서소향이 놀라 급히 괴인의 뒤를 쫓다 말고 제자리에 우뚝 멈추어 섰다.

그리고 부릅뜬 서소향의 눈은 괴인의 발을 쳐다보고 있었다.

괴인은 지금 걸어가고 있는 게 아니었다.

허공에 한 뼘쯤 둥실 떠올라 허공 중에 깃털이 떠가듯 그렇게 흘러가고 있었던 것이다.

"……!"

놀라 멍하니 바라보는 서소향의 눈에 더욱 놀랄 일이 벌어지고 있었다.

괴인의 이마 한가운데가 얇게 벌어지는 듯싶더니 곧 거기서 눈알 하나가 튀어나오는 게 아닌가.

잠시 동안 주위를 둘러보던 이마 가운데 눈알이 곧 한 켠에 웅크리고 있던 진충덕의 온몸을 혀로 핥듯 천천히, 아주 자세하게 훑어보더니 이윽고 괴인의 입이 천천히 열리기 시작했다.

"이, 이자가 아니다. 이자는 살신장이 아니다."

흡사 땅 끝 저쪽 구유(九幽)에서 울려 퍼지는 듯한 목소리.

왠지 서소향마저도 몸서리치게 만드는 목소리가 어두운 숲 속을 가득 채웠다.

그 목소리에 동화된 듯 진충덕의 멍한 시선에서 갑자기 붉은 빛이 폭발하듯 튀어나오기 시작했다.

"이, 이게 어찌 된?"

서소향이 놀란 눈으로 멍하니 괴인과 진충덕을 번갈아 쳐다보고 있었다.

그리고 그사이 괴인의 이마에서 솟아난 눈동자와 진충덕의 붉은 눈이 허공 중에 충돌하듯 얽혀들고 있었다.

제11장

살신장 —진충덕 라마승과 겨루고, 진근양 머리가 아파오다

살
신
장

"너는 누군가?"

괴인이 입술도 달싹이지 않은 채 심혼을 얼게 만드는 음산한 목소리로 진충덕에게 물었다.

"나는 마옥검(魔玉劍)."

진충덕 역시 붉은 눈을 이글거리며 천천히 입술을 열었다.

"너는 누군가?"

"나는 흑월회주."

"아니다! 너는 흑월회주가 아니다."

괴인 주위의 공기가 분노한 듯 출렁거렸다.

그 출렁거림에 서소향의 신형이 저도 모르게 뒤로 주르르 밀려날 정도였다.

"나는 도살자(屠殺者). 수천 명을 죽인……."

진충덕의 붉은 눈이 더욱 이글거렸다.

"그래, 너는 도살자다."

그 모습이 마음에 들었는지 괴인의 눈알에 희열의 빛이 떠올랐다.

"나는 살인자. 천잔평(千殘平)의 죽음을 만들어낸… 크하학~!"

갑자기 몸을 일으킨 진충덕이 눈을 감고 머리를 감싸 쥐고는 비명을 토해내었다.

"너는 살신장. 살신장이어야 한다."

하지만 진충덕의 몸부림이 마음에 안 든다는 듯 괴인의 뿜어내는 괴이한 기파가 더욱더 진충덕의 온몸을 감쌌다.

"나는 진전장(陳錢莊)의 주인, 진설란(陳雪蘭)의 남편, 진금행의 아비……."

다시 뜻 모를 말을 중얼거리며 눈을 뜬 진충덕의 눈알은 어느덧 붉은 빛이 옅어져 가고 있었다.

"아니다! 너는 살신장! 살신장이어야 한다!"

괴인의 몸이 천천히 진충덕을 향해 압박하듯 스스르 다가갔다.

그와 동시에 진충덕이 다시 머리를 부여잡고 비명을 토해내기 시작했다.

"크아악~ 나는… 나는……."

"그래, 너는?"

괴인은 기대에 찬 눈빛으로 진충덕을 쏘아보고 있었다.

이윽고 진충덕의 눈이 천천히 열리며 중얼거렸다.

"나는… 나는… 코가 씰룩거려……."

진충덕의 말에 무심코 괴인의 입술이 달싹였다.

"나두… 아까부터……."

하지만 곧 자신의 실책을 깨달았는지 괴인이 다시 이마의 눈을 부릅 떠 봤지만 진충덕의 하나하나 깨져 나가던 영혼을 붙잡기엔 늦은 게 틀림없었다.

"크하악! 죽어!"

진충덕의 몸이 괴인을 향해 무서운 속도로 덮쳐 오기 시작했다.

"흡!"

괴인의 몸이 흡사 고무줄처럼 뒤로 길게 이어지며 물러섰다.

횡!

막 괴인의 가슴이 있던 공간을 진충덕의 오른손이 매섭게 스쳐 지나 갔다.

"살신장! 너는 살신장이어야 한다!"

"살신장?"

발악처럼 외치는 괴인의 말에 문득 진충덕의 몸놀림이 우뚝 멈추어 섰다.

"그래, 살신장!"

괴인이 다시 한 번 음산한 목소리로 진충덕의 영혼을 얽어매었다.

"아악! 날 가만히 놔둬!"

진충덕이 다시 허공에 몸을 띄우며 오른손을 갈퀴처럼 만들어 괴인 의 가슴을 사정없이 찍어갔다.

푹~

괴인의 가슴 한가운데에 사정없이 틀어박힌 진충덕의 손은 등 뒤에 까지 삐죽이 빠져나온 채 부르르 떨리고 있었다.

"왈왈!"

고검주가 놀랐다는 듯 다시 크게 짖었다.

"와우!"

서소향이 날렵하고 깨끗한 한 수로 괴인의 가슴을 뚫어버린 진충덕의 솜씨에 기쁜 감탄성을 토해낼 때였다.

"너는 살신장. 살신장이어야 한다."

그러나 괴인의 음산한 말은 계속되는 게 아닌가.

더욱이 꿰뚫렸던 가슴의 근육이 거머리가 피부 위를 기어가듯 슬금거리며 진충덕의 팔뚝을 타고 올라가기 시작했다.

"……!"

이 믿지 못할 괴사에 서소향은 무릎이 덜덜 떨리기 시작했다.

달빛 아래 가슴을 꿰뚫린 채 이마 한가운데 있는 눈알을 계속 뒤룩거리며 진충덕을 노려보고는 음산한 말을 내뱉는 괴인의 모습은 그 어느 누구라도 제정신으로 쳐다보지 못할 광경임에 분명했다.

"너는 살신장. 살신장이어야 한다."

괴인의 음산한 말이 다시 어둠을 채웠다.

그것이 무슨 주술인 것처럼 잠시 몽롱해졌던 진충덕의 눈동자에 다시 붉은 빛이 더해졌다.

"아니야!"

펑!

진충덕의 고함 소리와 함께 팔에 기운을 돋우자 길게 이어져 스멀거리며 팔을 타고 오르던 괴인의 가슴 근육들이 가닥가닥 허공에 흩어지기 시작했다.

그와 동시에 단단히 팔을 얽매고 있던 괴인의 가슴이 순간적으로 뻥 뚫리며 팽창된 공기가 주위를 휩쓸고 지나갔다.

"이익……."

안 그래도 다리 힘이 풀린 서소향이 뒤로 대여섯 걸음 주르륵 밀려날 정도의 강맹한 위력이었다.

가슴과 왼쪽 옆구리까지 뻥 뚫린 채 기우뚱대던 괴인의 몸이 비칠거리며 뒤로 몇 걸음 걸었을 때였다.

"죽엇!"

진충덕의 양손이 기이한 각도를 그리며 괴인의 옆통수를 가격했다.

쩍!

잘 익은 박이 터지는 듯한 괴이한 음향과 함께 괴인의 얼굴이 사선으로 쪼개지기 시작했다.

진충덕은 그것만으로는 성이 차지 않았는지 곧 양손으로 괴인의 머리통을 붙잡고 뜯어내기 시작했다.

부욱!

괴인의 두 쪽이 난 채 간신히 붙어 있던 머리통이 천이 찢겨 나가는 것 같은 소리와 함께 쭈욱 뽑혀졌다.

뜯겨지는 목 아래로 목뼈와 어깨뼈가 앙상하게 드러나기 시작했다.

붉은 빛을 토해내며 광기로 번질거리던 진충덕이 성이 차지 않는다는 듯 곧 오른손을 괴인의 배에 쑤셔 박았다.

푸욱~ 쩍!

진흙 속에 무언가 쑤셔 박히는 듯한 소리를 즐기는 것처럼 한참 동안 괴인의 뱃속을 휘젓던 진충덕이 괴소와 함께 뽑아 든 오른손에는 괴인의 척주 뼈가 '끼기긱' 거리며 뒤틀리는 기분 나쁜 소리와 함께 천천히 끌려 나오고 있었다.

"우와악!"

그것으로는 분이 안 풀리는지 곧 진충덕이 양손으로 괴인의 몸을 붙잡고 양쪽으로 뜯어내기 시작했다.

부우욱!

괴인의 몸이 너덜거리는 고깃덩어리로 변해 진충덕의 양손에 걸쳐
져 있었다.

조금 전까지만 해도 괴인의 몸을 덥히던 피와 뱃속에서 꿈틀거리던
내장들이 땅 아래로 후드득 떨어져 내렸다.

"크하하하하!"

괴인을 양손으로 짓이겨 뜯어낸 진충덕이 달을 보며 통쾌한 듯 웃었
다.

광소와 함께 눈에선 붉은 빛이 쏟아져 나오는 진충덕의 지금 모습은
악마 그 자체였다.

서소향은 머리털이 곤두서는 그 같은 광경에 저도 모르게 입을 가로
막고는 중얼거렸다.

"화, 화끈해!"

"왈왈!"

고검주조차 서소향의 말이 맞다는 듯 크게 짖어대다가 곧 헐떡거리
며 네 발로 뛰어가 땅에 떨어져 축 늘어져 있는 괴인의 팔뚝을 물고는
좌우로 흔들며 으르렁거렸다.

"아, 아버님."

서소향은 어느새 광소를 멈춘 채 달을 올려다보며 멍하니 서 있는
진충덕을 불렀다.

진충덕의 고개가 돌아가고, 붉은 광기로 가득 찬 눈동자를 쳐다보며
서소향은 겁에 질려 옥죄인 목구멍 사이로 새된 목소리를 내었다.

"이, 이젠 산에서 내려가셔야지요……."

진충덕은 아무런 대답 없이 그저 서소향만을 붉은 눈으로 쳐다보고 있었다.

그 눈빛은 지금 당장이라도 달려들어 서소향을 찢어 죽이고 싶다는 마혈의 광기를 나타내고 있었다.

"아, 아드님도 만나고, 그래야 저도 정식으로 혼례를 치를 수도 있고."

왠지 이 세상에 존재하면 안 되는 그 무엇과 마주 대하고 있다는 느낌에 서소향은 정신없이 말을 이어갔다.

"아들, 금행… 우리 금행이를……."

다행히 진금행이란 말에 점차 붉은 빛이 희미해지면서 흉포한 살기로 번질거리던 눈동자에 초점이 풀리기 시작했다.

"예, 진금행. 출중한 외모에 탁월한 무공을 가진 우리의 위대한 진금행!"

무심코 중얼거린 말에 다행히 약발이 받는다 생각한 서소향이 얼른 진충덕의 팔짱을 냅다 끼고 앞으로 걷기 시작했다.

달 밝은 밤 깊은 산속에서 마주친 괴인으로부터 시작된 공포에서 얼른 벗어나고 싶었기 때문이다.

다시 씰룩이기 시작한 콧잔등과 멍해진 눈을 보니 공포스럽던 악마의 모습에서 친절하기 짝이 없는 시아버지의 모습으로 돌아온 것 같아 발걸음을 재촉하던 서소향이 가슴을 쓸어 내릴 때였다.

"깨깨갱."

갑자기 개 때려잡는 소리가 밤 공기를 갈랐다.

반사적으로 돌아본 서소향의 눈에 믿지 못할 일이 일어나고 있었다.

이젠 어깨까지만 남은 채 고검주의 이빨에 뼈까지 허옇게 드러냈던 괴인의 손이 고검주의 얼굴을 움켜쥐고 있었다.

"깨갱!"

놀란 고검주가 이리저리 네 발로 펄쩍거리며 뛰어다녔지만 아교라도 붙인 듯 괴인의 손은 떨어지지 않고 더욱더 힘껏 움켜쥐는 게 아닌가.

고검주가 얼굴을 땅에 부비고 앞발로 제 얼굴 벗기는 것처럼 한참이나 긁어내고 나서야 땅에 털썩 떨어진 괴인의 손은 생명이라도 붙은 것처럼 엉금엉금 앞을 향해 꿈틀거리며 옮겨가고 있었다.

그리고 찢겨져 나간 육신을 찾아 여기저기 움직이던 손이 자신의 몸통을 찾자 곧 제자리를 찾아가듯 자연스럽게 어깨뼈에 들러붙는 게 아닌가!

몸통과 붙은 손 한 짝은 흡사 엉금엉금 기듯 몸통을 이끌고 기어가 꿈틀거리던 다른 팔뚝과 몸통을 찾아 제자리에 붙이고는 곧 다시 기어가 자신의 두 발까지 기어이 찾아내고 있었다.

눈알이 튀어나올 것처럼 눈을 부릅뜬 서소향은 땅에 발이 붙은 듯 움직일 수 없었다.

아니, 심장이 멈춘 듯 숨조차 쉴 수가 없었다.

이제 얼추 사람 형체를 갖춘 괴인의 몸은 곧 두 손으로 땅을 여기저기 짚어 나가며 자신의 몸에서 떨어져 나간 내장덩어리를 움켜쥐고는 자신의 뱃속에 쑤셔 박았다.

자신의 몸 여기저기를 움찔거리는 손아귀로 천천히 어루만지던 괴인의 몸통은 끝내 머리통을 아래서 찾아내고는 두 손으로 쪼개진 머리를 들어 올려 자신의 어깨 위에 올려놓고 좌우로 흔들기 시작했다.

"으……."

서소향의 입에서 신음성이 흘러나오기 시작했다.

어느새 왔는지 고검주는 꼬리를 만 강아지처럼 서소향의 다리 사이에 고개를 처박고 벌벌 떨고 있었다.

대강 몸이 맞추어졌는지 괴인의 얼굴이 천천히 서소향을 향하고는 씨익 웃었다.

언제 온몸이 찢겨 나갔냐는 듯 조금 전보다 더욱 멀쩡해진 얼굴과 몸이었다.

단지 몸 여기저기에 찢겨진 옷가지가 치렁치렁 걸쳐진 것만이 조금 전 온몸이 찢겨 나간 게 꿈이 아님을 증명할 뿐이었다.

"과연 대단하군, 나를 이렇게 만들 수 있다는 게……. 역시 대단해."

괴인의 두툼한 입술이 말려 올라가며 기묘한 웃음을 웃었다.

숨조차 제대로 쉬지 못한 서소향이 멍하니 바라보고만 서 있는 데 반해 진충덕은 콧잔등을 몇 번 씰룩이더니 마음에 안 든다는 듯 괴인을 향해 뚜벅뚜벅 걸어가기 시작했다.

"나는… 마음에 안 들어."

어눌하고 짧은 진충덕의 오른 주먹이 괴인의 얼굴을 향해 다시 쏘아져 갔다.

하지만 이번엔 괴인도 보고 있지만은 않았다.

괴인의 오른손이 기이하게 꺾이더니 쏘아져 오는 진충덕의 머리통에 푹 틀어박히는 것이 아닌가.

"옴파야 사할롬……."

동시에 밀교의 진언이 괴인의 입에서 저주처럼 흘러나오고 있었다.

괴인에게 쏘아져 가는 모습 그대로 우뚝 멈춰진 진충덕의 눈이 하얗게 변한 채 온몸을 사시나무 떨듯 떨기 시작했다.

"아아악!"

그제야 일이 어떻게 되었는지 안 서소향이 너무도 허망한 진충덕의 죽음에 몸서리를 쳤다.

"움파니 사바하."

진충덕의 정수리에 손가락 한 마디 이상 파고들었던 괴인의 손이 주문과 함께 손목까지 파고들었다.

그리고 다시 팔뚝까지…

다시 어깨까지…

괴인의 몸통이 연기처럼 뿌옇게 변하며 진충덕의 머리 속으로 파고들고 있었다.

"수메마니 진메타훔."

괴인의 머리와 진충덕의 머리가 맞부딪친다고 여겨질 때 깊은 진흙에 깊숙이 발이 빠지듯 괴인의 머리가 진충덕의 머리 속에 잠겨들었다.

"슈하트라 사바하 옴파야 사할름."

괴인의 몸통이 허리까지 진충덕의 머리에 파고들었음에도 저주받을 괴인의 주문은 끊기지 않고 흘러나오고 있었다.

아니, 이제 그 주문은 온몸을 떨며 괴인의 몸을 받아들이는 진충덕의 입에서 흘러나오고 있었다.

진충덕의 입술이 다시 들썩이기 시작했다.

"수메마니 진메타훔."

서소향은 더 이상 지켜볼 수가 없었다.

아니, 저도 모르게 산 아래를 향해 미친 듯이 뛰어내려 가고 있었다.

있어선 안 될 일이 벌어지고 있었다.

보아서는 안 될 일을 직접 눈으로 보고야 말았다.

서소향은 바로 머리통 뒤에 괴인이 따라오는 것 같은 공포심에 숨조차 쉬지 못했다.

그저 아무 생각 없이 산 아래를 향해 발걸음을 정신없이 옮겨놓고 있었다.

그 뒤로 진충덕의 머리 위 솟아 있는 듯 보였던 괴인의 마지막 육체마저 진충덕의 몸속으로 스미듯 잠겨들었다.

"아무에 신파야 사할룸."

진충덕의 달싹이던 입술이 멎었다.

그와 동시에 진충덕의 이마엔 핏빛 눈동자가 하나 떠올라 웃고 있었다.

"살신장이 그럼 둘이 되는 건가?"

진충덕의 입술에서 튀어나온 음산한 목소리.

그건 진충덕의 것이 결코 아니었다.

진충덕의 몸으로 사라진 라마승의 목소리였다.

피를 머금은 듯 새빨간 진충덕의 웃는 입술 사이로 라마승의 목소리가 또 한 번 튀어나왔다.

"아들이 있다고 했던가? 재미있어졌군, 재미있어졌어."

진충덕의 몸에서 라마승의 사이(邪異)한 기운과 함께 말소리가 흘러나왔다.

서소향은 정신없이 뛰었다.

만약 발걸음을 멈춘다면 몸과 마음, 그 모든 것을 라마승이 먹어치울 것만 같았다.

무언가 알 수 없지만 세상에 존재해서는 안 될 악마가 등 뒤에서 자신을 부르는 것처럼 느껴졌다.

　만약 뒤를 돌아본다면 자신의 영혼조차 소멸될 것만 같은 그 어떤 공포심이 서소향의 모든 것을 지배하고 있었다.

　"아이야!"

　자신의 어깨를 붙잡는 누군가가 있었다.

　"으아악!"

　공포로 응축되었던 서소향의 어깨가 튕겨지며 응양문의 65초 소양수(消陽手)가 쏟아져 나왔다.

　"아니, 이 아이가?"

　하지만 상대는 너무도 강했다.

　부지불식간에 이루어진 찰나의 공격을 상대는 너무도 수월하게 막아내는 게 아닌가.

　"얘야, 정신 차려라!"

　무언가 화끈한 통증이 뺨에 작렬하고서야 서소향은 정신을 차릴 수가 있었다.

　그리고 제일 먼저 눈에 들어온 것은 조금 전 낮에 마주쳤던 옥골선풍(玉骨仙風) 노인의 놀란 얼굴이었다.

　"아, 조금 전에 보았던……."

　서소향이 알아보고 안도의 한숨을 내쉴 때였다.

　"조금 전이라니? 벌써 어제인걸!"

　노인의 어리둥절한 눈을 보고서야 서소향은 어느덧 날이 밝아 주위가 훤하다는 것을 깨달았다.

　"그, 그럼 벌써……."

　서소향의 혼이 달아난 듯한 얼굴을 보며 진근양은 얼굴을 찡그렸다.

"무슨 일이 있었던 게냐?"

"그러니까 그 일이……."

어젯밤 일을 기억하던 서소향이 온몸을 부르르 떨었다.

끔찍하던 광경.

진충덕이 악마로 변해 괴인을 갈가리 찢어 죽이고, 또 죽었던 괴인이 스멀스멀 일어나던 광경, 그리고 또 괴인의 몸이 진충덕 몸 안으로 사라지던 그 잊지 못할 기억들…….

"아, 꿈이었나?"

서소향은 흘린 땀으로 등까지 홍건히 젖어 신열이 오른 사람처럼 홀로 중얼거렸다.

꿈이 틀림없었다.

그것도 지독한 악몽이 틀림없었다.

진충덕의 악마 같은 모습이야 두 번째 보는 것이지만 어찌 갈가리 찢겨 죽었던 사람의 몸이 다시 붙고, 또 다른 사람 몸 안으로 빨려 들어가듯 사라질 수 있단 말인가.

"맞아, 꿈이었어……."

허옇게 갈라진 입술 사이로 신음처럼 중얼거리는 서소향을 보며 진근양은 정신을 차릴 수가 없었다.

어제 사라진 이후 진충덕은 어디로 가고 이 아이 하나만 괴상한 꼴로 나타났단 말인가.

또 괸자놀이는 왜 이리 퍼덕거리며 머리를 쪼갤 듯한 두통이 밀려온단 말인가.

'땀에 절으니 암내도 심해지나 보구나!'

진근양은 머리까지 절레절레 내저으며 숨을 참느라 입술을 오리 주둥이처럼 쭉 내밀고는 다시 물어보았다.

"차근차근 설명해 보거라. 무슨 일이 있었던가를."

"아니, 꿈이 틀림없어요. 그것도 악몽이."

서소향은 뒤늦게 정신이 드는지 땀에 젖어 찰싹 뺨에 붙어 있는 머리카락을 떼어내며 정신 나간 듯 웃었다.

'그래, 꿈이야. 꿈이었어!'

하지만 안도의 한숨과 함께 웃던 서소향의 얼굴이 딱딱하게 굳어졌다.

저 멀리 낮게 깔리는 먼지와 함께 자신을 향해 미친 듯이 달려오는 그 무언가를 보았기 때문이었다.

서소향이 보았는데 진근양이라고 보지 못할 리가 없었다.

"어라? 저 사람은?"

진근양이 어이없다는 듯 멍하니 바라보는 곳에선 웬 네 발로 미친 듯 뛰어오는 그 무엇인가가 있었다.

그것은 얼른 서소향의 다리 사이로 파고들어 고개를 파묻으며 혀를 빼물고 헐떡거렸다.

"끼이잉, 끼이잉."

영락없이 동네 큰 개에게 쫓기는 강아지 형상을 한 사내.

진근양은 웬 미친놈을 다 본다는 듯한 시선이었지만 서소향은 결코 그럴 수가 없었다.

그래서 고검주를 바라보는 서소향의 눈동자는 사정없이 흔들리고 있었다.

"여기가 바로 거기냐?"

진근양은 무거워진 안색으로 서소향을 향해 물었다.

끄덕끄덕.

이 자리엔 있기조차 싫다는 듯 서소향은 눈을 질끈 감은 채 정신없이 고개를 끄덕였다.

"으흠……."

진근양은 이해하지 못하겠다는 듯 다시 주위를 천천히 둘러보았다.

흔적은 있었다.

무언가 격렬한 대결이 있었던 듯 땅이 헤집어져 있고 주위의 나무는 듬성듬성 쓰러진 채 몸을 뉘이고 있었다.

"믿기 어렵군."

진근양은 다시 턱을 간질이는 척하며 콧구멍을 막고는 다시 중얼거렸다.

진충덕에 대해서는 누구보다 잘 아는 진근양이었다.

또한 마혈의 위력에 대해서도 잘 알고 있었다.

아니, 다른 건 몰라도 마혈의 주인 심복인 사대봉공과 직접 손속을 겨룬 적도 있던 진근양이 아닌가.

단 한 명이 무림을 피에 젖게 만들 수 있다면 바로 그 사람이 진충덕이었다.

그런데 상대는 분명 진충덕을 손쉽게 제압했다지 않은가.

그것도 이미 찢기어 죽은 몸으로 다시 환생해서 말이다.

"노는 곳을 훑어본 바 상대는 동쪽으로 간 것 같습니다."

추단현예가 일제히 숲 속에서 몸을 나타내며 신중한 어조로 말했다.

그리고 추단현예 중 막내인 추단사예(推端四刈)의 손엔 작은 끈이 들려 있고, 그 끝엔 계속 낑낑대고 있는 고검주가 목을 매인 채 끌려오고 있었다.

"동쪽이라… 애야, 넌 혹시 그 괴인이 어디로 갔을지 짐작 가는 곳이 없느냐?"

진근양이 서소향을 향해 혹시나 하는 마음에 물었을 때였다.

무언가 곰곰이 생각에 잠겼던 서소향이 갑자기 무슨 생각이 떠올랐다는 듯 입을 쩍 벌렸다.

"제 남편이요! 남편에게 갔을 거예요!"

"남편이라니?"

갑작스런 말에 진근양이 놀라 되물었다.

"진금행! 진금행 모르세요? 무림맹 중에서도 조천대, 그 조천대를 맡고 있는 진금행을요!"

"그럴 리가!"

이번엔 진근양의 눈이 서소향보다 더욱 크게 부릅떠졌다.

결코 있어선 안 될 일이었다.

그 같은 괴인이 자신의 사랑스런 외손주인 진금행을 노리고 있다는 사실에 놀란 게 아니었다.

어디서 굴러먹던 년인지 몰라도 지독한 암내를 풍기는 계집이 바로 자신의 황금과도 바꾸지 않을 만큼 소중한 진금행의 마누라라는 점 때문이었다.

"그럴 리가!"

진근양이 다시 한 번 코맹맹이 소리를 내며 크게 외쳤다.

"맞아요! 분명해요. 살신장 운운하면서 제 남편에게 큰 관심을 나타냈단 말이에요!"

"그럴 리가 없다!"

다시 진근양은 고개를 설레설레 저었다.

'저런 년이 내 외손주의 마누라일 리가 없지 않은가!'

입을 쩍 벌리는 진근양의 손목을 확 낚아채듯 잡은 서소향이 다급한 목소리로 부르짖었다.

"급해요! 내 남편이 다 죽게 생겼다니까요!"

"그럴 리가!"

"왈왈!"

"글쎄, 맞다니까요. 그러니까 얼른 내 남편에게 달려가야 한다구요!"

"그럴 리가!"

"왈왈!"

갑작스럽게 산속이 시끄러워지기 시작했다.

진충덕이 웬 괴인에게 사로잡혔다는 사실보다 갑자기 진금행에게 마누라가 생겼다는 사실에 더욱더 정신을 차리지 못하는 진근양의 얼굴이 시뻘겋게 달아올랐다.

"맞아요!"

답답하다는 듯 진근양의 손목을 놓은 후 손을 자신의 허리에 가져다 붙인 채 뾰족한 목소리로 서소향이 고개까지 끄덕이며 말했을 때 진근양의 머리 속은 더욱 아득해져 갔다.

그리고는 죽어가는 목소리로 조그맣게 속삭였다.

"제발 퍼덕거리지 좀 마……. 될 수 있으면 팔은 몸통에 붙이고… 우욱~"

하지만 정작 다급한 심정의 서소향은 진근양의 말을 듣는 둥 마는 둥 다시 진근양의 손목을 잡아챘다.

"이 영감탱이가 뭐라고 중얼거리는 거야? 내 낭군이 다 죽어가게 생겼다는데!"

"왈왈!"

그러나 서소향의 다급한 마음을 알아주는 것은 고검주 하나뿐이었다.

제12장

남궁천 —진금행에게 부탁하고, 남궁천 불연을 만나다

"서, 성녀는?"

백연강과 구대문파의 사람들이 번잡스런 예를 끝으로 산 아래로 내려갔고, 건곤무적도 성윤위는 녹림십팔채 총채주의 신분으로 배웅을 간 직후였다.

대략 상황이 조금 정리되자마자 가장 먼저 진금행의 넓쩍한 낯짝에 얼굴을 들이민 것은 바로 종리혁이었다.

"뭐가?"

"서, 성녀 말이야, 성녀!"

"저기 있잖아!"

진금행이 귀찮다는 듯 손가락 하나를 들어 한곳을 가리키자 종리우와 종리혁의 시선이 일제히 그쪽으로 향했다.

그리고는…

"제길! 장난하나!"

"이, 이럴 수는 없어……."

종리우는 눈알의 흰자위란 흰자위는 다 뒤집어 까서 진금행을 노려보았고 종리혁은 아예 제자리에 털퍼덕 주저앉았다.

"뭐가?"

심드렁하게 되묻는 진금행을 씹어삼키겠다는 듯 종리우가 으르렁댔다.

"저런 괴물이 성녀일 리 없잖아! 그리고 저건 수컷이라구, 수컷!"

"수, 수컷도 아니고 괴, 괴물이지!"

종리혁도 초점 잃은 멍한 눈으로 동생의 말에 맞장구를 쳤다.

그제야 무슨 뜻인지 안 진금행이 히죽 웃었다.

"아항, 묘웅이 말고 묘웅이 품 안에 있는 작은 계집애를 보라구."

"작은 계집애?"

그제야 다시 시선을 돌려보니 자존심이 상한 듯 이빨을 허옇게 드러낸 묘웅의 품속에서 작은 계집아이를 볼 수 있었다.

"저건?"

종리혁이 제일 먼저 후닥닥 몸을 일으켜 다가가 내려다보았다.

"아, 아니, 무슨 이런 개종자가 다 있어! 너, 손이나 씻었어어?"

묘웅이 질색하고 무아를 더욱 꼭 껴안았지만 종리혁에게 있어 그것은 아무런 문제가 되지 않았다.

배화교 불꽃의 주인이 드디어 나타난 것이다.

그토록 찾아 헤매다 이젠 인연의 끈을 놓아야겠단 생각이 들 때 거짓말처럼 눈앞에 나타난 성녀를 보는 종리 형제의 감회는 남다를 수밖에 없었다.

"이, 이렇게 예쁘고, 또 이, 이렇게 작았구나……."

종리혁의 옆통수에서 눈물이 글썽거렸다.

"이 아이 이름이 뭐지?"

종리우가 묘웅을 저도 모르게 사랑스런 눈길로 보며 물었다.

"응, 무아(无兒). 무아라고 해."

종리우의 뜨뜻한 눈길에 취해서인지 묘웅의 거뭇거뭇 구레나룻이 자란 양 뺨에 홍조까지 피었다.

"무아! 그래서!"

"화, 화혼탁(火魂託)이 없을 무(無)를 쓴 것은 성녀가 없기 때문이 아니라……."

종리우와 종리혁이 서로의 얼굴을 마주 보고 저도 모르게 큰 소리로 외쳤다.

삼 년에 한 번 답을 해준다는 화혼탁에 성녀의 행방을 물었을 때 기다릴 대(待) 자만 적었지 않았던가.

하지만 몇 달 전 마지막으로 물었을 때의 대답은 없을 무 자였다.

그래서 낙담한 채 배화교의 재건을 그저 꿈으로만 간직했는데 바로 무아(无兒)란 이름의 계집애가 나타났으니 화혼탁이 틀린 게 아니었다.

"으흠……."

묘웅의 품에서 무아가 천천히 눈을 떴다.

그리고는 묘웅마저도 놀랄 일이 벌어졌다.

도통 아는 말이라곤 '없어' 밖에 없던 아이, 자신마저도 가까이 다가가기 힘들 정도로 낯가림이 심하던 아이가 잠에서 깨자마자 종리혁의 얼굴을 보며 배시시 웃는 게 아닌가.

원래 아이들은 잘 웃는 법이었다.

그리고 잠에서 막 깨어 방긋 웃는 아이는 귀여운 법이었다.

그러나 무아가 지금 쳐다보는 것은 바로 종리혁의 얼굴이 아닌가.

종리혁이 어디 보통 얼굴이던가.

게다가 지금은 머리털이 홀라당 타버리고 눈썹까지 없는, 그야말로 빡질빡질한 대가리에 머리통부터 온몸엔 알지 못할 검붉은 선들이 가로지르고 있지 않은가.

게다가 어린아이가 보기엔 너무도 거북스러울 게 분명한 옆통수에 가 붙은 눈에선 눈물까지 흘리고 있었지만 그런 종리혁의 얼굴을 보며 무아는 방긋방긋 웃고 있었다.

아니, 웃는 것으로도 모자라 아예 가슴에 곱게 모으고 있던 한 손을 펴 자신을 내려다보는 종리혁의 뺨을 작은 손바닥으로 어루만지는 게 아닌가.

"고생 많았쪄……."

불 뿜는 괴물일 때를 제외하고 작은 아이의 입에서 처음으로 '없어' 란 말 대신 낯선 단어가 튀어나왔다.

"오오, 성녀시여……."

종리혁이 그 자리에서 무릎 꿇고 머리를 조아렸다.

이제 고생은 끝난 것이었다.

마지막 배교의 장로였던 사부의 꿈을 드디어 이룰 수가 있게된 것이다.

"이젠 다 잘될 거야… 모든 것이 다……."

묘웅의 품에 안긴 채 어린아이답지 않은 은은한 눈빛으로 무아는 오체투지한 종리혁의 모습을 보며 조그마한 입을 열어 종알거리고 있었다.

그 모습은 참으로 기묘하면서도 장중했고, 우스우면서도 성스런 그 무엇이 있었다.

성윤위의 배려로 말 몇 필이 지원되었지만 진금행의 인상은 그다지 좋은 편이 아니었다.

"뭐가 불만이야!"

강구의는 서서 어린아이인 요령의 기저귀를 한 손으로 능숙하게 갈아주다 말고 진금행을 고리눈으로 노려보았다.

성윤위와 어쩌다 보니 혼인한 아줌마 신세로 전락했지만 강구의가 어떤 인물이었던가. 강구의 이름 석 자만 들어도 사천의 모든 생명체는 숨을 죽일 정도가 아니었던가.

그런데 강구의가 여자라는 비밀을 토설한 인물이 바로 진금행이니 자연 강구의의 눈매가 부드러울 리 없었다.

"좋아, 그러지 뭐. 일단 산 아래로 내려가면 마차는 구할 수 있을 거고……"

진금행은 혼잣말처럼 중얼거린 후 가장 만만해 보이는 말 한 마리를 골라 올라탔다.

그리고는 놀라운 일이 벌어지고야 말았다.

말이… 말이 진금행 엉덩이 사이에 끼인 것이다.

흡사 우문하 엉덩이 사이에 말뚝이 들어가 박힌 것처럼 진금행의 넓찍한 엉덩이 사이에 말이 틀어박혀 버린 것이다.

멍하니 그 놀라운 광경을 보던 이교옥이 이해가 안 된다는 듯 물었다.

"기마술을 배우지 않았나?"

"웅, 마차를 타지 귀찮게 왜 말을 타?"

진금행이 별말을 다 듣겠다는 듯 이교옥을 쳐다보았다.

"오우~"

진금행의 말이 너무도 의외였던가? 주개육이 크게 놀라더니 진금행을 여기저기 훑어보다가 조심스럽게, 또 너무도 부럽다는 듯 말했다.

"쟤 참 귀하게 자랐구나?"

"지랄하네! 너처럼 막 자란 인생이 여기 어디 있냐!"

현통이 섭각우 도현에게 맞은 후유증으로 떡이 되어 부푼 거무죽죽한 얼굴로 주개육을 흘겨보았다.

"자꾸 그러지 마! 난 그저 똥구멍이 찢어져라 가난한 집에서 태어난 죄밖에 없어!"

주개육이 그게 어디 자신 탓이냐는 듯 억울하단 눈빛과 함께 현통에게 고함을 버럭 질렀다.

하지만 그 즉시 더 큰 고함 소리가 주개육의 고함 소리를 누르고 있었다.

"가난하지 않아도 똥구멍 째지는 놈도 있어! 똥구멍은 항상 찢어지라고 있는 거니까 니가 억울할 건 아무것도 없다구!"

왠지 정신을 차리고 보니 역시나 얇은 작대기가 엉덩이에 또 한 번 박혀 있는 이해 못할 일을 치러낸 우문하가 당연하다는 듯 울부짖었다.

"시끄러워 죽겠군. 아무튼 얼른 산 아래로 내려가자구. 얘가 얼마 못 버틸 거 같으니."

진금행이 가랑이 사이에 끼인 채 헐떡거리는 말을 보며 채근하자 그제야 조천대가 천천히 산 아래로 내려가기 시작했다.

처음 시작이 미미했던 것처럼 무림맹의 원로원을 누른 지금도 조천대의 행색은 초라하고, 또 그만큼 무질서한 대오를 유지한 채 천천히 산 아래를 향하고 있었다.

"복잡하군……."

진금행은 지금 호화로운 마차 안에서 종리혁의 벌거벗은 등가죽을 감상 중이었다.

강구의의 정체를 알려준 대가로 성윤위에게서 단단히 한몫 받아내 산 마차는 모두 두 대로 한 대는 진금행이 타야 했으니 넓고도 큼직한 호화로운 것으로, 다른 하나는 나머지 종자들을 태워야 했으니 그보다 조금 초라한 마차였다.

백연강에게 약속한 선물.

바로 혈첩이 되었든 뭐가 되었든 종리혁의 몸에 그려진 게 바로 괴상한 귀문(鬼紋)이긴 했으니 지금 그것을 해석하는 중이었다.

"뭔가 오는 것 같은데?"

그 모습을 찬찬히 옆에서 지켜보던 종리우가 갑자기 긴장하며 마차가 가는 방향 쪽을 바라보았다.

"웅, 웃는 낯짝이군."

진금행은 마치 누가 오는 것인지 알고 있는 것처럼 종리혁의 등짝에서 고개도 돌리지 않고 대답했다.

"웃는 낯짝이라면 온양? 혈루소면객(血淚笑面客) 온양 말이야?"

말없이 고개를 끄덕이는 진금행.

"약속이 되어 있던가?"

이교옥이 의외라는 듯 묻자 진금행이 고개를 가로저었다.

"아니, 그냥 갑자기 온 건데? 왜 그러지?"

진금행의 심드렁한 대답이 마음에 들지 않는다는 듯 이교옥이 또 한 번 물었다.

"그런데 넌 어떻게 알았지? 온양이 온다는걸?"

진금행이 그제야 고개를 들고는 그것도 모르냐는 듯 한심하단 눈길로 한동안 쳐다보더니 입을 열었다.

"그냥!"

진금행의 말이 끝나기가 무섭게 마차의 창가 휘장이 걷히며 늘어져 접힌 눈매에 입꼬리는 양쪽 귀까지 찢겨 올라가 활짝 웃는 온양의 얼굴이 나타났다.

"오랜만이오, 대주."

"일은 대강 되었나 보지?"

진금행은 반갑다는 인사도, 어떻게 지냈냐는 말도 없이 귀찮다는 듯 물었다.

하지만 온양의 얼굴은 그래도 웃고 있었다.

"대강 되었다기보다는… 일을 만들 수 있을 것도 같아서."

"오대세가 애들이 모두 문주 직위를 버리고 튀었다는 거 알아?"

진금행이 온양의 잘못을 추궁하듯 묻자 온양의 웃는 얼굴이 조금 굳어졌다.

"어느 날 감시를 놓쳤더니 그렇게 되었더군. 그래서 어쩔 수 없이 그 아들을 감시하고 있네만……."

"한마디로 나 잘못했으니 용서해 달라고 온 것이군."

진금행은 일이 어떻게 되었는지 알겠다는 듯 그제야 고개를 돌려 온양의 얼굴을 쳐다보았다.

아마도 온양에게 오대세가의 감시를 맡긴 모양인데 온양이 그 일을 잘 못해낸 것이 틀림없었다.

"그래, 잘못에 대한 대가는 어떻게 치를 건데?"

"……."

진금행의 질문을 받은 온양의 웃는 얼굴이 왠지 난처해 보였다.

"말뚝으로 똥구멍을 쑤셔 버려! 그게 제일 화끈하다구!"

저 멀리서 엿듣고 있던 우문하가 신난다는 듯 크게 외쳤다.

온양의 웃는 얼굴이 왠지 찌그러져 보이는 듯하더니 절규처럼 대답했다.

"한 사람만 빌려주게!"

"……?"

진금행이 무슨 말이냐는 듯 온양의 찌그러진 채 웃는 얼굴을 쳐다보았다.

"한 사람을 잡으려는데 그 주위에 이상한 그림자가 있네. 눈에 띄지 않게 잡으려면 꼭 한 사람이 필요해."

진금행의 눈동자에 필사적으로 눈을 맞추며 온양이 식은땀을 흘렸다.

오대세가의 감시.

이미 남궁세가와 얽혀든 인연으로 볼 때 온양만큼 그 일에 적절한 사람은 없었다.

하지만 그 일에 실패하고 만 것이다.

그것이 다른 사람도 아닌 진금행이 내린 명령, 그 명령 하나에 낭가촌 모든 식구들의 목숨이 달려 있는데도 말이다.

그러나 큰마음 먹고 부탁한 말에 정작 진금행의 태도는 무관심 그 자체였다.

"누구? 아무거나 골라잡아 봐. 종류별로 다 있으니까."

"꿀꺽."

온양은 자신의 부탁이 이토록 수월하게 이루어지자 할 말을 잃고 말았다.

그리고 문득 떠오른 생각.

'아! 저 자식의 최대 관심은 돈과 여자와 음식이었지.'

그랬다. 그 세 가지 외에 다른 것엔 전혀 무관심한 놈이 바로 진금행이었다.

만약 돈 한 푼이라도 빌려달라고 했다면 아마 그 자리에서 칼부림이 났겠지만, 사람이라면 차고 넘치는 조천대에서 한 사람쯤 없어지는 것엔 전혀 신경 쓰지 않을 놈이었다.

'아참! 내가 빌리려던 게……'

온양은 다시 한 번 식은땀을 흘려야 했다.

자신이 요구한 그 한 명이 바로 암컷이란 걸 깨달았기 때문이다.

"저어기, 그러니까 그게……."

온양의 말이 끝나기도 전에 세모꼴 얼굴이 온양의 얼굴 앞으로 바싹 다가왔다.

"오대세가와 관련된 일인가?"

갑작스런 당경의 말에 온양이 무슨 일인가 싶어 고개를 끄덕였다.

당경과 온양은 모두 살수행(殺手行)을 업으로 삼는 사람들이었다.

다른 사람의 생명을 냉정히 끊으려면 남과 달라야만 했다.

그만큼 고독하고, 냉정하고, 무정해야 했다.

한 사람의 어깨에 내려앉은 고독의 무게만큼 다른 사람의 마지막 숨을 가져갈 기회가 더욱 커지는 것이다.

그렇기에 다른 사람과 정을 나눈다는 것은 상상도 하지 못했고, 마주한 상대가 같은 살수라면 누군가 하나는 마지막 숨을 거두어야 모든 것이 끝난다.

그런데 같은 살수인 당경이 온양의 얼굴 가까이에 세모꼴 얼굴을 들이밀었으니 얼마나 당혹스런 일인가.

"그럼 사천당문도 관련되었겠군."

온양은 다시 한 번 고개를 끄덕였다.

당경의 세모꼴 얼굴 아래에 새빨간 얇은 입술이 얄팍한 웃음을 만들어내었다.

"좋군, 아주 좋아."

무엇이 좋은지 몰라도 당경은 진금행 쪽으로 고개를 돌렸다.

"나도 같이 갔으면 좋겠군. 전에 끝내지 못한 일이 좀 있어서 말이야."

당경의 세모꼴 눈이 진금행을 향하는데 진금행은 관심없다는 듯 한 마디만 내뱉을 뿐이었다.

"살살 다뤄."

"……!"

당경의 세모꼴 눈이 묘하게 일그러졌다.

당경이 온양에게 사천당문에 대해 물어본 것은 혹시나 진금행이 이미 자신과 사천당문의 진정한 관계를 알고 있는지 알고 싶어서였다.

그런데 이미 자신의 신분뿐 아니라 의도까지도 훤히 꿰고 있는 듯하지 않은가.

게다가 깜빡했다는 듯 진금행이 종리우를 쳐다보았다.

"쟤도 데려가. 아마 손발이 잘 맞을 거야. 세 명 다 밤이슬 맞으며 혈향(血香)을 맡는 독특한 취미가 있을 테니."

"난 성녀를 보호해야 해!"

종리우가 난데없이 거기에 왜 끼어야 하냐는 듯 항의 표시를 확실히 했지만, 불행히도 항의의 상대가 진금행이란 걸 깜빡한 모양이었다.

진금행의 가늘게 째진 눈알이 종리우를 향했다.

"성녀를… 보호… 할 사람이야 많겠지. 휴우~"

체념한 듯 종리우의 고개가 한숨과 함께 아래로 떨구어졌다.

진금행은 당연히 그럴 줄 알았다는 듯 온양을 보며 물었다.

"좋아, 됐군. 잘 어울릴 거야, 손발도 잘 맞고. 아참, 그런데 누굴 빌려달라고 하지 않았던가?"

온양은 그제야 자신이 여기까지 온 목적을 깨달았는지 다시 뒤통수에 식은땀을 매달고는 활짝 웃었다.

"응, 이놈이 아무래도 변태가 돼놔서 보통 여자로는 만족하지 못하거든. 게다가 취미도 별라서 특수한 미끼가 아니고서는 도저히 사로잡지……."

"오모모~ 안 돼애! 나는 무아를 돌보느라 바쁘단 말이야아~!"

온양의 말이 끝나기가 무섭게 묘웅이 부끄럽다는 듯 홍조 띤 양 뺨에 털이 북실북실 난 손등을 가져다 대었다.

벌거벗은 등짝을 진금행 쪽으로 돌리고 앉아 그 꼴같잖은 꼴을 지켜보던 종리혁이 참을 수 없다는 듯 혼잣말처럼 중얼거렸다.

"미, 미친년."

일이 이상하게 돌아가는 것 같자 온양이 얼른 서둘러 큰 목소리로 말했다.

"난, 내가 원하는 사람은 바로 예쁘장한 여승 불연이네!"

"힛꾹! 제길! 난 빠질… 힛꾹!"

당경이 뒤늦게 도리질쳤지만 이미 진금행 입에서 말이 떨어진 일을 당경의 힘으로 뒤집기엔 너무도 버거운 일이었다.

"부탁 좀 합시다."

"뭘?"

마차에서 내린 채 멀리 사라지는 네 명을 지켜보던 진금행이 교주 귀에 대고 나지막이 말했다.

"알잖수."

"내가 쟤들을? 어이구! 하나는 혈루소면객이요, 또 다른 하나는 혈지주(血蜘蛛), 마지막은 밀영각의 흑백살귀(黑白殺鬼)인데도 내가 보호하라구? 내 목이 남아나면 다행인 애들인데? 솔직히 나도 쟤들을 어둠 속에서 만난다면 고생 좀 해야 할 거야. 그런 애들이라구."

교주가 말도 안 된다는 듯 피식거렸다.

"내가 쟤들이 성공할 거라 믿고 보낸 것 같수?"

하지만 진금행은 교주의 가운데로 쏠린 눈을 쳐다보며 진지하게 말을 건넸다.

"그럼 실패할 줄 뻔히 알고 죽으라고 보냈단 말이야? 이런 말도 안 되는……."

교주는 또다시 피식피식 웃음을 짓다 말고 웃던 얼굴 그대로 굳어버렸다.

진금행의 작디작은 눈가에서 전혀 웃음기를 발견할 수 없었기 때문이었다.

'이 인간이? 정말이로군!'

교주가 등 뒤로 식은땀을 흘리며 물었다.

"그런데 저 공포스런 세 놈을 곤경에 빠뜨릴 수 있는 놈이 있긴 하나 보군. 도대체 누가?"

하지만 진금행은 대답 대신 교주의 몰린 눈을 그저 뻔히 쳐다보고만 있었다.

"알았어! 알았다구! 내가 따라갈게. 그런데 웬일이지? 갑자기 저놈들을 걱정도 해주고?"

교주에게 허락의 말을 받아내서인지 볼일 끝났다는 듯 휭하니 등을 돌리는 진금행.

"모르우. 그동안 정이라도 들었나 보지."

진금행의 대답에 기도 안 찬다는 듯 더운 숨을 불어 내쉬던 교주가 말도 안 된다는 듯 부르짖었다.

"정? 에라이, 인간아! 아예 괴물 묘웅이한테 성욕을 느낀다고 해라!"

교주는 그 말을 끝으로 재빨리 온양의 뒤를 따라 몸을 날렸다.

한 켠에 세워둔 마차 문이 벌컥 열리더니 씨근덕거리며 내리는 사람의 핏발 선 눈알을 보았기 때문이었다.

"저놈에 영감탱이가아! 주굴라구우!"

묘웅이었다.

＊　　　　＊　　　　＊

남궁천은 기분이 좋았다.

아버지의 모든 유산이 제 손아귀에 들어왔기 때문이었다.

남궁호가 남궁세가의 가주 자리와 무림맹의 청룡단주 자리를 아들인 자신에게 넘겨줬을 때 남궁천은 세상을 다 가진 것 같았다.

이제 남궁가의 가주로서, 또 무림맹 청룡단주로서 세상에 남궁천 세 글자를 휘날릴 수 있을 거라 각오를 다진 것이다.

그러나…

"제길! 카악, 퉤!"

남궁천은 입 안이 씁쓸했는지 가래침을 옆으로 뱉어내었다.

"난 꼭두각시야. 항상 꼭두각시였다구. 난 그저 그런 놈이란 말이지!"

남궁천의 불만은 그것이었다.

지금도 자신의 의지대로 할 수 있는 것은 아무것도 없었다.

자신을 탐탁찮은 눈길로 바라보던 아버지가 그저 손가락으로 한쪽을 가리키면 죽어라 달려가야 하는 존재가 바로 남궁천 자신인 것이다.

'그리고 지금도·역시……'

자괴감 때문인지 먼 하늘을 쳐다보며 슬픈 웃음을 지어보는 남궁천이었다.

남궁호가 자신에게 괴상한 밀명을 내려준 이유를 곰곰이 따져 보던 남궁천이 속이 탄다는 듯 다시 신경질적으로 가래침을 뱉을 때였다.

"후읍!"

남궁천은 눈앞에 어디선지 낯이 많이 익은 사람을 보고는 땅바닥까지 길게 이어졌던 가래침을 도로 빨아들였다.

"오호, 이게 누군가!"

소매로 입가를 훔치며 나지막이 중얼거리던 남궁천의 눈이 번뜩였다.

그리고 천천히 허리를 펴고 두 손은 등 뒤로 돌려 뒷짐을 졌다.

갑자기 분위기가 확 바뀐 듯, 짐짓 배까지 앞으로 내민 남궁천의 모습은 남궁가 젊은 가주의 패기와 영민함까지 내비치고 있었다.

흡사 기개가 살아 있는 젊은 고수처럼 앞으로 걸어가던 남궁천이 우연히 마주친 듯 눈을 크게 떴다.

"아니, 이게 누구십니까. 전에 뵈었었지요?"

"어머. 아미타불. 저를 아시던가요?"

불연이 갑작스럽게 맞닥뜨려 놀랍다는 듯 한 손으로 입을 막고는 눈을 동그랗게 떴다.

남궁천은 그 순진한 눈망울을 보자 등뼈를 타고 오른 기운이 온몸을 쏴 하고 휘도는 것을 느꼈다.

온몸에 벌레가 기어다니는 것 같은 느낌.

그것은 오랜만에 느껴보는 흥분이었다.

"아미파의 불연 신니를 모르는 사람이 현 강호에 몇 명이나 되겠습니까. 험험, 전에 무림맹에 오셨을 때 스치듯 인사를 나누었던 남궁천이라고 합니다. 현 남궁세가의 가주이자 무림맹 청룡단의 단주를 맡고 있지요."

남궁천이 으스대듯 더욱더 배를 내밀며 만면에 웃음을 띠었다.

"아, 예. 남궁 가주셨군요. 제 기억이 불민해 기억 못한 것을 용서하세요."

불연이 발갛게 뺨을 물들이며 합장과 함께 얼른 고개를 숙였다.

"아닙니다. 살다 보면 그럴 수도 있지요."

남궁호는 개념치 않는다는 듯 껄껄 웃으며 손사래를 쳤다.

'이년아, 너랑 나랑 마주친 적이 한 번도 없으니 당연히 몰라봐야 정상인 것이다. 내가 진즉 너같이 야들야들한 년을 보았다면 이미 너는 내 배 밑에 깔려 비음을 내질렀어야 하지 않았겠느냐! 다행히 조천대라는 잡동사니를 조사하다 네 형색을 그린 그림을 보았을 뿐인데 오히려 실물이 더 훌륭할 줄은 내 미처 몰랐구나!'

남궁천은 자꾸 달아오르려는 몸을 식히려는지 뒷짐진 손을 쥐락 펴락 하고 있었다.

"그런데 여긴 무슨 일로? 그 유명한 조천대의 일원이신 걸로 알고 있는데……."

남궁천은 느끼한 목소리로 물으며 불연의 몸매를 눈으로 핥듯이 위아래를 살살이 훑어보았다.

'캬아, 죽이는구나.'

남궁천은 또 한 번 속으로 탄성을 발했다.

보면 볼수록 마음에 드는 계집이었다.

남궁천이 누구던가.

뒤로는 오대세가 중 당당히 한자리를 차지하는 남궁가가 있었고, 앞으로는 무림을 호령하는 무림맹을 둔 사내였다.

자연 태어나서부터 남궁천은 다른 대우를 받았고, 원하는 그 무엇이든 손에 넣지 못하는 게 없었다.

그러니 남궁천의 취향과 선호하는 것 역시 보통 사람과는 다를 수밖에 없어 여자에 대한 선호 또한 달라지게 되었다.

남궁천의 나이 열하나에 여자를 처음 안 이후 주위에 품어보지 못한 계집은 없을 정도라 해도 틀린 말이 아니었다.

그러니 남궁천이 젊고 반반한 계집에겐 더 이상 성욕을 느끼지 못하는 것도 당연한 일.

그 정도가 심해지자 늙은 과부이거나 기형의 몸을 가지고 태어난 장

애 여성이 아니라면 남궁천의 눈길도 사로잡을 수 없을 정도였다.

남들이 자신을 가리켜 변태일지 모른다고 뒤에서 수군거리는 것도 이미 알고 있었다.

그러나 그런 숙덕거림까지도 즐기는 남궁천은 진정 변태 그 자체였으니, 불연을 보는 눈길은 남다를 수밖에 없었다.

'가만있자. 갓 죽은 계집 종을 무덤에서 파내 범한 이후 여자에 대한 흥미를 잃어버린 지 오래이거늘. 오늘 이렇게 싱싱한 년을 만나니 회가 동하는구나! 정숙하고 순결한 아미파의 계집 중을 왜 그동안 생각하지 못했을꼬!'

남궁천의 머리 속에선 벌써 성결한 아미파 여승의 옷을 하나하나 벗기는 자신이 그려지고 있었다.

그런 남궁천의 상상을 전혀 모르는 불연은 기다란 속눈썹을 파르르 떨더니 우물쭈물거리며 대답했다.

"글쎄요. 아미타불. 제 미숙함이 너무도 커 조천대주에게 쫓겨났네요."

"조천대주요? 진금행 말입니까? 아니, 무슨 일이기에 이렇게 맛나게 생긴 암컷 땡중, 아아, 아니, 아미파의 성결한 여승을 내쫓는단 말입니까? 그것도 무림맹의 원로원과 비무를 벌여 이기는 데 결정적인 역할을 한 사람을요?"

남궁천이 의외라는 듯 눈을 동그랗게 떴다.

결국 불연이 조천대에서 쫓겨났다는 이야기인데, 자신에게 올라온 정보 중에 그런 일이 있다곤 들어보지 못했기 때문이었다.

불연은 처연히 예쁜 눈동자를 아래로 내리깔며 조심스럽게 한숨을 쉬었다.

"이야기를 하자면 꽤 길어요."

'긴 이야기라면 더욱 좋지!'

남궁천은 속으로 음흉하게 웃으면서도 겉으로는 안됐다는 듯 불연의 어깨를 잡으며 위로를 건넸다.

"무슨 사연이 있는가 보군요. 꿀꺽~"

남궁천은 저도 모르게 침을 넘기느라 울대가 크게 요동 쳤다.

회색 가사 아래로 느껴지는 야들야들하고 탄력있는 피부에 저도 모르게 진저리까지 칠 정도였다.

'가만, 이년은 남자를 모르지 않은가! 하긴 깊은 아미산에서 남자를 접해보지 못했으니 당연한 일일지도 모르지. 아무리 그래도 이건 순진한 게 아니라 띨빵한 것 같은데?

붉어진 눈으로 남궁천이 순진한 것인지, 아니면 띨빵한 것인지 슬쩍 떠보려 은근한 목소리로 말을 건넸다.

"아무래도 남궁가의 가주로서, 또 무림맹 청룡단의 단주로서도 그냥은 지나치지 못할 문제가 분명하군요. 마침 이 주위에 남들 이목을 피해 정담을, 아니, 긴한 이야기를 나눌 곳을 한곳 알고 있습니다. 거기서 곡차라도 나누면서 이야기를……."

남궁천이 불연의 어깨를 자꾸 주물럭거리면서 조심스럽게 묻자, 불연은 눈을 귀엽게 깜빡였다.

"곡차요? 저희 아미파에서도 찻잎을 따는데 곡차를 담그지는 않아요."

"곡차 안 드셔보았습니까?"

"예."

순진하게 대답하는 불연을 보자 남궁천은 더욱더 후끈 몸이 달았다.

남궁천으로서는 잘못하면 뺨 맞을 각오로 말을 건넨 것이었다.

하지만 뺨을 치기는커녕 순진하게 긴 손눈썹을 깜빡이지도 않고 도리어 깊은 눈동자로 자신을 쳐다보는 게 아닌가!

'난 복받은 거! 이년은 분명 딸빵한 년이 틀림없어!'

남궁천은 아예 혀로 입술을 축이며 불연을 축축한 눈길로 바라보았다.

"그럼 제가 좋은 곳으로 모시고 가 곡차를 대접하지요. 거기서 무림 정세도 이야기하고 극락보다 더 좋은 것도 서로 나눠가면서……."

남궁천의 목소리는 조금씩 떨리고 있었다.

제13장

곡차 ─불연 곡차에 취하고, 남궁천 거품을 물다

곡
차

"뱃속 고름이요?"

남궁천이 의외라는 듯 큰 소리로 물었다.

"니예."

불연은 혀가 꼬부라졌는지 괴상한 발음과 함께 속눈썹을 내리갈며 고개를 숙였다.

"거참, 처음 듣는 소리군요. 그나저나 이상하게 오늘은 부엉인가 뻐꾸긴가 지랄맞게도 울어대는군요."

남궁천은 어디선가 갑작스레 '힛꾹~ 힛힛꾹~' 울어대는 새소리에 짜증이 난다는 듯 인상을 찡그렸다.

'유난스런 놈이군. 이 방은 큰돈을 주고 비밀리에 빌릴 만큼 조용하기 이를 데 없거늘……'

남궁천이 이 방을 사용할 때는 결코 남들이 알아선 안 될 일을 벌일 때였고, 그런 일을 벌이기엔 또 이 방만큼 적당한 곳이 없었다.

그 누가 되었든 이 방으로 웃고 들어온 여자가 피를 흘리며 토막으로 변해 나간다 한들 아무도 알 수 없을 만큼 비밀스런 방이었다.

또, 남궁천 자신도 이 방을 사용할 때만큼은 자신을 보호하기 위해 형색을 감추고 은밀하게 뒤따르는 남궁가의 사람들도 접근하지 못하도록 모든 수고를 다해 비밀을 지키고 있었다.

남궁가의 후손이 변태 행위를 다른 사람 눈앞에서 벌일 순 없다는 뒤틀린 자존심 때문이었다.

바로 그 방에 남궁천과 불연 단둘이만 앉아 있었고, 둘 사이에 놓인 탁자엔 이미 몇 동이의 술이 비워진 채 나뒹굴고 있었다.

"이게 곡타라는 건가? 맛이 다른 타와는 탐 다르네. 딸꾹~"

불연이 뒷목까지 발갛게 변한 채 히죽히죽 웃고 있었다.

"그래서 그 뱃속 고름을 어떻게 했습니까?"

"짰지! 쭉쭉~ 힘껏 짜줬지! 너두 짜줄까아?"

불연이 대수롭지 않다는 듯 초점 잃은 눈으로 멍하니 남궁천을 바라보았다.

"힛꾹! 힛힛꾹!"

바로 그때 어디선가 발작을 하듯 괴상한 소리가 울려 퍼졌다.

'좋은 분위기인데 저 지랄맞은 새가 분위기를 다 망치는군. 다음엔 방음에 좀 더 신경 써야겠는걸? 그건 그렇고 지금 무슨 얘기를 하는 거야? 아무튼 다음 단계로 슬슬 진행시켜 볼까?

남궁천은 곧 머리를 저어 상념을 털어버리고는 불연에게 온 신경을 집중하기로 했다.

상대는 순진한 여승.

그것도 이미 몇 동이의 술에 반쯤 맛이 가 있는 상태였다.

그래도 혹시 모를 일이다.

아미파의 무공은 깊은 바다와 같아 아무도 그 깊이를 본 적이 없다 하지 않은가.

또, 들리는 이야기로는 아미파의 정료를 꺾은 사람이 바로 이 조그 마하고 예쁜 여승이라니, 남궁천으로도 마지막 고개를 넘는 데 신중해 질 수밖에 없었다.

"곡차 맛있… 어?"

남궁천의 첫 번째 시도는 은근슬쩍 말을 놓는 것이었다.

예로부터 아미파의 여승은 몸가짐과 마음이 흐트러지는 법이 없다 했으니 그 같은 변화를 눈치 챌 수 없다면 상대는 이미 꼭지까지 취한 것일 수밖에 없었다.

"카아~ 마이떠!"

불연은 입에서 술 동이를 떼어내는 게슴츠레해진 눈으로 남궁천을 보다가 벌떡 몸을 일으켰다.

"짬깐만, 뿌연이는 나갔다 올게에~"

비칠비칠 걷다가 벽에 몇 번 부딪친 이후에야 불연은 비틀거리며 간 신히 문을 열 수 있었다.

"흐흐흐… 그래, 얼른 갔다 와. 얼른."

그 뒷모습을 보고 나서야 남궁천은 마음을 놓을 수 있었다.

아마 측간이라도 갔다 오는 모양인데 그 짧은 순간을 그냥 헛되이 보낼 남궁천이 아니었다.

남궁천이 얼른 한쪽 벽으로 다가가 줄을 잡아당기자 한쪽 벽 일부분 이 천천히 땅으로 기울어지기 시작했다.

"푹신해야 마음에 들겠지?"

남궁천이 비밀리에 설치해 두었던 침상을 펴고는 그 위에 펼쳐진 비단 이불을 손으로 지그시 눌러보고 있었다.

드르륵.

방문이 열리며 이젠 아예 불이라도 붙은 듯 빨개진 얼굴의 불연이 비칠거리며 들어서고 있었다.

이제 남궁천이 꺼릴 것은 아무것도 없었다.

눈앞엔 예쁜 여승이 있고, 주위엔 방해할 게 아무것도 없었다.

남궁천이 이제는 아예 노골적으로 비릿한 웃음을 지으며 방문에 기대어 간신히 쓰러지지 않은 채 딸꾹거리고 있는 불연을 향해 걸어갔다.

"불연 아우, 힘든가 보군. 이 오빠가 생기를 불어넣어 줄까?"

남궁천은 불연의 양쪽 어깨를 잡고는 살포시 입을 맞추었다.

불연에게 있어선 절대로 안 될 일이 벌어지고 있는 것이다.

천천히 입을 뗀 남궁천이 불연의 귀에 거친 숨결을 내쉬며 속삭였다.

"주방에 가서 맛있는 거라도 먹고 왔나 보지? 무엇을 먹었기에 이토록 향기로운 것이냐?"

은근한 남궁천의 목소리.

"토하고 와쩌. 딸꾹~ 그런데 지금 뭔 짓 한 거야? 딸꾹~"

불연은 이해 못하겠다는 듯 초점없는 눈으로 남궁천을 바라보았다.

'우웩~'

남궁천은 갑자기 욕지기가 치밀어 올랐지만, 곧 있을 거사를 생각하고는 간신히 참아냈다.

"이 오라버니가 몸이 후끈 달았단다. 그래서 참을 수가 없어서……."

"딸꾹~ 후끈 달아? 어라? 이 불연이 앞에서 후끈 달았단 말이야?

어디서 감히! 딸꾹!"

갑자기 불연의 손아귀가 번개같이 솟아올라 남궁천의 머리카락을 휘감았다.

"허걱!"

남궁천은 토해낸 놀란 비명이 끝나기도 전에 사정없이 침상에 쑤셔 박히듯 내동댕이쳐졌다.

"이게 무슨……."

남궁천이 얼떨결에 벌떡 몸을 일으키려 했지만 곧 이어진 불연의 손아귀가 남궁천의 울대를 꾸욱 눌러오는 게 아닌가.

"캑캑~"

"뭐? 몸에서 열이 난다구? 딸꾹~ 따샤, 내가 바로 불연인데 감히 내 앞에서 아플 뚜 있냔 말이야! 가만있뗘! 딸꾹~ 이 언니가 예뻐해 두께……."

아아, 남궁천은 절대로 알지 못할 것이다.

이 세상에서 가장 무섭고도 절대로 말리지 못할 세 가지가 있다는 것을.

그 첫째가 먹을 것을 본 주개육의 식욕이었고, 그 두 번째가 무아를 지키려는 묘웅의 모성애였다.

그리고 마지막 세 번째가 아프고 병든 생명을 본 불연의 애정이었으니, 바로 남궁천은 저도 모르게 그 세 번째를 건드린 것이었다.

"딸꾹~ 어디가 아파? 이 언니에게 다 말해 봐. 딸꾹~ 새까! 얼른 말해 봐, 다 고쳐 준다니까! 어쭈? 눈도 충혈되었네? 가만, 어디 젓가락 없나? 눈알을 뽑아다가 맑은 물에 깨끗이 씻어 다시 박아 넣으면 되겠지?"

불연이 젓가락을 찾으려는지 주위를 두리번거리는 모습은 남궁천에게 있어 살신악귀보다 더 무서운 모습이었다.

물론 보통의 불연을 만났다면 도리어 아픈 사람에게 있어 축복이겠지만, 지금 고주망태가 된 채 젓가락을 열심히 찾아 헤매는 불연의 모습은 염라대왕이라 해도 머리를 흔들 게 분명했다.

"끼이잉~"

울대가 막힌 채 너무도 놀란 나머지 남궁천이 할딱거렸다.

"어라? 마니 아파? 딸꾹~ 짜샤! 그래도 사내새끼가 참아야지 그렇게 낑낑돼서야 되겠냐? 어라? 이건 또 뭐야? 딸꾹!"

불연이 드디어 남궁천의 몸에서 가장 아픈 곳(?)을 발견해 냈다.

"딸꾹~ 짜식이 그 싸가지없는 진금행을 만났구나! 딸꾹~ 우문하는 뒤로 말뚝이 박혔던데 넌 앞으로 박혔냐? 딸꾹~ 알았어. 이 언니가 다 뽑아줄게. 이왕 뽑는 거 화끈하게!"

남궁천의 불행은 다른 데 있지 않았다.

그저 웬만한 사내들보다 더욱 훌륭한 물건을 지니고 있다는 게 죄였다.

당경의 경우 창자가 튀어나온 걸로 봤던 그 물건이 남궁천에겐 말뚝이 박혀 있는 걸로 보였던 게 가장 큰 불행이었다.

불연이 바지 위로 힘껏 남궁천의 말뚝을 잡아갔다.

"으헉!"

남궁천의 입에선 비명이 터져 나왔다.

"딸꾹~ 어라? 실하게 열매까지 열린 말뚝으로 박았네. 알았어. 이런 건 아프더라도 한 번에 뽑아야 하는 거야! 딸꾹~ 따샤! 좀 참아봐! 으싸~ 어라? 힘껏 박혔나 보네? 딸꾹~ 미안해, 이번엔 힘을 더 줘볼게. 딸꾹~"

불연이 이젠 아예 남궁천 아랫배를 타고 앉아 두 다리로는 남궁천의 허벅지를 누르고 양손으로 영 뽑히지 않는 나무뿌리를 뽑으려 모든 힘을 다할 때였다.

"딸꾹~ 애고, 이게 왜 이리 안 뽑하냐, 씨발! 딸꾹~ 힘을 더 줬더니 열매가 터졌나 보네. 왜 이리 축축해? 딸꾹~ 어라? 이 새끼 똥물까지 지렸잖아!"

하지만 씨근덕대는 불연의 말에 더 이상 남궁천은 대답할 수가 없었다.

그저 눈을 허옇게 뒤집어간 채 입에 거품을 물고 경련을 일으키는 게 이미 혼이 달아난 상태가 틀림없었다.

쾅!

바로 그때 문이 박살나는 것과 동시에 무언가 시커먼 그 무엇이 안으로 뛰어들어 왔다.

"불연 아우! 얼른 도망을… 도리어 적의 함정에 빠진… 허거덕!"

낭패한 모습의 온양이었다.

옷이 여기저기 찢어지고 간혹 혈흔도 보이는 걸로 보아 혈로를 뚫고 온 것 같았지만 얼굴만은 변함없이 웃고 있었다.

남궁천을 붙잡아 오대세가 가주들의 뒤를 쫓으려던 계획이었는데 도리어 적이 파놓은 함정에 철저히 빠져든 것이었다.

그러나 다급하게 구하러 온 불연은 도리어 남궁천을 올라타고 벌겋고도 누렇게 변한 두 손을 모아 쥐고는 낑낑거리고 있는 게 아닌가.

하지만 경황없는 온양으로서는 무슨 일이 벌어졌는지 찰나지간에 알아차릴 수가 없었다.

"딸꾹~ 잠깐만, 이게 더럽게 안 빠지거든. 씨발~ 딸꾹~"

하지만 불연에게 있어서 환자의 고통을 이대로 두고 떠날 수는 없었다.

어찌 되었든 이 가련한 몸뚱이에 박혀 있는 나무토막(!)은 제거해 줘야 할 게 아닌가.

"딸꾹~ 이게 껍질만 자꾸 까지고 안 빠지는데? 딸꾹~"

불연이 흐릿한 눈으로 온양을 쳐다보다가 곧 신경질을 냈다.

"새꺄! 어느 놈이 쳐웃는 낯짝이야! 흔들거리지 말고 똑바로 서봐! 이거 다섯 놈이 한꺼번에 나타나 쳐 웃어대니 도통 어느 놈이 어느 놈인지 알 수가 없잖아, 새꺄! 딸꾹~"

분명 불연에게 술은 맞지 않는 것이었다.

불연이 고래고래 고함을 지를 때마다 달싸한 술 냄새가 확 풍겨오고 있지 않은가.

그러나 불연이 본 다섯 사람 중 넷은 온양의 신형을 술김에 착각한 것이었지만 그중 하나는 전혀 다른 사람이었다.

하얀 수염을 기른 노인은 불연 엉덩이 아래 깔린 채 하체엔 벌겋게 피를 흘리며 이미 정신을 잃은 남궁천만 분노의 눈으로 지켜보고 있었다.

노인이 분노의 눈빛을 띠는 것은 당연한 일이었다.

남궁천의 아비는 남궁호였고, 남궁호가 바로 노인이었기 때문이다.

"어이, 영감. 댁은 어디가 아파서 왔수? 딸꾹~ 어서 말 안 해? 확 아가리를 째뻘라! 딸꾹~"

불연은 뒤늦게 남궁호를 발견했는지 남궁천을 깔고 앉은 채 히죽히죽 웃고 있었다.

분노가 극에 달하면 도리어 차가워지는지 남궁호의 눈빛이 이젠 얼음처럼 새파란 빛을 뿜어내고 있었다.

"죽어!"

그리고 그 눈빛만큼 시린 목소리가 남궁호의 입에서 튀어나오는 것과 동시에 남궁호의 검이 불연의 목을 향해 일직선으로 뻗어 나왔다.

남궁호는 자신의 하나밖에 없는 아들이 이처럼 처참하게 변할 거라 곤 상상도 못했다.

상대는 어린 여승이었고, 자신과 나머지 오대세가들이 상대해야 할 사람들은 어둠 속 은밀한 살인에 능통한 살수들이었기 때문이다.

손쉽게 세 명을 제압하고 나면 아미파의 작은 여승쯤은 손가락 하나 로도 사로잡을 수 있을 거라 생각한 게 잘못이었다.

사실 따지고 보면 남궁호의 생각이 잘못된 건 아니었다.

단지 남궁호의 계획엔 아미파의 곱디고운 불연만이 들어 있을 뿐 처음 술을 입에 댄 불연의 주사(酒邪)는 전혀 들어 있지 않았다는 게 잘못이었다.

"피햇!"

이미 지친 상태였지만 온양의 검이 남궁호의 검끝을 막아갔다.

"흥!"

남궁호는 콧웃음 치고는 검극을 돌려 온양의 검을 가볍게 찍고는 다 시 불연의 목을 향해 더욱 속도를 높여 쏟아져 갔다.

검끝에서 쏟아져 들어오는 남궁호의 경력을 이겨내지 못해 뒷걸음 치던 온양의 두 눈 가득 막 불연의 목에 틀어박히는 남궁호의 검이 들 어왔다.

'안 돼……'

온양의 눈빛이 걷게 변하며 미처 입으로 토해지지 못한 외마디 비명 을 머리 속에 떠올렸다.

"어린아이에게 너무 심하군."

차갑게 가라앉은 목소리가 모든 것을 멈추게 했다.

남궁호의 눈동자가 수축됐다.

자신이 내뻗은 검은 더 이상 앞으로 나가지 못한 채 불연의 목 바로 앞에서 멈추어 있었다.

얇고 가느다란 두 개의 손가락.

남궁호의 검은 그 두 개의 손가락 사이에 끼어 더 이상 영활한 움직임을 보이지 못하고 있었다.

"다른 아이들을 돌보게."

온양은 아무런 말도 하지 못하고 그저 고개를 숙이고는 방을 서둘러 빠져나갔다.

눈동자가 정겹게 맞붙어 있는 노인.

노인이 왜 여기 나타났는지도 모를 일이지만, 저토록 무서운 한 수가 우습게 보이는 몸 안에 숨어 있었음을 온양은 더 더욱 알 수도 없고, 상상할 수도 없었다.

하지만 노인이 보여준 한 수와 감히 범접 못할 엄숙한 목소리는 온양의 마음을 편안하게 만들어주고 있었다.

무림맹과 오랜 시간을 걸쳐 무림을 분할해 왔던 명교.

그 명교의 교주가 남궁호와 눈을 맞춘 채 씨익 웃고 있었다.

"제법 많은 준비를 했더군. 아이들은 아이들끼리 어울리게 하고 우리 같은 노인들은 노인들끼리 어울려야지? 그런데 다른 네 노인들은 어디 있는 거지?"

하지만 남궁호의 검을 가볍게 두 손가락으로 받아낼 정도의 무서운 실력을 지닌 마교 교주의 물음에 엉뚱한 데서 대답이 튀어나왔다.

"바로 옆에 조르륵 붙어 있잖아! 똑같은 놈들이 다섯이나 되는구만! 딸꾹~ 어라? 그리고 보니 이 영감탱이 많이 봤던 놈일세? 딸꾹~ 어이, 영감. 내가 당신 눈시깔 고쳐 줄게. 이리 좀 와봐봐. 딸꾹~ 씨발,

금방 고쳐 줄 수 있다니까!"

남궁호를 향했던 교주의 시선이 헤롱헤롱 술에 취해 초점을 못 맞추고 있는 불연을 향했다.

그리고 조용히 뇌까리는 소리.

"미친년!"

아예 불연이란 존재는 무시하는 듯 다시 남궁호를 향해 시선을 돌린 교주가 다시 싱긋 웃었다.

"어때? 항상 난 무림맹을 쥐고 흔든다던 그 다섯 늙은이와 어울려 보는 게 꿈이었거든."

마교 교주의 말은 쾌활했지만 왠지 스산한 분위기가 감돌았다.

그리고 싱긋 지은 웃음 역시 잔인함이 묻어나고 있었다.

*   *   *

진금행은 천천히 주위를 돌아보았다.

숲 속 빈 공터엔 달빛만 쓸쓸히 비출 뿐 아무도 없었다.

"너냐? 밤중에 곤히 자는 나를 불러낸 게?"

하지만 진금행은 한쪽 구석에 사람 무릎 정도 크기밖에 안 되는 작은 바위를 쳐다보며 귀찮다는 듯 눈을 비볐다.

"응."

작고 여린 목소리가 바위 뒤에서 들려왔다.

그리고 작은 공이 튀어나오듯 바위 뒤에서 작디작은 머리를 빼꼼 내밀고는 진금행을 쳐다보고 있었다.

"흐아~암. 묘옹이는 어쩌고?"

진금행은 찢어져라 하품을 하며 궁금하다는 듯 물었다.

"자. 내가 자라고 했거든."

바위 뒤에 내밀어진 작은 머리에선 흑진주같이 작은 눈이 빛을 발하고 있었다.

"그런데 왜 날 불렀지?"

진금행이 궁금하다는 듯 묻자 부끄럽다는 듯 작은 머리가 다시 바위 뒤로 숨었다.

"아저씨인 줄 몰랐어."

"……."

진금행은 그저 졸린 눈을 들어 멍하니 바위를 한동안 쳐다보았다.

무언가 머리 속을 가득 채우던 목소리.

달콤하고 유혹적인 목소리에 이끌려 나온 곳이 바로 이곳이었고, 그곳에서 자신을 부른 상대를 만난 것이었다.

무아(无兒).

배화교의 성녀.

하지만 그녀는 더 이상 '없어'만을 연발하던 작디작은 계집애가 아니었다.

꾀꼬리같이 맑은 목소리로 대답하던 무아는 부끄럽다는 듯 발개져 바위 뒤로 몸을 숨긴 채 진금행을 호기심에 찬 눈으로 바라보고 있었다.

한동안 가만히 있던 진금행이 버럭 고함을 질렀다.

"이년아! 불렀으면 말을 해야지!"

하지만 지지 않겠다는 듯 뾰족한 목소리가 바위 뒤에서 튀어나왔다.

"아저씨인 줄 몰랐다니까!"

"뭘 몰라! 니가 불렀으니까 왔지. 그럼 누굴 부른 건데!"

진금행이 짜증난다는 듯 더 크게 고함을 질렀다.

"나, 난 그냥……."

무아의 목소리가 잠겨들더니 한동안 정적만이 흘렀다.

진금행이 어쩔 수 없다는 듯 한숨을 쉬곤 터벅터벅 바위를 향해 걸어갔다.

그리고 진금행은 볼 수가 있었다.

작디작은 아이.

진금행의 널찍한 허벅지만큼도 안 되는 조그마한 계집애가 바위 뒤에서 웅크린 채 훌쩍거리고 있었다.

"알았어. 하지만 난 아저씨가 아니야. 아저씨라고 두 번 다신 부르지 마."

진금행이 웬일인지 부드러운 목소리로 무아의 머리를 쓰다듬었다.

진금행의 손길을 느낀 무아의 조그마한 머리가 옆으로 돌아가 진금행을 젖은 눈길로 쳐다보았다.

"……."

울먹거리는 눈길로 자신을 쳐다보자 진금행이 머쓱해졌는지 다시 퉁명스런 목소리로 돌아갔다.

"그리고 징징 짜지 마. 질색이니까. 내일 맛있는 거 사줄게. 대신 돈은 딴 사람이 낼 거야."

"아저씨가 왔어. 내가 부르니까. 내가 불렀이. 그러니까 이저씨가 온 거야. 맞지?"

하지만 무아에게 있어 가장 중요한 건 먹는 것 따위가 아니었는지 눈을 반짝이며 진금행에게 물었다.

"그래. 니가 부르니까 내가 왔다 치자. 그런데 난 아저씨가 아니야."

진금행이 어쩔 수 없다는 듯 미간을 찡그리며 고개를 끄덕였다.

그러자 무아가 자신을 쓰다듬던 진금행의 두툼한 팔목을 손으로 붙잡고 올라 진금행의 어깨까지 조르륵 날렵하게 올랐다.

그리고는 진금행의 어깨에 냉큼 올라앉아 발을 모아 앞뒤로 귀엽게 흔들기 시작했다.

작은 원숭이가 재빠르게 주인 어깨에 올라앉듯 웬만한 무림고수보다도 빠른 몸놀림이었다.

"킥~"

진금행의 넓은 어깨에 올라앉은 무아가 귀엽게 웃었다.

그리고는 진금행의 귀에 입술을 대고는 조그맣게 속삭였다.

"그럼 아저씨가 내 호교법신이야?"

갑작스런 질문.

진금행은 의외였는지 잠시 말을 잇지 못하다 고개를 좌우로 흔들었다.

"네 호교법신은 종리혁이야. 아무리 모자른 놈이라 해도 널 찾기 위해 애가 그렇게 됐는데 징그럽다고 버리면 쓰나. 물론 나 같아도 민둥머리에, 온몸에 알지 못할 낙서까지 돼 있는 놈이라면 싫겠지만 말이야."

진금행은 어린아이를 어루듯 부드럽게 말을 건넸다.

그러나 진금행의 머리 속엔 종리혁의 괴상한 몰골에 애가 얼마나 놀랐으면 이러나 하는 생각뿐이었다.

그러나 진금행 어깨에 올라앉은 무아는 가볍게 고개를 흔들곤 다시 활짝 웃으며 속삭였다.

"그럼 아저씨가 내 호교법신이야?"

아무래도 장강수로맹과 태화련의 공격 이전과 그 이후의 무아는 틀림없이 다른 존재였다.

지금 무아의 모습을 본 사람이라면 더 이상 작고 겁먹은 듯한 눈으로 말도 잘 이어가지 못하던 더럽고 어리숙한 꼬마 계집애라고는 믿지 못할 게 분명했다.

　진금행은 손가락을 펴 무아의 이마를 귀엽다는 듯 톡톡 쳤다.

　"호교법신이 누군지 몰라도 앞으론 조그맣게 불러."

　그러나 무아는 진금행의 말이 틀렸다는 듯 강하게 도리질쳤다.

　"아니, 아니. 난 호교법신을 불렀어. 내가 부르는 말은 호교법신밖에 못 들어. 난 성녀고, 호교법신은 호교법신이니까."

　무아의 말에 진금행이 콧구멍을 벌렁거리며 작게 한숨을 내쉬었다.

　"그럼 저 네 놈은 누가 불러서 온 거지?"

　진금행의 말에 무아가 작은 머리를 이리저리 돌리며 눈을 동그랗게 떴다.

　"누구? 누가?"

　하지만 곧 무아 역시 볼 수 있었다.

　두 명의 잘생긴 공자와 한 명의 추레한 늙은이, 그리고 늙은이가 질질 끌고 오는 검은 관 하나를.

　"누구지? 난 안 불렀는데?"

　무아가 귀엽게 고개를 갸우뚱거리는 모습이 별로 놀란 것 같지 않았다.

　정작 크게 놀란 것은 갑작스레 나타난 네 명이었다.

　사대봉공(四大奉公).

　그들은 두 눈을 찢어져라 뜨고 전혀 믿지 못하겠다는 듯 진금행을 쳐다보고 있었다.

　"마, 마혈의 주인이……."

　천지문의 대공자인 천공이 믿지 못하겠다는 듯 신음을 토해내었다.

사실 그들의 놀라움이야 이루 말할 수가 없었다.

배화교의 성녀를 사로잡기 위해 온 자리에 성녀와 함께 있는 사람이 새로운 마혈의 주인이라니…….

"이, 이럴 수는 없어. 마혈의 주인이 성녀와 함께 있다니……."

시해서 여량 역시 정신없이 진금행을 쳐다보며 숨 막히는 신음성을 연신 흘리고 있었다.

사대봉공은 한눈에 알아볼 수 있었다.

아니, 그 어떤 모습을 하고 있든 사대봉공만은 알아볼 수 있었다.

마혈의 주인과는 눈빛이 마주치는 순간 즉시 알아차릴 수 있었다.

"계집애는 날 보고 호교법신이라더니 다른 놈들은 또 마혈의 주인이라네?"

진금행은 어이없다는 듯 한쪽 입꼬리만 위로 올리며 실없이 웃었다.

그런 진금행을 눈만 끔벅이며 한동안 바라보던 지공이 조심스럽게 물었다.

"그럼 당신은 누구지?"

"나?"

진금행이 엄지손가락을 펴 자신을 가리키며 되묻자 천공이 고개를 끄덕였다.

"진금행!"

당연한 거 아니냐는 듯 진금행은 힘차게 고개를 끄덕였다.

〈제6권 끝〉